사랑은 불꽃처럼 ②

조안나 린지 지음
박 지 영 옮김

현대문화센타

옮긴이 : 박 지 영
서울 출생
이화여자대학교 경영학과 졸업
역서로는 「사랑의 불청객」이 있음

사랑은 불꽃처럼 ②
(Gentle Rogue)

초판 1쇄 인쇄일 : 1996년 10월 14일
초판 1쇄 발행일 : 1996년 10월 21일

지은이 : 조안나 린지
옮긴이 : 박 지 영
펴낸이 : 양 장 목
펴낸곳 : 현대문화센타
(122-030) 서울시 은평구 대조동 191-1
전화 : 384-0690/1 팩시밀리 : 384-0692
출판등록일 : 1992년 11월 19일 (제3-448호)

값 6,000원

ISBN 89-7428-053-1 03840

Gentle Rogue

Johanna Lindsey

Gentle Rogue
by
Johanna Lindsey

사랑은 불꽃처럼

26

자네 마차가 지금 막 도착했네, 제임스.」

코니가 열려진 문가에서 말했다.

「서두르지 않아도 돼. 밖은 혼잡해. 옆에 정박한 미국 선박이 출항해 마차가 다 빠져나갈 때까지 기다릴 걸세. 이리 와서 한 잔 하게나.」

그들은 몇 시간 전에 입항했다. 조지애나는 그날 아침에 제임스의 트렁크를 다 싸놨다. 그러나 그는 아직 그녀에게 자신의 농장에서 머물러 달라는 말을 건네지 않았다. 그는 섬에 있는 웅장한 저택으로 그녀를 놀래 준 다음 오늘 밤 촛불 아래서 자메이카 요리로 저녁식사를 하면서 자신의 정부가 돼달라는 말을 할 계획이었다.

코니는 방을 가로질러 와 출항 준비를 하는 미국 선박이 잘 보이는 책상 옆 창가로 다가갔다.

「저 배가 눈에 익어 보이지 않나?」

「호크의 전리품 중의 하나였을까?」

코니가 히죽 웃었다.

「그래도 하나도 놀라지 않겠네.」

「그럼 그 배가 떠날 준비를 하니 다행이군.」

「왜 그런가? '메이든 앤'이란 이름으론 항해를 해본 적이 없는데. 자네가 조그만 유흥거리도 반기지 않은 이후론 해적이라고 비난해 봤자 그걸 뒷받침할 증거도 없지 않은가? 자네는 바다에서 좀 즐길 기회도 거절했…….」

「이유가 있어서 그런 거지.」

제임스는 몇 시간에 불과한 자극적인 모험일지라도 자신의 작은 조지를 위험에 처하게 할 수가 없었다.

「그리고 사실, 난 지금도 그러고 싶지 않네.」

코니가 돌아서서 잔을 받아들었다.

「아주 기분이 좋아 보이는군. 특별한 이유가 있겠지?」

「자넨 분명하게 말하려고 하는 남자를 보고 있는 거네, 코니. 난 조지를 잠시 데리고 있기로 결정했네. 그렇게 빌어먹게 놀란 표정을 짓지 말게나.」

「내가 빌어먹을 정도로 놀라서 그런 거야. 그러는 게 당연하고. 자네와 함께 배를 탄 마지막 여자가…… 이름이 뭐였더라?」

그 질문에 제임스가 눈살을 찌푸렸다.

「에스텔이나 스텔라였어. 그게 무슨 상관이 있나?」

「자넨 그녀도 얼마 동안 데리고 있기로 결심했었네. 게다가 자네 선실을 이 어울리지 않는 가구들로 채우는 것을 허락해 주기도…….」

「익숙해지니까 이 가구들이 맘에 드네.」

「자넨 일부러 핵심을 무시하고 있어. 자넨 그 창녀하고 잘 즐겼지. 그녀의 잘못을 너그럽게 받아들이기도 하고. 하지만 그녀와 함께 바다에서 채 일 주일도 못 버티고 배를 돌려 그녀를 처음 발견한 곳에 내려놓고 말았어. 그녀와 함께 이 좁은 공간에 갇혀 있는 게 자넬 미치게 한 거지. 그 애송이와 함께 몇 주를 보낸 후에 우리가 항구에 도착한 지금 자넨 그녀를 금방 버릴 거라고 확신하네.」

「조지는 훨씬 더 매력적인 여자야.」

「매력적이라고? 그 건방지게 말하는…….」

「입조심하게, 코니. 우리가 말하고 있는 여자는 곧 내 정부가 될 여자야.」

코니가 눈썹을 치켜 올렸다.

「그렇게까지 말할 정돈가? 도대체 뭣 때문에?」

「멍청한 질문이군. 도대체 자넨 뭣 때문이라고 생각하는 건가? 난 그 조그만 미국 여자가 좋아진 거야. 그녀가 자네에게 자신의 달콤한 면을 보여 주지 않았을진 몰라도 변장을 벗고 나자 조지는 정말로 내 맘에 드는 여자더군.」

제임스가 짜증을 내며 대답했다.

「내가 틀렸다면 고쳐 주게나. 정부를 두지 않겠다고 맹세한 사람은 자네였어. 여자들이 말로는 아니라곤 하지만 항상 결혼할 마음을 갖고 있다면서 말이야. 자넨 수년 간 정말 그 맹세를 잘 지켜왔네, 호크. 그리고 자네가 원하기만 한다면 여자가 부족해 본 적이 한 번도 없었고, 그게 훨씬 더 싸게 먹히잖아.」

제임스는 그런 논리적인 말을 물리쳤다.

「내가 변하려나 보지 뭐. 게다가 조지는 결혼에 조금도 관심이 없어. 내가 그런 화제를 꺼내니까 그녀는 한 마디도 하지 않더군.」

「모든 여자들은 결혼에 관심이 있어. 자네가 직접 그런 말을 했지.」

「빌어먹을, 코니. 내게 손을 떼게 하려고 말하는 거라면 자넨 그럴 수 없을 거야. 지난 주 내내 충분히 생각해봤네. 난 단지 아직 그녀와 헤어지고 싶지 않은 것뿐이야.」

「그녀도 자네와 같은 생각인가?」

「물론 그녀도 좋아할 거야. 그 창녀는 날 꽤 좋아하니까.」

「그런 말을 들어 좋긴 한데, 그럼 그녀가 저쪽 배에서 뭘 하고 있는가?

코니가 냉담하게 창 밖을 가리켰다.

제임스가 빠르게 홱 돌아서는 바람에 그가 앉아있던 의자가 쓰러질 뻔했다. 그는 잠깐 동안 미국 선박의 갑판을 쳐다보고 나서야 코니가 본 것을 봤다. 조지애나와 뒤에 서 있는 맥이 눈에 들어왔고, 그녀는 그 배의 승무원 중의 한 사람, 아마도 선장일 듯 싶은 사람과 이야기하고 있는 것으로 보였다. 제임스는 그녀가 그 녀석을 사로잡았다는 느낌을 받았다. 특히 그 남자가 그녀의 팔을 잡고 흔들어 대다가 다음 순간 그녀를 잡아당겨 포웅하자 더욱 그랬다. 피가 끓어올라 참을 수가 없게 된 제임스는 벌떡 일어섰다. 이번엔 의자가 정말로 쓰러졌다.

그가 속으로 욕지거리를 퍼부으면서 문을 향해 가고 있을 때 코니가 말했다.

「그녀를 다시 데려올 작정이라면…….」

제임스는 이미 문 밖으로 나가 있었다. 그래서 코니는 그의 뒤에 대고 소리를 쳐야만 했다.

「이봐! 배가 이미 출항했어!」

「빌어먹을!」

복도에서 험악한 소리가 들려오더니 금세 제임스가 문가에 다시 나타나 천천히 떠나고 있는 선박을 창문으로 내다봤다.

「제기랄!」

「밝은 면을 보게나, 호크.」

코니가 동정이라곤 조금치도 내비치지 않고 말했다.

「자넨 어차피 영국으로 돌아갈 때까지 몇 주밖에 시간이 없어. 설사 데려갈 생각을 하더라도 자네가 말한 그녀의 영국에 대한 혐오감으로 보아, 함께 가겠다고 하지 않……」

「그만해, 코니. 저 창녀가 날 버렸어. 내 허락도 구하지 않고 말이야. 저 여자가 내 엉덩이를 차 버린 지금 내가 직면할지도 모르는 문제에 대해선 거론치 말게.」

그는 코니의 우롱하는 듯한 시선을 무시했다. 이제 비어 있는 메이든 앤의 옆 자리를 쳐다보며 조지가 가 버렸단 사실을 아직도 믿을 수가 없었다. 바로 그날 아침에도 그녀가 달콤한 입술로 키스를 하면서 날 깨웠는데……. 작은 손으로 내 얼굴을 잡고 침대에 있을 때만 보이는 자신을 가지라는 듯한 미소를 지으면서 말이야. 늘 내게 있으리라곤 생각도 하지 못한 원시적인 충동을 휘저어놓곤 하던 미소였는데, 가 버렸다고?

「제기랄, 안 돼.」

그가 큰소리로 말하곤 확고한 시선으로 코니를 찌를 듯이 쳐다봤다.

「선원중 몇 명이나 배에서 내린 건가?」

「세상에, 제임스, 자네 말은…….」

「내가 무슨 말을 하는지 빌어먹게도 잘 알고 있네.」

제임스가 참을 수 없을 만큼 화가 나서 점점 더 커다란 음성으로 말을 잘랐다.

「내가 그 배에 대해 알아볼 동안 선원들을 다시 데려오게. 한 시간 안에 그 배를 따라갈 작정이야.」

27

조지애나는 네째 오빠인 '드류'가 등을 돌리자 마자 그의 선실에 있으라는 명령을 무시해 버렸다. 그는 이미 집에 가는 동안 내내 그녀를 때려 주겠다는 약속을 해놨다. 오빠가 홧김에 한 말이든 아니면 정말로 때리겠다는 의미이던지 간에 그때는 귀에 들어오지도 않았다.

오……, 오빠는 아마 미칠 듯이 화가 났을 거야. 드류가 돌아섰을 때 내가 웃으면서 그곳에 서 있는 걸 보곤 처음엔 그냥 깜짝 놀라는 정도였겠지. 그리고 나서 엄청나게 큰 재난이 생겨서 내가 그를 찾으러 자메이카까지 왔다고 생각하곤 정신이 확 들었을 테고. 내가 아무도 죽지 않았다고 말하자 오빤 비로소 마음이 놓였고 그 담엔 짜증이 난 거야. 자신을 겁먹게 했다고 날 마구 흔들어 댔지.

하지만 곧 나쁜 소식을 듣지 않게 된 데 마음이 놓였는지 날 안아 줬어. 물론 내가 하나밖에 없는 여동생이고 날 사랑한다는 사실도 조금은 상관이 있었겠지만 말야. 내가 대수롭지 않게 영국에서 돌아오는 길이라고 말하자 오빠가 다시 고함치기 시작했지. 가장 차분한 토마스 오빠 다음으로 성격이 차분한 오빠인데도 그랬어.

누구도 선뜻 반대편에 서려고 하지 않을 만큼 불 같은 성미를 지닌 워렌, 때론 매우 심각해지는 보이드나 클린턴과는 달리 드류 오빤 여자들이 떼를 지어 따라다니는 가문의 저돌적인 건달이지. 그래서 가족 중에 내가 왜 영국까지 갈 필요가 있다고 생각했는지 이해해 줄 만한 사람도 드류 오빤데, 이해는커녕 잔뜩 화가 난 나머지 그의 검은색 눈이 다른 색으로 보일 정도였어. 큰 오빠인 클린턴이나 그 밑의 워렌이 어떻게 나올지 눈에 선하군. 하지만 지금은 어느 것도 신경 쓰고 싶지가 않아.

드류의 배를 보고 너무나 흥분해서 그녀는 곧장 그 배로 달려갔다. 트리톤은 막 출항하려는 참이었고 드류가 마구 고함을 쳐 대는 사이에 그만 출항해 버렸다. 이제 그녀는 카리브 해의 물살을 힘차게 가르며 점점 더 메이든 앤 호와 멀어져만 가는 트리톤의 난간에 기대서서 마지막으로 제임스의 모습을 보아 두려고 미친 듯이 발돋움을 하고 있었다.

마침내 그가 갑판에 나타났다. 금발 머리가 바람에 나부끼고 다른 사람으로 착각할 리가 없는 그 넓고 넓은 어깨를 보며 그녀는 목에서 치밀어오른 뜨거운 덩어리를 간신히 삼켰다. 그가 그녀 쪽을 쳐다보게 해달라고 간절히 기도했다. 이미 너무나 멀리 떨어져 있어서 소리쳐도 들리지 않겠지만 적어도 손은 흔들 수 있었다. 오, 하느님, 내 목소리가 깃발이 될 수 있다면……. 그러나 그는 바다를 보고 있지 않았다. 조지애나는, 배에서 내려 부두를 따라 기운차게 걸어가더니 사람들 속으로 사라지는 그의 뒷모습만 하냥 쳐다봤다.

이런, 세상에! 그는 내가 떠났는지도 모르나봐. 그는 아마도 내가 메이든 앤 호 어딘가에서 자기가 돌아올 때까지 기다리고 있을 거라고 생각하나봐. 어쨌든 내 소지품이 다 그곳에 있으니 말이야. 그 중엔 아버지가 선물해 준 소중한 반지도 있는데…… 가져올 시간이 없으리라곤 미처 몰랐지. 또, 신경 쓰지도 않았고. 내 마음을 아프게 하는 건 제임스에게 작별을 고할 기회도 없었다는 거야. 그리고 그에게 말할……, 뭐? 내가 그와 사랑에 빠졌다고?

우스운 일이군, 정말로 그래. 네 적을 사랑하라? 하지만 문자 그대론 아니야. 증오스런 영국인에다 경멸스럽고 거만한 귀족에다 그는 아직도 날 분통 터지게 해. 그러나 그는 내 마음을 빼앗았어. 그런 일이 일어나게 가만 보고만 있다니 너무 어리석었어. 하지만 그에게 고백했다면 훨씬 더 나빴을 거야. 어느 날 밤 그의 팔에 안겨 있을 때 심장이 고르게 뛰는 소리를 들으면서 그에게 결혼할 거냐고 물었었지.

「빌어먹을, 아니오! 내가 그런 바보들의 실수를 저지르는 꼴을 보진 못할 거요.」

그가 생각만 해도 끔찍하다는 듯이 말했다.

「그럼 왜 안 하는 거죠?」

「왜냐하면 모든 여자들은 손에 반지를 끼자 마자 믿을 수 없는 닳고닳은 여자가 되기 때문이오. 악의는 없소, 내 사랑, 그러나 그건 빌어먹게도 사실이오.」

그 말에 오빠인 워렌의 여자에 대한 태도가 생각나 그녀는 잘못된 결론을 내렸다.

「미안해요. 과거에 당신이 사랑한 여자가 당신을 배신한 적이 있다는 것을 알았어야만 했는데. 하지만 한 여자만 보고 모든 다른 여자들까지 매도해선 안 돼요. 제 오빠인 워렌도 당신과 똑같이 행동하죠. 하지만 그건 틀린 거예요.」

「당신을 실망시키긴 싫지만, 조-지, 난 평생 그런 사랑을 해본 적이 없소. 내가 바로 그렇고 그런 여자들과 함께 믿을 수 없는 일을 저지른 장본인이기에 순전히 경험에서 많은 여자들이 믿을 수 없는 존재라고 말하는 거요. 결혼은 잘 모르는 바보들이나 하는 짓이오.」

그러나 처음부터 어떤 대답이 나올지 본능적으로 느낄 수가 있었지. 그런 면에서는 워렌 오빠와 너무나 비슷해서 기분이 나쁠 정도야. 적어도 워렌에게는 결혼하지 않겠다고 맹세할 만한 이유라도 있어. 지금은 여자에게 냉담하게 굴고 그들과 친밀하게 사귀는 대신 이용만 하지만, 오빤 옛날에 결혼하기로 약속한 여자에게 깊은 상처를 입었던 적이 있어. 하지만 제임스에게는 그런 변명거리도 없잖아. 그가 자신의 입으로 직접 그렇게 말했어. 자신은 구제할 길 없는 난봉꾼이라고, 부끄러워하지도 않으면서.

「이리 오렴, 얘야. 네 오빠가 정말로 널 때리진 않을 게다.」

맥이 옆으로 다가오면서 말했다.

「울 이유가 없단다. 하지만 오빠 말대로 따르는 게 좋겠다. 드류가 널 다시 보고 최악의 말을 퍼붓기 전에 진정할 시간을 좀 주자꾸나.」

그녀는 뺨으로 흘러내리는 눈물을 닦으면서 옆을 힐끔 쳐다봤다.

「최악의 말이라니요?」

「우리가 뱃삯을 치르기 위해 일했다는 거 말이야.」

「아, 그거요.」

다른 생각을 하던 중이지만, 조지애나는 맥이 그녀가 눈물에 젖어 괴로와하는 이유가 단지 드류 오빠의 화를 감당하기 어려운 탓이라고 여기는 것에 고마워하면서 코를 훌쩍거렸다. 그녀는 한숨을 쉬면서 덧붙여 말했다.

「아니에요, 이젠 오빠에게 그걸 알릴 필요가 없다고 생각해요. 우리가 오빠에게 말할 이유가 있나요?」

「네 오빠에게 거짓말을 하겠다는 거냐?」

「오빠가 날 때리겠다고 협박했어요, 맥 아저씨.」

그녀가 정나미 떨어진다는 듯이 그에게 말했다.

「그리고 이런 반응을 보인 사람이 드류 오빠예요. 드류라고요! 지난 달 내내 내가 영국인과 같은 선실에서 잤다는 것을 알게 된다면 어떤 반응을 보일는지 상상도 못하겠어요.」

「그래, 네가 무슨 말을 하는지 알겠어. 작은 거짓말쯤이 해로울 건 없겠지. 아니면 우리가 돈을 잃어버렸다는 것을 빼고 말하던가. 넌 아직 다른 오빠들은 만나지 않았어. 어쨌든 그들은 훨씬 더 심할 거라는 생각이 드는구나.」

「고마워요, 맥 아저씨. 아저씬 가장 좋은…….」

「조지애나!」

드류의 음성이 명백한 경고조로 끼어들었다.

「난 내 벨트를 벗고 있다.」

오빠가 정말로 그런 야만스런 짓을 하지 않는다는 것을 보기 위해 돌아섰다. 그러나 잘생긴 오빠는 그녀를 실망시키지 않으려는 것 같았다. 이 상황에서는 별 뾰족한 수가 없다는 생각이 든 조지애나는 두 사람 사이의 거리를 좁혀 자신의 오빠이자 193센티미터의 트리톤 호 선장을 노려보았다.

「오빤 둔감한 짐승이야, 드류. 말콤이 다른 여자와 결혼했어. 그런데 오빤 내게 고함만 쳐대고 있잖아.」

그리곤 즉시 울음을 터뜨려 펑펑 울어대기 시작했다.

맥이 못마땅하다는 듯이 콧방귀를 꼈다. 그는 드류 앤더슨처럼 쉽게 화가 풀리는 사람을 본 적이 없었다.

28

조지애나는 가슴이 찢어지는 듯한 아픔 속에서도 드류가 보여 주는 동정 어린 태도에 나머지 오빠들에 대해서도 훨씬 더 낙관적으로 느끼게 되었다.

물론, 드류는 내 눈물이 다 말콤 탓이라고 믿겠지만, 이제 이름을 들먹일 때를 제외한다면 더 이상 말콤을 생각조차 하지 않는다는 사실을 오빠에게 알릴 이유가 뭐가 있겠어. 안 하고 말고. 내 생각과 감정은 온통 딴 남자에게 쏠려 있는 걸 뭐. 날 자메이카로 태워다 준 배의 선장이라고 설명할 때 외에는 그의 이름을 결코 꺼내지도 않을 거야.

드류 오빠를 속여넘기는 게 기분이 나빠 몇 번이나 사실대로 털어놓을 뻔했지. 하지만 오빠가 다시 나한테 화내는 모습을 보고 싶지 않아. 정말 놀랐거든. 장난을 좋아하고 날 가장 많이 약 올리는가 하면 늘 내게 용기를 북돋아 줄 거라고 생각해 왔던 오빠잖아. 오빠는 어쨌든 그렇게 할 수 있었어. 날 정말로 낙담시키는 게 뭔지 알지도 못하면서 말이야.

오빠는 결국 알게 될 거야. 나머지 오빠들도 마찬가지고. 하지만 최악의 소식은 마음의 상처가 좀 치유되고 내가 이젠 사소한 일이라고 여기는 것에 나머지 오빠들이 어떤 식으로 반응하는가를 보고 난 후 얘기해도 늦지 않을 거야.

적어도 한두 달 안에 배가 불러와 오빠들이 그 아이의 아버지가 누구냐고 물을 때 내가 대답해야만 할 것과 비교하면 이건 대수롭지 않은 일이야. 제임스가 자신의 형인 제이슨에 대해 뭐라고 말했더라. 종종 노발대발 해댄다고 했던가? 나에겐 그렇게 할 오빠들이 자그만치 다섯이나 돼.

아직까진 내가 잠깐 타락한 것의 결과에 대해 어떻게 느끼는지 모르겠어. 겁이 나는 건 분명해. 약간 당황스럽기도 하고 약간…… 기쁘기도 해. 그 사실을 부인할 순 없어. 조금만 시간이 지나면 스캔들은 물론이고 온갖 어려움을 초래할 일이지만, 그럼에도 불구하고 내 감정은 두 단어로 요약될 수 있어. 제임스의 아기, 나머진 아무래도 좋아.

미쳤니, 조지? 처녀가 아이를 낳아 키우게 됐는데 어쩜 그렇게 태연하지? 왜냐면 말이지, 제임스를 가질 수가 없고 그를 대신할 만한 남자도 없지만 난 그의 아이는 가질 수 있어. 그게 바로 내가 하려는 거야. 제임스를 너무나 사랑해서 그러지 않을 수가 없는걸.

아기에 대한 조지애나의 확신은 가능성이 아니라 정말이었다. 트리톤을 타고 자메이카를 떠난 지 삼 주 만에 집으로 가는 관문인 롱아일랜드 사운드를 지난 무렵 그나마 기분이 좀 좋아진 것도 아기 때문이었다.

브리지포드가 눈에 보이고 바다를 다니는 배를 위한 항구가 있는 페커녹 강으로 들어서자 조지애나는 집에 다 와 간다는 마음에 절로 흥분이 되었다. 특히 자신이 가장 좋아하는 계절이라 더욱 좋았다. 적당히 선선한 날씨, 시야에 들어오는 골짜기마다 한창 흐드러진 가을 단풍, 적어도 그녀는 항구에 종달새 호 상선이 몇 척이나 정박해 있는지 볼 때까지는 기분이 한껏 고조돼 있었다. 그런데 항구엔 제발 다른 곳에 있기만 바랐던 배가 세 척이나 정박해 있었다. 오빠들은 몇이나 있는 걸까?

마을 외곽에 있는, 그녀가 집이라고 부르는 붉은 벽돌로 된 저택까지 가는 길은 폭풍 전야의 바다처럼 조용했다. 드류는 마차에서 그녀 옆에 앉아, 손을 잡고 간간이 용기를 북돋아 주느라 힘을 주어 꽉 쥐기도 했다.

드류 오빠는 이제 확실히 내 편이야. 내가 다른 오빠들을 대할 때 도움이 될 거야. 하지만 드류도 나만큼 밖에는 다른 오빠들한테 맞서지 못할 거야. 특히 오빠들이 다 똘똘 뭉쳐 벼르고 있을 때는 말이지.

그녀는 캐빈 보이 차림이 아니었다. 드류가 머리끝까지 화가 났던 데는 그 복장도 한몫을 톡톡이 했었기에 그래도 다른 오빠들이 혼내 줄 거리 하나는 줄어든 셈이라고 생각했다. 항해 중엔 트리톤 호 선원의 옷을 빌려야 했지만 지금은 드류가 브리지포드에 있는 가장 최근의 연인에게 주려고 가져오던 아름다운 드레스로 갈아입고 있었다. 그는 다음 항구에 있는 연인에게 주려고 이곳에서 또 다른 드레스를 살 가능성이 많았다.

「웃어, 조지. 이게 세상의 끝은 아니야.」

그는 이제 그녀의 상황이 좀 재밌다고 느끼기 시작한 모양이지만, 그녀는 조금도 고맙지 않았다. 그런 말이야 말로 가장 드류다운 점이라고 볼 수 있지. 그는 다른 오빠들과 사뭇 달랐다. 가족 중에서 검은색이라고 밖에 할 수 없는 눈동자를 가진 사람은 드류뿐이었다.

또한 남을 놀리다가 얻어맞는 유일한 사람으로, 그가 워렌이나 보이드를 화나게 했을 때 수도 없이 벌어졌던 일이다. 그러나 워렌과 너무나 닮은 게 위험했다.

두 사람은 똑같이 금갈색 머리인데 헝클어져 있을 때가 반듯하게 빗어넘겼을 때보다 더 많았다. 두 사람은 다 190센티미터가 넘는 큰 키에 전적으로 대단히 핸섬하지만, 드류의 눈이 석탄처럼 검은 반면에 워렌의 눈은 토마스와 같이 라임 색이 도는 밝은 초록색이었다. 여자들은 쾌할한 매력과 소년다운 태도를 지닌 드류를 흠모한 반면에 곰곰이 생각하는 듯한 냉소벽과 불같은 성미를 가진 워렌을 조심스러워 했다. 그러나 항상 그렇게 조심스러워 하는 건 아닌 게 분명했다.

확실히 워렌은 여자와 관련된 문제에 대해서는 예의를 모르는 남자였다. 조지애나는 그의 차가운 유혹에 넘어가는 여자들이 불쌍했다. 많은 여자들이 유혹에 넘어가는 걸 보면 ―자신은 비록 알아차리지 못했지만 ―그에겐 여자들이 저항할 수 없는 뭔가가 있는 듯했다. 물론 그가 늘 갖고 있고 여자와 상관이 없는 성질만은 노상 봐왔다.

워렌의 성질을 떠올린 그녀가 드류의 말에 풀 죽은 음성으로 대답했다.

「오빠가 말하긴 쉬울 거야. 날 죽이기 전에 내 설명을 들어줄 거라 생각해? 난 아니라고 봐.」

「네가 쓰고 있는 그 끔찍한 영국 억양을 알아차리면 클린턴 형은 오랫동안 들어주지 않을 거야. 아마도 내가 대신해서 말하는 게 더 낫지 않겠니?」

「오빤 너무나 착해, 드류 오빠. 하지만 워렌 오빠가 옆에 있다면…….」

「네가 무슨 말을 하려는지 나도 알아.」

지난 번에 워렌이 자신을 잘근잘근 씹었던 때를 기억하곤 그가 소년처럼 싱그런 웃음을 머금었다.

「그럼 워렌이 덕 여인숙에서 밤을 보내 클린턴이 판단을 내릴 때까지 끼여들지 못하기를 바라자꾸나. 클린턴이 집에 있어서 다행이야.」

「다행이라고? 다행이라니!」

「쉬! 도착했어. 그들에게 예고할 필욘 없어.」

「지금쯤엔 트리톤이 입항했다고 누군가 알렸을 거야.」

「그렇겠지. 하지만 네가 그 배에 타고 있었다곤 말하지 않았을 거야. 그들이 깜짝 놀라는 사이에 넌 하고 싶은 말을 할 수 있을 거야, 조지.」

조지애나가 앞장서서 들어갔을 때 보이드가 클린턴, 워렌과 함께 서재에 없었더라면 가능했을지도 몰랐다. 막내 오빠가 맨 처음 그녀를 보고 의자에서 벌떡 일어났다. 그가 포옹하고 흔들어 대고 대답할 틈도 주지 않고 빠르게 던져댄 질문이 끝났을 때 큰 오빠 둘은 그녀가 준 놀라움을 수습하고 이제부터 시작이라는 듯한 표정을 지으면서 다가왔다. 그들은 마치 누가 그녀에게 먼저 손을 대느냐 하는 문제로 주먹다짐이라도 할 듯했다.

오빠들이 자신을, 어쨌든, 정말로 심각하게 때리진 않을 거라는 자신감은 그들이 성급하게 다가오는 모습을 보자 싹 사라졌다. 조지애나는 얼른 보이드의 손에서 빠져나와 그를 끌고 가서 드류와 나란히 세웠다. 그리곤 현명하게 두 사람 뒤로 숨었다. 토마스처럼 보이드도 183센티미터나 되어서 쉬운 일은 아니었으나 그래도 드류보다 머리통의 반쯤 작은 보이드의 어깨너머로 엿보면서 조지애나가 먼저 클린턴에게 소리쳤다.

「전 설명할 수 있어요!」

그리곤 워렌에게도 급히 덧붙였다.

「정말로 할 수 있다고요!」

두 사람 다 멈추지 않고 그녀의 바리케이드 양옆으로 돌아오자 그녀는 보이드와 드류 사이를 비집고 곧장 클린턴의 책상으로 달려가 그 뒤로 가서 섰다. 하지만 책상만으론 자기를 잡으려는 두 오빠를 막기엔 역부족이라는 점을 뒤늦게 깨달았다. 더구나 도망감으로 해서 단지 클린턴과 워렌의 화만 더 돋군 꼴이 되고 말았다.

조지애나가 어떻게든 말할 기회만 노리던 참에, 드류가 워렌의 어깨를 잡아 더 이상 다가서지 못하게 저지해 준 대가로 날라오는 주먹을 피하는 장면을 보자 그만 성질이 폭발했다.

「두 사람 다 그만둬요. 오빠들은 부당하게…….」

「입 닥쳐, 조지!」

워렌이 으르렁거렸다.

「싫어요. 클린턴 오빠가 이곳에 있는 한 오빠한테 대답할 책임은 없어요, 워렌 앤더슨. 그러니 오빠가 그곳에서 멈추지 않으면 난…….」

그녀는 엉겁결에 책상 위에서 손에 잡히는 대로 아무거나 집어들었다.

「이걸로 오빨 사정없이 때려 주겠어요.」

그가 정말로 멈췄다. 전에는 한 번도 대든 적이 없는 여동생이 용감히 대들어서인지 아니면 그녀가 때리겠다는 말을 정말로 심각하게 받아들여 그런지 몰랐지만 클린턴 또한 우뚝 멈춰 섰다. 사실 두 사람은 다 매우 놀란 것처럼 보였다.

「그 꽃병을 내려놔라, 조지. 워렌의 머리에 대고 깨 버리기엔 너무나 소중한 거란다.」

클린턴이 아주 상냥하게 말했다.

「워렌 오빠는 그렇게 생각하지 않을 걸요.」

그녀가 앙다문 이를 드러내며 말했다.

「솔직히 나도 아깝다고 생각해.」

워렌이 작게 억누른 음성으로 말했다.

「세상에, 조지. 네가 들고 있는 게 뭔지 넌 몰라. 클린턴 형 말을 들어, 그럴 거지?」

보이드 역시 형들을 거들었다.

드류는 동생의 창백해진 얼굴과 앞에 서 있는 두 형의 굳은 뒷모습을 봤다. 그리곤 그들 앞에 서 있는 작은 여동생이 마치 곤봉처럼 들고 있어 논란거리가 된 꽃병을 봤다. 그가 갑자기 미친 듯이 웃음을 터뜨렸다.

「여태 한 번도 해본 적이 없는 일을 아주 잘했어, 조지.」

그가 즐거움에 찬 환성을 질러 댔다.

그녀는 단지 그를 힐끗 쳐다봤을 뿐이다.

「지금은 오빠의 유머를 들어줄 기분이 아니에요, 드류 오빠. 내가 뭘 잘했다는 거죠?」

「그들 위로 꽃병을 계속 들고 있으라고. 그럼, 꽃병을 보호하기 위해 네 말을 들어줄 거야.」

그녀는 큰 오빠에게로 다시 호기심에 찬 시선을 돌렸다.

「사실이에요, 클린턴 오빠?」

그는 그녀를 완고하게 대할까 아니면 부드럽게 달랠까 고심하는 중이었다. 그러나 드류가 한 고맙지 않는 간섭이 그것을 결정해 줬다.

「네 말을 들어주마, 만약 네가…….」

「만약은 안 돼요. '그래'가 아니면…….」

그녀가 단호하게 말을 잘랐다.

「그만 둬, 조지애나! 내게 그…….」

워렌이 마침내 폭발했다.

「네가 잴 놀래켜 그것을 떨어뜨리게 하기 전에 입 닥쳐, 워렌.」

클린턴이 꾸짖듯이 말하곤 다시 여동생에게 말했다.

「봐라, 조지, 넌 네가 들고 있는 게 뭔지 모를 거야.」

그녀는 여전히 자신이 높이 쳐들고 있는 꽃병을 그제서야 쳐다봤다. 그토록 아름다운 것을 본 적이 없어서 그녀는 자기도 모르게 숨을 멈췄다. 너무나 얇아서 반투명에 가까운 회색에 동양적인 그림이 정교하게 순금으로 그려져 있었다. 이제 그녀는 완전히 이해했다. 아름다운 골동품 도자기를 잘못해서 떨어뜨리기 전에 내려놔야겠다는 생각이 제일 먼저 떠올랐다.

숨을 크게 쉬기만 해도 이 섬세한 물건을 깨뜨리지나 않을까 두려워하면서 그녀는 매우 조심스럽게 그것을 내려놓을 뻔했다. 그러나 모든 사람이 내쉬는 안도의 한숨을 목격한 마지막 순간에 마음을 바꿨다.

한때 자신이 영국인 선장에게서 너무나 짜증난다고 생각했던 것과 똑같이 한쪽 눈썹을 치켜 올리면서 그녀가 클린턴에게 물었다.

「소중한 거라고 말했지요?」

보이드가 신음했다. 워렌은 자신이 욕하는 소리를 그녀가 듣지 못하게 돌아섰다. 하지만 워낙 큰소리로 말했기 때문에 그녀는 아주 똑똑히 듣고 말았다. 클린턴이 다시 몹시 화난 표정을 짓고 있는 반면에 드류는 그냥 낄낄대고 있었다.

「그건 협박이야, 조지애나.」

클린턴이 악물고 있는 이빨 사이로 내뱉듯이 말했다.

「아니에요. 자기 방어라는 게 보다 알맞는 말이에요. 게다가 난 아직 이걸 다 보지도…….」

「네 말뜻은 알아 듣겠어, 조지. 아마도 네가 꽃병을 무릎에 놓을 수 있게 우리 모두가 앉아야만 하겠구나.」

「제 말이 그거예요.」

클린턴은 그녀가 책상 뒤에 있는 그의 의자에 앉으리라곤 생각도 못했는데, 그녀가 그렇게 하자 한층 더 화가 나서 얼굴이 붉그락푸르락해졌다.

조지애나는 자신이 운을 밀어냈음을 깨달았지만 오빠들을 그런 독특한 상황에 밀어넣었다는 느낌만은 너무나 자극적인 유혹이라고 생각했다. 물론 그들이 모두 벌벌 떨면서 염려하는 그 꽃병을 계속 지니고 있어야 하겠지만 말이다.

「왜 모두 제게 그토록 화가 나 있는지 말해 줄래요? 제가 한 일은 고작 영국에…….」

「영국이라고! 하필이면 그 많고 많은 곳 중에서, 조지! 거긴 악마가 태어난 장소라는 것을 너도 알고 있잖니.」

보이드가 기다렸다는 듯이 소리쳤다.

「그렇게 나쁘진…….」

「게다가 혼자서! 어쨌든 넌 혼자 갔어! 네가 생각이 있는 애니?」

클린턴이 뒤를 이었다.

「맥과 함께 갔어요.」

「그는 네 오빠가 아니야.」

「아, 그만해요, 클린턴 오빠. 맥 아저씨가 우리 모두에게 아버지 같은 분이란 것을 알고 있잖아요.」

「그러나 너와 관련된 문제에선 그는 너무 물러. 네가 하고 싶은 걸 모두 허락해 주고 말잖아.」

그녀는 그 말을 부인할 수가 없어 얼굴만 붉혔다. 그들 모두가 익히 아는 사실이었다. 특히, 오빠 중에 누군가와 동행했더라면 제임스 말로리 같은 영국 건달에게 자신의 마음과 순결을 빼앗기지 않았으리란 것을 깨닫곤 더욱 얼굴을 붉혔다.

아니, 제임스를 만나지도 못했을 테고 그런 환희를 맛보지도 못했겠지, 또는 그런 지옥을. 그리고 브리지포드에서 일어난 적이 없는 대단한 스캔들을 일으킬 아이도 뱃속에 없었을 텐데. 하지만 이미 일어나 버린 일을 두고 가정만 되풀이하는 건 무의미해. 그리고 솔직히, 내가 다르게 행동했으면 좋을 뻔했다고 말할 순 없어.

「제가 좀 충동적…….」

「조금 이라고?」

아직 조금도 화가 누그러지지 않은 워렌이 대뜸 지적하고 나섰다.

「좋아요, 그럼 많이요. 하지만 내가 가야만 했던 이유는 중요하지 않나요?」

「말도 안 되는 소리를 하는구나!」

그리곤 클린턴이 덧붙여 말했다.

「우리를 걱정시키면서까지 네가 그런 엉뚱한 짓을 저지를 만한 이유는 없을 거야. 그건 용서할 수 없는 이기적인…….」

「하지만 오빠들을 걱정시킬 맘은 없었어요! 영국에서 돌아올 때까지 내가 간 사실조차도 모르리라고 생각했어요. 오빠들보다 먼저 집에 돌아와 있을 생각이었다고요. 어쨌든 오빠들은 집에서 뭘 하고 있는 거죠?」

「네가 들고 있는 꽃병과 관계가 있는 긴 이야기지. 화제를 돌리지 말아, 조지. 네가 영국으로 떠날 이유가 없다는 것은 너도 알고 있어. 어쨌든, 넌 그렇게 했지. 오빠들의 반대를 예상했을 테고 또, 그 나라에 대한 우리의 감정이 어떤지도 충분히 잘 알면서 넌 그곳에 갔어.」

드류는 충분히 들었다. 죄의식으로 어깨가 축 처지는 누이를 보자 그는 보호본능이 일어나 날카롭게 끼여들었다.

「형 말은 알아듣겠어, 클린턴. 그러나 조지도 충분히 고통을 받았어. 우리 셋이 슬픔을 보태 줄 필요가 없다고.」

「걔에게 필요한 건 엉덩이를 흠씬 얻어맞는 일이야! 클린턴 형이 관심이 없다면 기꺼이 내가 할 거라고 믿어도 좋아!」

워렌이 을러대듯 말했다.

「그러기엔 조지 나이가 너무 들었다고 생각하지 않아?」

자메이카에서 그녀를 발견했을 때 자신도 똑같은 말을 했었다는 사실은 접어두고 드류가 말했다.

「엉덩이를 얻어맞기에 나이가 너무 든 여자는 없어.」

그 불만에 찬 대답을 상상하고 있었기 때문에 드류는 히죽 웃었고 보이드는 낄낄거렸으며 클린턴은 눈을 굴렸다. 잠시 동안 그들 모두는 조지애나가 그 방에 있다는 사실을 잊고 있었다.

그러나 이런 색다른 말을 들으면서 그곳에 앉아 있던 그녀는 더 이상 겁먹지 않고 대신에 화가 나서 워렌의 머리로 그 귀중한 꽃병을 던질 준비가 되어 있었다.

드류가 한 말도 워렌의 말을 벌충하지 못했다.

「일반적인 여자들이야 그렇지만 여동생은 다른 범주에 넣어야지. 어쨌든 형은 왜 그렇게 화가 나 있는 거지?」

워렌이 대답을 하지 않자 보이드가 했다.

「형은 어제 항구에 들어왔어. 그리곤 조지가 무슨 짓을 했는가 듣자 마자 다시 배를 정비해서 오늘 오후에 떠나려고 했어…… 영국으로.」

조지애나가 완전히 넋이 나가서 물었다.

「정말로 날 따라오려고 했던 거야, 워렌 오빠?」

그의 왼쪽 뺨에 있는 작은 흉터가 씰룩거렸다. 자신이 나머지 형제들 이상은 아닐지라도 그만큼은 누이를 걱정했다는 사실이 알려진 게 썩 좋지 않은 모양이다. 그는 드류에게처럼 그녀에게도 더 이상 대답을 하려고 하지 않았다.
그러나 그녀는 굳이 들을 필요가 없었다.
「어머나, 워렌 앤더슨, 그건 오빠가 날 위해 하려고 생각했던 것 중에서 가장 근사한 일이야.」
「이런, 제길.」
그가 심통맞은 얼굴로 신음했다.
「그렇게 억울해 하지 말아요. 여기엔 다른 사람들이 믿어 주기를 바라는 만큼 오빠가 냉담하고 무정하지 않다는 걸 지켜볼 사람이 가족 말고는 아무도 없다고요.」
그녀가 생긋 웃으면서 말했다.
「널 피멍 들게 두들겨 패줄 거야, 조지, 내 약속하마.」
그가 열을 내면서 말하지 않았기 때문에 그녀도 진심으로 받아들이지 않았다. 다만, 자신도 그를 사랑한다고 말하는 부드러운 미소를 던졌을 뿐이다.
잠시 서재 안을 감돌던 침묵을 깨면서 늦은 감이 있으나 보이드가 드류에게 물었다.
「그런데 형, 쟤가 충분히 고통을 받았다는 말이 도대체 무슨 뜻이야?」
「말콤을 찾아낸 거야. 그래서 더 안된 일이지.」
「그리곤?」
「넌 이곳에서 말콤을 보지 못했어, 안 그래?」
「형 말은 그가 조지랑 결혼하지 않을 거란 뜻이야?」
보이드가 믿을 수 없다는 듯이 다시 물었다.
「그보다 더 나빠. 그 놈은 오 년쯤 전에 딴 여자랑 결혼했대.」
드류가 씩씩대며 말했다.

「왜 그런…….」

「……아무 이유 없이…….」

「……죽일 놈!」

이번엔 자신을 위해서 그들이 새롭게 화를 내자 조지애나는 멍해졌다. 어휴! 나에 관한 한 오빠들은 철벽 같은 보호본능으로 무장돼 있다는 걸 잘 아니까 이런 반응이 나올 거라고 예상했어야 했어. 고백의 시간이 왔을 때 제임스에 대해 오빠들이 무슨 말을 할는지 가히 상상이 가. 생각만 해도 참을 수가 없군.

그들이 나름대로의 방식으로 원색적인 욕설을 섞어가며 동정을 표하고 있을 때 셋째 오빠가 방으로 들어왔다.

「아직도 이걸 믿을 수가 없군.」

모든 사람이 깜짝 놀라 쳐다보게 하면서 그가 말했다.

「우리 다섯이 동시에 집에 있다니. 적어도 십 년 만에 처음 있는 일인 것 같군.」

「토마스!」

클린턴이 소리쳤다.

「이런, 세상에, 토마스, 형은 내 뒤를 따라 온 게 분명해.」

드류도 소리쳤다.

「그래. 네가 버지니아 해안을 지나갈 때 봤지. 그러나 다시 네 배를 놓쳤어.」

그리곤 클린턴의 책상 뒤에 앉아있는 조지애나를 보고 놀랐던 참이라 곧장 그녀에게 주의를 돌렸다.

「인사도 안 하니, 조지? 영국으로 가는 네 여행을 미뤘다고 아직도 화가 나 있구나?」

화가 나 있다고? 조지애나는 갑자기 분노가 치밀어올랐다.

자신이 집에 왔으니까 만사가 아주 잘돼 간다고 생각하고 내 감정에 대해선 아무런 배려도 하지 않다니 정말로 토마스다워.

「내 여행이라니?」

그녀가 책상을 돌아 나왔다. 그녀는 팔 안쪽에 꽃병을 끼고 있었으나 너무나 화가 나서 그 사실조차 잊었다.

「난 영국으로 가고 싶지 않았어, 토마스 오빠. 날 위해 오빠더러 가 달라고 했잖아. 오빠한테 내가 애원했잖아. 하지만 가 주지 않았어, 안 그래? 내 작은 걱정거리는 오빠의 빌어먹을 스케줄을 미룰 만큼 중요하지 않았잖아.」

「제발, 조지. 이제 내가 기꺼이 가줄게. 네가 나와 함께 가든 아니든 그렇게 해줄게.」

그가 차분하게 달랬다.

「조지는 이미 갔다 왔어.」

드류가 아무 감정이 섞이지 않은 음성으로 그에게 알려줬다.

「어딜 갔다 왔다고?」

「영국에 다녀 왔다고.」

「빌어먹을.」

토마스는 라임 색이 도는 초록색 눈동자를 조지애나에게로 돌리더니 화가 나서 눈을 부릅떴다.

「조지, 넌 그렇게 멍청할 리가…….」

「내가 그럴 수 없다고요?」

그녀가 날카롭게 말을 끊었다. 그러나 예기치 않게 원하지도 않았던 눈물이 차 올랐다.

「다 오빠 잘못이야. 내가, 내가…… 오, 이곳에 있는 것은!」

그녀는 토마스에게 꽃병을 냅다 던지곤 방에서 달려나갔다.

말로리란 이름의 무정한 영국인이 떠올라 다시 우는 게 부끄러웠다.

그녀 뒤에선 난리가 일어났지만, 여동생의 눈물을 알아채지 못해 일어난 일은 아니었다. 그녀가 던진 꽃병을 토마스가 받긴 했으나 이미 그 전에 다른 네 남자가 벌떡 일어나 있었다.

29

제임스는 마침내 모습을 드러내어 배로 돌아오는 작은 스키프(한 사람이 노 젓는 작은 보트)를 기다리며 난간에 초조하게 서 있었다. 코네티컷 연안에 있는 이 작은 만에서 삼 일이나 기다리고 있는 중이었다. 아치와 헨리가 그가 원하는 정보를 얻어 갖고 돌아오는데 이렇게 오래 걸릴 줄 알았다면 직접 해안으로 갔을 터였다.

어제는 거의 그럴 뻔했다. 그러나 코니가 그는 방해만 될 뿐이라며 조용히 설득했다. 또한 그에게서 풍기는 귀족적인 분위기며 권위, 오만스런 행동이 미국인들의 입을 다물게 하지 않더라도 엉망인 현재 기분으론 사람들을 믿지 못하게 해서 적대적으로 만들기 십상이라고 말렸다. 오만스럽다는 부분에서 제임스는 이의를 제기했고, 코니는 그저 웃기만 했다. 셋 중에 두 가지는 맞는 말이었다.

제임스는 미국의 수로에 대해선 아는 바가 없었다. 그러나 조지애나에게 자신이 이곳에 있다는 사전 경고를 해주고 싶지 않았기에 추적해 왔던 배를 따라 항구로 들어가지 않기로 결정했었다. 그녀가 타고 간 배가 들어간 강을 거슬러 올라가지 않고 연안 마을에 입항했을 거라고 스스로에게 납득시키면서.

그러나 그들은 이제 돌아왔고 배에 오르기가 무섭게 다그쳐 물었다.

「뭔가?」

그리곤 마음을 바꿔 날카롭게 덧붙였다.

「내 선실에서 듣기로 하겠네.」

둘 다 그의 무뚝뚝한 말에 별로 신경 쓰지 않았다. 그들은 보고할 게 무척 많았고, 선장의 험상궂은 태도는 자메이카를 떠난 후론 계속 그랬었다. 그들은 제임스를 따라 아래로 내려갔고 코니도 뒤를 따랐다. 제임스는 책상에 앉기도 전에 보고하라고 말했다.

아치가 먼저 말을 꺼냈다.

「이 소식을 싫어하진 않으실 겁니다, 선장…… 아니 싫어하실지도 모르겠습니다. 우리가 따라왔던 선박은 종달새 상선 중 한 척이었습니다.」

제임스가 서서히 의자에 기대 앉으면서 생각에 잠겨 인상을 썼다.

「왜 그 이름이 이렇게 귀에 익지?」

코니가 기억력을 되살려 주었다.

「자네가 호크일 때 종달새 호를 두 척 만났었네. 한 척은 우리가 잡았었고, 또 한 척은 도망갔었네. 그러나 우리가 상당한 손상을 입히고 난 후였지.」

「여기 브리지포드가 그 상선의 본 항구입니다. 지금 항구엔 열다섯 척도 넘게 그 상선이 정박해 있습니다.」

아치가 말했다.

제임스가 싱긋 웃으면서 그 말의 중요성을 인정했다.

「항구로 들어가지 않기로 한 내 결정이 운이 좋았던 것 같지 않나, 코니?」

「정말 그렇군. 메이든 앤 호는 몰라도, 자넨 분명히 알아봤을 거야. 그게 자네가 해안으로 가는 문제도 해결해 줬다고 생각하는데.」

「그런가?」

순간 코니가 굳어졌다.

「그만두게, 제임스. 그 창녀는 교수형 당할 위기에 처하면서까지 되찾을 만한 가치가 없어.」

「과장하지 말게나, 코니. 우리가 포획물에 다가갈 때마다 난 모습을 드러냈었네. 허나 그땐 수염을 기르고 있었지. 자네 혹시 최근에 내 수염을 본 적 있나. 나도 내 배만큼이나 못 알아볼 걸세. 더구나 호크가 죽은 지 오 년이 넘었다네. 시간이 지나면 모든 기억이 희미해지기 마련이야.」

제임스가 자신 있다는 투로 말했다.

「자넨 특별히 감각도 무뎌지는 게 분명하군. 어쨌든 우리가 쉽게 그 애송일 데려다 줄 수도 있는데, 자네가 위험을 감수할 이유는 없어.」

코니가 투덜거렸다.

「그녀가 오지 않으려고 한다면 어쩔 텐가?」

「그녀는 분명히 올 거네.」

「유괴할 작정인가, 코니? 내 말이 틀렸다면 날 쳐봐. 하여간 그건 범죄가 아닌가?」

불만으로 얼굴이 울그락붉그락 해진 코니가 물었다.

「상황을 진지하게 받아들이고 있지 않은 건가?」

제임스가 입술을 약간 실룩거렸다.

「우리가 지난 번에 아름다운 소녀를 유괴했던 때를 기억하고 있을 뿐이라네. 결국 내 사랑스런 조카를 가방에서 꺼내야 했지. 그 이후론 리건이 기꺼이 자진해서 유괴 당해 주긴 했지만, 난 형제들로부터 죽도록 얻어맞고 의절까지 당하게 됐지. 어쨌든 간에 대단한 건 아니었지만 말이야. 기껏해야 내 계획을 바꾸겠다는 가느다란 가능성에 자네가 해대는 걱정이나 들으려고 여기까지 온 게 아니야.」

「그럼 자네 계획은 뭔가?」

그 질문에 다시 제임스는 짜증이 났다.

「아직 세우진 않았네. 그러나 그것은 핵심에서 벗어난 말이야. 아치, 도대체 그 창녀는 어디에 있나? 자네, 두 느림보들이 그녀의 소재를 알아냈겠지?」

「그럼요, 선장님. 그녀는 브리지포드 교외에 있는 커다란 집에 살고 있습니다.」

「교외라고? 그럼 마을을 통과하지 않고도 그녀를 찾을 수 있겠나?」

「쉬운 일이긴 합니다만…….」
제임스가 그의 말을 끊었다.
「들었지, 코니? 자넨 쓸데없는 걱정을 한 거야.」
「선장……?」
「난 항구 근처엔 갈 필요도 없네.」
「빌어먹을!」
헨리가 아치를 노려보다가 마침내 입을 열었다.
「언제 말할 건가? 선장님이 호랑이 집으로 들어간 후에?」
「그건 사자 집이야, 헨리. 내가 뭘 하려 한다고 생각하는 건가?」
아치와 헨리가 주고받는 말에 제임스가 다시 그들에게로 주의를 돌렸다.
「사자 굴이라고 하네. 내가 그곳에 들어가야 한다면, 반드시 알아둬야 할 게 있는 모양이군, 그게 뭔가?」
「바로 그녀의 가족이 종달새 상선을 소유하고 있고, 그녀 오빠들이 그 배를 운항한다는 겁니다.」
「빌어먹을.」
코니가 웅얼대듯이 말한 반면에 제임스는 웃기 시작했다.
「세상에, 얼마나 우스운 일인지. 그녀가 자신도 배가 있다고 말했었지. 난 전혀 믿지 않았지만 말이야. 그녀가 다시 주제넘게 굴고 있다고만 생각했어.」
「그 대신에 너무 겸손했던 것처럼 보이는군. 우스운 점이라곤 하나도 없네, 제임스. 자네 너무…….」
「물론 난 할 수 있네. 그녀가 혼자 있을 때를 택해야만 하겠지만.」

「오늘은 아닐 겁니다, 선장님. 오늘 밤에 파티를 연답니다.」

「파티라고?」

「예, 파티 말입니다. 마을 사람 반 정도를 초대했답니다.」

「모든 가족이 집에 모인 것을 축하하기 위해서요. 그런 일이 자주 일어나지 않는 게 분명합니다.」

헨리가 마저 말했다.

「이제서야 자네들이 이렇게 지독히도 늦게 온 이유가 뭔지 알겠군. 그 창녀가 어디 있는지 알아오라고 보냈더니, 아예 가문 내력까지 다 조사했군 그래. 어쨌든 좋아. 그밖에 관심 갖을 건 뭔가? 혹시나 그녀가 영국에서 뭘 하고 있었는지 알아오진 못했나?」

제임스가 역겹다는 듯이 말했다.

「약혼자를 찾으러 간 것이랍니다.」

「그녀의 뭐라고?」

「그녀의 약혼자 말입니다.」

헨리가 명확히 말했다.

제임스가 천천히 몸을 앞으로 내밀었다. 그곳에 있는 세 사람 다 그 표시를 알아차렸다. 그가 자메이카를 떠난 이래 계속 분노로 부글부글 끓고 있었을지라도, 지금 그 한 단어가 가한 타격에 비교하면 아무것도 아니었다.

「그녀에게…… 약혼자가…… 있다고?」

「이젠 없답니다.」

헨리가 재빨리 설명했다.

「그가 영국 여자와 결혼했다는 사실을 알아냈답니다. 무려 육 년이나 기다렸는데…… 아얏! 제기랄, 헨리, 자네가 내 다친

발을 밟고 있잖아!」

「자네 입을 밟았어야만 했어!」

「그녀가…… 육…… 년이나…… 기다렸다고?」

아치가 주춤했다.

「그렇습니다, 그 남자가 징집 당해서요, 선장님. 그리곤 전쟁이 시작돼서…… 올해 초까진 그자가 어떻게 되었는지 모르고 있었답니다. 적어도 그녀가 그를 찾으러 간 건 상식적인 일은 아닙니다. 헨리가 하녀 중 하나와 잡담을 해보곤…….」

「흠, 육 년이라.」

제임스가 생각에 잠겨 혼잣말을 했다. 이윽고 큰 목소리로 물었다.

「조-지가 사랑이 아주 많은 여자처럼 보이지 않나, 코니?」

「빌어먹을, 제임스, 자네가 그런 것에 신경을 쓰다니 믿을 수 없군. 자네에게서 여자들은 반발심에서 멋지게 재주넘기를 한다는 말을 수도 없이 들은 것 같네. 그리고 자넨 그 애송이가 자네와 사랑에 빠지기를 원하는 것도 아니잖나? 여자들이 그러면 자넨 늘 미친 듯이 짜증을 냈잖아.」

「그랬지.」

「그럼 도대체 뭣 때문에 아직도 인상을 쓰는 겐가?」

30

「도대체 어디 있었던 거야, 클린턴 형?」

집에서 남자들이 주로 모이는 곳인 커다란 서재로 클린턴이 들어오자 마자 드류가 으르렁거렸다.

클린턴은 드류가 그처럼 별난 인사를 하는 까닭을 설명해 주기 바라면서 밤색 소파에 축 늘어져 있는 워렌과 토마스를 힐끗 쳐다봤다. 그러나 두 사람 역시 드류가 조바심치면서 클린턴의 귀가를 기다리는 이유를 듣지 못했기에 다들 어깨만 움찔했을 뿐이다.

클린턴이 책상으로 계속 걸어가면서 대답했다.

「집에 있을 때면 사업에 참여하는 게 내 습관이잖아. 난 아침에 종달새 상선 사무실에 있었어. 네가 한나에게 물어봤더라면, 금방 알게 되었을 텐데.」

그 말에 묻어 나오는 미묘한 질책을 드류는 알아차렸다. 얼굴을 약간 붉혔으나, 그건 단지 요리사이자 가정부인 한나에게 물어볼 생각도 못했기에 붉힌 거였다.

「한나가 파티를 준비하느라 분주해 보여서 물어볼 수가 없었어.」

그 웅얼거리는 대답에 클린턴은 웃고 싶은 충동을 억눌러야만 했다. 드류가 성질을 부리는 경우는 매우 드물었으나 일단 부리기 시작하면 사람들을 뒤로 넘어가게 놀래켰다. 지금 그를 더 약오르게 할 필요는 없었다. 워렌은 그런 불안감을 조금도 느끼지 않았다.

「내게 물어볼 수도 있었을 거야, 바보 녀석아. 내가 네게 말해 줄…….」

워렌이 낄낄대며 말했다.

그러나 말을 마치기도 전에 드류가 소파 쪽으로 가자 워렌은 굳이 끝맺으려고 하지도 않았다. 그저 일어서서 동생을 정면으로 마주봤을 뿐이다.

「드류!」

그 경고를 훨씬 더 크게 반복하고 나서야 드류가 클린턴을 쳐다봤다. 두 사람이 지난 번에 그의 서재에서 의견차이를 보였을 땐 부서진 책상을 수리하고 램프 두 개와 탁자 하나를 새로 바꿔야만 했다.

「두 사람 다 우리가 오늘 밤 열기로 한 파티를 기억하고 있겠지? 마을 사람 모두가 참석할 테니 집에 있는 다른 방들과 함께 이 방도 사용해야만 할 거야. 그 전에 다시 가구를 배치할 필요가 없게 해줬으면 고맙겠구나.」

클린턴이 엄격하게 주의를 줬다.

워렌이 억지로 주먹을 펴고 자리에 앉았다. 토마스가 그들을 보고 고개를 설레설레 저었다.

「워렌이나 나와 이야기 할 수 없는 네 문제가 뭔데, 드류? 넌 기다릴 필요가…….」

그가 달래듯이 말했다.

「형들은 둘 다 어젯밤에 집에 없었지만 클린턴 형은 있었어.」

드류는 그걸로 설명이 충분하다는 듯이 입을 다물어 버렸다.

모두가 인정하는 토마스의 유명한 인내심은 그가 말할 때 두드러지게 나타났다.

「너도 집에 없었잖아, 안 그래? 대체 할 말이 뭔데?」

「내가 집에 없는 동안에 무슨 일이 일어났었는지 알고 싶다고!」

드류가 다시 형에게 대들 듯이 말했다.

「형이 그러지 않겠다고 말한 후에 조지를 때렸다면, 클린턴 형, 도와…….」

「난 그런 짓을 하지 않았어!」

클린턴이 성를 내며 대답했다.

「그러나 형은 그래야만 했어.」

워렌이 말을 받았다.

「실컷 얻어맞기라도 했다면 조지는 죄의식을 느끼지 않아도 될 테니 말이야.」

「무슨 죄의식?」

「우리를 걱정시킨 데 대한 죄의식 말이야. 그 때문에 걔가 온 집안을 쓸고 닦고 난리야.」

「조지가 걸레질 하는 것을 봤다면, 걔가 아직 말콤을 아직 못 잊어서 그래. 조지는 그를 사랑…….」

「말도 안 되는 소리. 조지는 그 어린 녀석을 사랑하지 않았어. 갠 그가 이 마을에서 가장 잘생긴 소년이라서 원했던 거야. 조지가 그렇게 생각한 이유를 난 이해할 수 없지만 말야.」

「만약 그렇다면, 형, 뭣 때문에 조지가 자메이카를 떠난 후 일 주일 내내 울어댄 걸까? 충혈 되고 부어오른 걔 눈을 보고 내 마음이 얼마나 아팠는데. 내가 할 수 일이라곤 겨우 집에 오는 동안 용기를 북돋아 준 것뿐이었어. 하지만 그럭저럭 그렇게 할 수 있었지. 그래서 난 걔가 다시 울기 시작한 이유가 뭔지 알고 싶어. 형이 조지한테 무슨 말이라도 했어, 클린턴 형?」

「두 마디도 하지 않았다. 조진 저녁 내내 자기 방에 있었어.」

「조지가 다시 울기 시작했다고 말하는 거니, 드류? 그 때문에 네가 그렇게 안달인 거니?」

토마스가 조심스럽게 물었다.

드류가 주머니에 손을 넣으면서 무뚝뚝하게 고개를 끄덕였다.

「난 그걸 참을 수가 없어. 정말로 참을 수가 없다고.」

「익숙해져봐, 이 바보야. 여자들은 다 어디서든 즉각 쏟아낼 눈물을 저장해 놓고 있다고.」

워렌이 끼여들었다.

「고집스런 냉소가가 진짜 눈물과 가짜의 차이를 알리라곤 아무도 기대하지 않아.」

그 마지막 말에 워렌이 심각하게 이의를 제기하려는 기미를 눈치 챈 클린턴은 펄쩍 뛸 뻔했다. 그러나 그가 직접 애쓸 필요는 없었다. 토마스가 워렌의 팔에 손을 올려 놓고 그에게 고개를 흔들어 보임으로써 워렌의 성질을 죽였다.

클린턴은 억울해서 입술을 꽉 다물었다. 가족 모두가 어떤 상황에서도 차분한 태도를 무너뜨리지 않는 토마스의 능력을 존경했다. 우습게도 워렌이 특히 그랬다. 워렌은 또한 맏형인 클린턴의 말은 들은 체도 하지 않는 반면에 토마스의 책망만큼은 마음 깊이 받아들였다. 그 사실에 클린턴은 몹시 성질이 났다. 더구나 토마스가 워렌보다 네 살이나 아래고 십 여 센티미터나 작다는 사실에 더욱 그랬다.

「우리가 그 우스운 약혼에 동의했을 때, 드류 너도 나머지 넷과 같은 의견이었던 것을 잊고 있구나. 조지애나의 사랑이 심각하다고 생각한 사람은 우리 중 아무도 없었어. 어쨌든 그때 조지는 열여섯의 어린애였고.」

클린턴이 옛 기억을 상기시켰다.

「그 생각은 우리 모두가 틀렸다는 것을 조지가 증명한 이상 중요하지 않아.」

드류가 시무룩하게 반박했다.

「증명된 것은 조지가 믿을 수 없이 성실하고…… 어리석을 만큼 고집불통이라는 사실뿐이야. 난 워렌의 말에 동감이야. 난 아직도 걔가 카메론을 정말로 사랑했다곤 생각지 않아.」

클린턴이 대답했다.

「그럼 걔가 왜 육 년이나 기다렸지?」

「그렇게 바보처럼 굴지마, 드류. 이 주변 상황이 그동안 변하지 않아서 그래. 조지가 선택할 만한 미혼 남자가 이 마을엔 별로 없어. 왜 조지가 카메론이 돌아오기를 기다려야만 하지 않았겠어? 그동안에 좋아할 사람을 하나도 찾아내지 못했으니까 그랬을 테지. 조지가 다른 남자를 찾아냈다면 눈 깜박할 사이에 그 콘월 자식을 잊어버렸을 게 분명해.」

워렌이 답답하다는 듯이 말했다.

「그럼 왜 걔가 그자를 찾겠다며 도망치듯 영국으로 갔냐는 거야? 이 말에 대답할 수 있어?」

드류가 열띤 어조로 물었다.

「물론이지. 조지는 충분히 기다렸다고 느낀 거야. 클린턴 형과 난 이미 같은 결론을 내렸어. 클린턴 형은 이번에 아이들을 보러 뉴헤이븐으로 갈 때 조지를 데려갈 거야. 그의 장모가 아직도 그곳에선 여류 명사니까 말이야.」

「무슨 여류 명사? 뉴헤이븐은 브리지포드보다 별로 크지도 않아.」

드류가 코웃음치며 말했다.

「그게 효과가 없다면 다음엔 내가 조지를 뉴욕으로 데려갈 거야.」

「형이 뭐라고?」

워렌의 얼굴이 대단히 위협적으로 사나워졌다.

「내가 여자를 에스코트 하는 방법도 모른다고 생각하는 거지?」

「여자는 알겠지만 여동생을 에스코트 하는 방법은 모르겠지. 형이 조지 근처에서…… 계속 생각에 잠긴 표정을 짓고 있으면 어떤 남자가 조지에게 접근하겠어.」

그 말에 워렌이 눈에 불꽃을 튀기면서 벌떡 일어섰다.

「난 생각에 잠기지 않……..」

「두 사람이 서로를 약올리는 것을 그만두지 않으면,」

토마스가 목소리도 높이지 않고 끼여들었다.

「두 사람 다 요점에서 벗어나고 있다는 것을 알 수 있을 거야. 예전 생각은 지금 이 순간과는 상관없는 일이야. 중요한 건 조지애나가 우리가 생각하고 있던 것보다 훨씬 더 불행해 한다는 거야. 걔가 운다면…… 조지에게 그 이유를 물어봤었니, 드류?」

「이유라고? 딴 이유가 뭐가 있겠어? 조지가 비탄에 빠진 거라고 난 확신해!」

「그러나 조지가 너한테 그렇게 말한 거니?」

「그럴 필요도 없었지. 나와 자메이카에서 만난 날 조진 말콤이 다른 여자와 결혼했단 말을 하곤 즉시 울음을 터뜨렸어.」

「조지는 조금도 비탄에 빠진 것처럼 보이지 않았어. 도착한 날에 자신이 저지른 잘못에서 교묘히 빠져나간 후엔 걘 빌어먹게 두목 행세를 하고 있다고 말하고 싶군. 오늘 밤 이 빌어먹을 파티만 해도 조지 생각이잖아. 그리고 이걸 준비하느라고 정신없고 말이야.」

클린턴이 불만스럽다는 음성으로 말했다.

「하여간 형은 오늘 아침 아래층에서 조지를 못 봤지, 안 그래? 아마도 눈이 다시 퉁퉁 부어서 방에 숨어 있을 거야.」

토마스가 정말로 얼굴을 찡그렸다.

「누군가 개와 이야기를 할 시간이군. 클린턴 형?」

「도대체 내가 이런 일에 대해 뭘 알고 있겠어?」
「워렌 형은?」
그러나 워렌이 대답하기도 전에 토마스가 껄껄 웃었다.
「아니, 형이 하지 않는 게 더 낫겠어.」
「내가 할게.」
드류가 마지못해서 말했다.
「네가 할 수 있는 일이라곤 섣부른 가정뿐일 거야. 그리고 조지가 눈물을 흘릴 기색만 보이면 넌 얼굴이 변할 테지.」
워렌이 비웃었다.
두 사람이 다시 말싸움을 시작하기 전에 토마스가 일어나 문을 향해 가면서 말했다.
「보이드가 밤새도록 밖에 나갔다가 아직 자고 있으니 아무래도 내가 해야 할 것 같군.」
「행운을 빌어, 토마스. 조지가 아직 형에게 미칠 듯이 화가 나있다는 사실을 잊고 있는 거야?」
드류가 그의 뒤에다 대고 말했다.
토마스가 걸음을 멈추곤 드류를 돌아봤다.
「그 이유가 궁금한 거니?」
「궁금해 할 것도 없지. 조진 영국에 가고 싶지 않았어. 형이 가 주길 원했지.」
「맞는 말이야. 그건 걔가 카메론을 다시 보든 말든 신경 쓰지 않았다는 것을 의미해. 조진 단지 그 문제를 해결하고 싶었을 뿐이야.」
토마스가 대답했다.
「빌어먹을, 그게 중요한 거야?」

토마스가 가기 전에 드류가 물었다.

워렌이 그 말을 놓치지 않았다.

「여자에 대해 그렇게 아는 게 없는데도 네가 숫총각이 아니라니 놀라워, 드류.」

「내가? 적어도 난 그들을 웃게 하곤 떠나. 형의 여자들이 침대에서 얼어죽지 않는 게 더 궁금해!」

드류가 비아냥댔다.

서슴없이 그런 말을 하기엔 두 사람 사이가 너무 가까웠고, 클린턴이 할 수 있는 일은 오직 고함치는 것뿐이었다.

「가구를 조심해!」

31

토마스!」

조지애나는 눈을 덮어 놓은 젖은 수건의 끄트머리를 살짝 들어올려 침대로 걸어오는 사람이 하녀가 아닌 오빠임을 알자 깜짝 놀랐다.

「언제부터 제 방에 노크도 하지 않고 들어오게 된 거죠?」

「환영받을지 아닐지 모르게 된 때부터지. 네 눈에 무슨 문제가 있는 거냐?」

그녀가 침대 옆에 있는 탁자에 수건을 던지고 다리를 침대 옆으로 내리고 일어나 앉았다.

「아무 문제도 없어요.」

그녀가 웅얼거리는 목소리로 나직하게 중얼거렸다.

「그럼 아직도 침대에 누워 있으니…… 조지, 혹시 어디 아픈 거니?」

그 말에 그녀가 그를 노려봤다.

「난 일어났어요. 오빠 눈에는 이게 잠옷 같아 보여요?」

그녀가 자신의 밝은 노란색 옷을 가리키며 물었다.

「그럼 최근 항해에서 아무것도 하지 않는 게 버릇이 되어 네가 게을러진 거니?」

그녀가 입을 떡하니 벌린 후에 짜증나게 하는 골치 아픈 문제를 꺼냈다.

「뭘 알고 싶은 거예요?」

「언제쯤 되면 나와 다시 이야기하려는 건지 알고 싶어.」

그가 다정한 미소를 지으면서 말했다. 그리곤 누이를 마주보기 위해 침대 발치에 앉아 기둥에 몸을 기댔다.

그녀는 속지 않았다. 오빠는 다른 것을 알고 싶어 해. 토마스가 직접 핵심으로 들어가지 않을 땐 늘 미묘하거나 피하고 싶은 문제인 경우야. 지금은 혼자 있고 싶어.

하지만, 난 오빠에게 다시 말을 걸어 진짜 내 상태를 눈치채이기 전에 더 이상 자기를 탓하지 않고 이미 용서했다고 알려야만 해. 그래서 그가 죄책감을 느끼거나 일말의 책임이라도 있다고 느끼지 않게 해줘야 해. 오빠한텐 책임이 하나도 없으니까 말이야. 내가 정말 원하지 않았다면 제임스 말로리가 나와 사랑을 나누지 못하게 할 수도 있었어. 하지만 내가 그러고 싶지 않았던 거야. 무엇보다도 내 양심이 그걸 증명해 줄 거야.

토마스가 이곳에 있는 동안에 그 문제를 끝내는 게 나을 것 같았다.

「내가 오빠한테 화가 나 있다고 믿게 했다면 미안해, 토마스. 난 화나지 않았어.」

「그런 인상을 받은 사람은 나 혼자만이 아니야. 드류도 내게…….」

「드류는 지나치게 보호적이야.」

그녀가 발끈 화를 내면서 말했다.

「솔직히 우리 일에 그렇게 간섭을 하다니 드류답지가 않아요. 왜 그런지 상상이…….」

「상상을 못하겠다고? 너답지 않게 드센 행동을 보이는 데도? 정말이야, 조지, 드류는 단지 네 행동에 반응을 보였을 뿐이야. 워렌도 마찬가지고. 드류는 일부러 약을 올리는……」

그가 부드럽게 말했다.

「워렌 오빤 늘 사람 약을 올려요.」

토마스가 껄껄대며 웃었다.

「그렇긴 하지. 하지만 보통 땐 좀 교묘하게 약을 올리지. 난 좀 다른 식으로 봐. 워렌은 지금 싸울 기회를 엿보고 있는 거야. 그게 누구든 상관없이 걸려들기만을 바라는 거지.」

「하지만 왜요?」

「그게 워렌 형이 참기 어려운 감정에서 빠져나올 수 있는 유일한 방법이니까.」

그녀의 얼굴이 혐오스럽다는 듯이 뾰로통해졌다.

「워렌 오빠가 다른 방법을 찾았으면 좋겠어요. 다시 사랑에 빠진다면 열정을 쏟을 새로운 대상이 생길 거 아니겠어요? 그렇게 되면 아마도 멈출 것…….」

「내가 네 말을 제대로 들은 거냐, 조지애나 앤더슨?」

자신의 상대가 오빠임을 잠시 동안 잊고 있던 조지애나는 그의 비난하는 어조에 얼굴을 확 붉혔다.

「제발, 토마스, 내가 인생에 대해 아무것도 모른다고 생각하는 거예요?」

그녀가 방어적인 태도로 말했다.

「알아야 할 것만 알면 되지. 넌 인생의 그런 면에 대해선 거의 모르고 있잖아.」

그녀는 속으로 신음을 했으나 자신의 입장을 고수했다.

「농담하는 거죠? 내가 이 집에서 엿들은 말이 있는 데도요? 물론 내가 듣지 말았어야 했지만 그 주제가 '너어무우나아' 흥미 있어서…….」

그가 믿기 어렵다는 표정으로 눈을 감고 기둥에 머리를 기대자 그녀가 생긋이 웃었다.

「제 말을 알아들었죠, 토마스 오빠?」

한쪽 눈이 떠졌다.

「넌 변했어, 조지. 클린턴 형은 '두목 행세 한다'라고 말했지, 그러나 난 그것을…….」

「독단적이라고요. 제가 좀 그래야 할 때라고 생각하지 않나요?」

「고집세다는 게 보다 맞는 말인 것 같구나.」

「그럼 좀 그러기도 해야겠군요.」

그녀가 히죽 웃었다.

「그리고 너무나 건방지기도 하고.」

「전 얼마 전에도 그런 말을 들었죠.」

「그래?」

「그래요, 뭐가요?」

「내가 집에 돌아와서 발견한 이 새로운 여동생에게 무슨 일이 있었던 거지?」

그녀가 어깨를 움츠렸다.

「내 생각엔 이젠 내 인생에 대해 내가 직접 결정을 내리고 그 결과를 받아들여야 한다는 걸 이해한 것 같은데요.」

「영국으로 도망치듯이 떠난 것 같은?」

그가 조심스럽게 물었다.

「그것도 하나죠.」

「그럼 더 있다는 거니?」

「전 결혼하지 않을 거예요, 토마스 오빠.」

너무나 차분하게 하는 말이라서, 토마스는 그녀가 말콤을 언급하고 있다고 확신했다.

「우리도 알고 있어, 조지, 그러나…….」

「절대로 안 한다고요.」

방 안에서 불꽃이 폭발한다고 해도 그 한마디보다 더 큰 영향을 미칠 순 없었으리라. 특히 동생이 멜로 드라마처럼 구는 게 아니고 진심이라는 것을 그가 본능적으로 알았기에 더더욱 커다란 충격을 받았다.

「그건…… 좀 대담한 결심 아니냐?」

「아니에요.」

그녀가 간결하게 대답했다.

「알겠어…… 아니, 솔직히 모르겠구나. 사실, 그건 드류가 한 가정만큼이나 나쁘게 보이는걸. 하여간, 걘 어쩔 줄을 모르고 있어.」
그의 어조에서 자신이 당분간 피하고 싶었던 문제로 들어가려고 한다는 걸 재빨리 감지한 그녀가 일어섰다.
「토마스 오빠…….」
「드류가 어젯밤에 네가 우는 소리를 들었다던데.」
「토마스 오빠, 난…….」
「네 심장이 갈갈이 찢어졌다고 말하던데. 그런 거냐, 조지?」
그가 너무나 안쓰러운 어조로 물어와 다시 눈물이 나오려 한다는 것을 느낀 그녀가 감정을 억제하려고 즉시 등을 돌렸다. 물론 토마스는 기다릴 인내심이 있었다.
마침내 그녀가 나직한 말로 비참하게 인정했다.
「그런 것 같아요.」
몇 시간 전만 해도 토마스는 다음 질문을 할 생각을 못했을 테지만 이제 그는 가설을 세웠으므로 그럴 수 있었다.
「말콤 때문에 그러는 거냐?」
그녀가 놀라서 홱 뒤로 돌았다. 더 이상 말할 필요가 없기를 간절히 바랐는데. 하지만 토마스는 집요함은 말할 나위도 없고 너무나 예민한 사람이야. 그런데 내가 왜 기를 쓰고 오해하도록 만드는지 모르겠군. 지금 그게 문제 될 게 뭐가 있겠어? 왜냐하면 내가 제임스에 대해 말하고 싶지 않기 때문이지. 또다시 울게 될 텐데, 더 이상 울고 싶지 않아. 빌어먹을, 어젯밤 소동으로 당분간은 날 그냥 놔둘 거라고 생각했는데.
그녀는 마침내 한숨을 길게 내쉬면서 침대에 등을 대고 털썩 드러누웠다.
「내가 지금 느끼는 감정이 말콤의 배신을 알았을 때 느꼈던 감정과 똑같았으면 좋겠어. 그건 대처하고…… 극복하기가 쉬웠거든. 단지 화가 났을 뿐이었으니까.」

「그럼 네가 그렇게 침울한 데는 뭔가 다른 이유가 있니?」

「침울해? 그런 말론 내 감정을 표현 못해.」

그녀가 짧게 웃으면서 말했다. 그리곤 질문을 던졌다.

「왜 아직 결혼하지 않은 거야, 토마스 오빠?」

「조지…….」

「인내심을 보여봐요, 오빠. 왜 안 한 거야?」

「내가 찾는 것을 아직 발견하지 못한 거야.」

「찾고는 있어?」

「그럼.」

「클린턴 오빠는 그러지 않잖아. 그리고 아내가 죽은 후로 벌써 수년이 지났어. 클린턴 오빠는 그걸 다시 겪고 싶지 않을 뿐이라고 말하고 있어. 워렌 오빠도 아니고. 물론 워렌 오빠는 아직 쓰라린 상처를 치료하는 중이고 언젠가는 마음을 바꿀 거야. 아이를 좋아하니까. 보이드 오빠도 찾고 있지 않아. 자긴 한 곳에 정착하기엔 너무나 젊다고 말하면서 말이야. 드류 오빠도 아직 즐거움을 포기할 준비가 되지 않았나 봐.」

「드류가 네게 그런 말을 했니?」

토마스가 언성을 높일 듯한 태도로 말했다.

「아니. 내가 엿들은 것 중 하나일 뿐이야.」

그녀가 히죽 웃으면서 대답했다.

그가 심히 못마땅하다는 표정을 지었다.

「하고 싶은 말이 뭐냐, 조지? 그것 때문에 너도 더 이상 찾아보지 않겠다고 결심했니?」

「아니, 얼마 전에 난 결혼에 대해 어떤 견해를 가진 다른 사람을 만나봤어. 그는 지옥에 떨어진다해도 마땅한 사람이라고 자신 있게 말할 수 있어.」

「세상에!」

토마스는 모든 조각들이 한데 엮어지자 숨이 막혀 왔다.

「그게 이치에 맞는 말인지 궁금하구나. 그자가 누군데?」

「영국인이야.」

그가 폭발하기를 기다리면서 그녀는 잔뜩 움츠렸다. 그러나 토마스답게 단지 물었을 뿐이다.

「그의 이름이 뭔데?」

하지만 그녀는 이미 생각했던 것보다 더 많이 이야기했다.

「이름은 중요하지 않아. 오빠가 그를 만날 게 아니니까. 나도 다신 보지 못할 거야.」

「네가 자신에 대해 어떻게 느끼는지 그는 알고 있니?」

「아니야……아닐 거야. 이런, 나도 모르겠어.」

「그는 너에 관해 어떻게 느끼는데?」

「그는 날 무척 좋아했어.」

「하지만 너와 결혼할 정도는 아니겠지.」

「내가 말했듯이 그는 결혼을 바보들이나 하는 실수라고 생각하고 있어, 토마스 오빠. 바로 이게 그가 한 말이야. 그는 내가 희망을 품을 만한 말을 한마디도 하지 않았어.」

「유감스런 일이구나, 조지, 정말 유감스러워. 그러나 너도 알겠지만 이게 네가 결혼을 하지 않겠다는 이유가 될 순 없어. 이곳엔 없을지 몰라도 다른 남자가 생길 거야. 클린턴 형이 딸을 만나러 갈 때 널 뉴헤이븐으로 데리고 가겠다고 했어. 그리고 그곳에도 네 마음을 끄는 자가 없으면 워렌 형이 널 뉴욕으로 데리고 갈 거야.」

그녀는 그 말에 미소를 지어야만 했다. 오빠들은 모두 호의를 보이고 있어. 조카들을 다시 보는 일도 즐거울 거야. 클린턴 오빠의 아내가 죽었을 때 난 그 아이들을 직접 키우고 싶었지만, 그땐 나도 열두 살밖에 되지 않아서 하인들이 날 돌보거나 아니면 오빠들 중 하나는 집에 있어야 했어. 클린턴 오빠가 집에 있는 경우란 거의 드물어서 그 애들은 뉴헤이븐에 있는 외할머니와 함께 살기로 결정되었지. 다행스럽게도 뉴헤이븐은 그렇게 멀리 떨어져 있지 않아.

하지만 내가 어디라도 갈 거라면, 곧 배가 불러와 난리가 나기 전에 가야만 하겠지. 아마도 그때쯤이면 오빠들이 다 바다로 나가고 없을 거야. 그러기를 바래.

지금은 토마스 오빠가 더 사적인 질문을 생각해내기 전에 이 대화를 끝내야 해.

「부탁이라면…… 가는 것에 대해 생각해볼게, 토마스 오빠. 내가 말한 것에 대해선…… 다른 오빠들에게 말하지 마. 내가 어떻게 영국인과 사랑에 빠질 수 있었는지 다른 오빠들은 이해하지 못할 거야. 나도 이해할 수 없으니 말이야. 나도 처음엔 그를 참을 수가 없었어. 거만하고…… 하여간 오빠도 그 지독한 귀족들이 어떤지 알고 있을 거야.」

「게다가 귀족이야? 아니야, 나도 형들에게 그 말을 할 이유를 모르겠구나. 형들은 다시 전쟁을 시작하고 싶어할 거야.」

32

빌어먹을, 조지! 남자에 대해 그런 짓을 할 정도로 멍청한 거냐?」

조지애나는 그 뜻을 알아듣기도 전에 드류의 날카로운 말투에 멍해졌다.

「무슨 짓을 했다는 거야?」

오빠가 자신을 보자 마자 떨어뜨릴 뻔한 꽃병을 꽉 쥐고 있다는 것만을 알아차린 그녀가 순진하게 되물었다. 막 서재로 들어가려는 참에 말을 건네왔기 때문에 그가 펄쩍 뛰는 이유를 정말 몰랐다.

「그런 복장을 하곤 이리로 오다니.」

그가 누이 동생이 입고 있는 깊게 파인 드레스를 노려보면서 성을 내며 말했다.

그녀는 다시 멍해졌다.

「제발, 드류 오빠, 그럼 내가 파티에서 어떻게 입어야 한다는 거야? 오래된 허름한 드레스를 걸쳐야만 하는 거야? 잔디 얼룩이 온갖 데 남아 있는 정원용 드레스?」

「넌 내가 무슨 말을 하려는 건지 알고 있어. 그 옷은 너무나…… 너무나…….」

그가 으르렁거렸다.

「이 옷에 잘못된 것은 하나도 없어. 내 재봉사인 뮬린스 부인이 내 취향이 아주 좋다고 말해 줬는데 뭐.」

「그럼 뮬린스 부인이 없는 거야.」

「뭐가 없다는 거야?」

「좋은 취향 말이야.」

그녀는 기가 막힌다는 표정을 지으면서 초콜릿 색 눈을 가늘게 떴다. 드류는 이쯤에서 그만두는 게 낫겠다고 판단했다.

「조지, 네가 내 말뜻을 알아들었다면 네 드레스가 나쁘다는 말이 아니라 그게 네 몸을 잘 가려 주지 못한다는 뜻이란 걸 알 거야.」

「너무나 잘 알아들었어, 드류 앤더슨. 오빠들이 내 보디스(끈으로 가슴, 허리를 조여 매는 여자용 웃옷)가 파인 선이 싫다고 해서 내가 시대에 뒤떨어진 드레스를 입어야 해? 다른 여자가 이런 드레스를 입는다고 불평해 대는 오빠를 한 번도 보지 못했다고 확신할 수 있는데도?」

그녀가 화가 나서 쏘아붙였다.

사실이 아니라고 부정할 수 없는 그는 그 화제에 대해선 입을 다무는 게 분별 있는 행동일 거라고 판단했다. 그러나 아직도…… 빌어먹게도 여동생은 그에게 기회를 주지 않았다. 어려 보이기만 한 여동생이 실은 미인으로 활짝 폈음을 알고는 있었지만, 이건 큰 돛대 위에서 동네방네 소리쳐 대는 거야.

조지애나는 얼굴을 붉히면서 허둥대는 오빠가 우스운 한편 가여워 보이기도 했다. 어쨌든 드류가 집에 있을 때 내가 옷을 잘 차려입은 경우가 없었지. 그래서 오빠가 평소에 입는 드레스 말고 다르게 차려입은 날 본 게 칠 년은 되었을 거야. 게다가 최근엔 소년 복장까지 봤으니. 이 드레스를 작년 크리스마스에 열린 윌러드의 연례 무도회에서 입을 계획이었는데, 너무나 추워서 그냥 옷장 속에 고이 모셔둬야 했어. 하지만 그리스 스타일이 아직도 유행이라서 얇은 천으로 된 흰색 실크에 바티스트 천으로 된 투명한 장미가 달려 있는 이 드레스를 입어도 된 거지. 게다가 엄마의 루비 목걸이가 목 아래로 넓게 퍼져 있어서 너무나 근사한데 드류 오빠가 뭐라는 거지.

그러나 드류 오빠가 하는 짓은 좀 우스운 일이야. 내 옷이 벗겨질 것처럼 보이진 않는데. 젖꼭지 위로 족히 오 센티미터는 리본이 달려 있고 이건 다른 여자의 파티 드레스 차림과 비교해 상당히 가린 건데 뭐. 가슴이 갈라진 틈이 조금 보일 뿐이고 말이야. 그건 좀 보여도 된다고 생각해.

「좋아요, 드류 오빠. 아무것도 떨어뜨리지 않겠다고 약속할게요. 만약 떨어뜨리면 다른 사람에게 주워달라고 하죠.」

그녀가 생긋 웃었다.

그는 그 말을 기품 있게 받아들였다.

「네가 그러는지 지켜보마.」

그러나 기어이 한마디쯤 덧붙이고 싶은 충동엔 저항할 수가 없었다.

「워렌 형이 네 머리 위로 푸대자루를 뒤집어씌우지 않는다면 다행일 거야.」

그녀가 눈을 굴렸다. 이게 바로 오늘 밤을 즐겁게 보내기 위해 그녀가 바라는 거였다. 오빠들이 파티에서 자신에게 다가오는 남자들을 노려보던가 아니면 남자들이 접근하지 못하게 그녀를 둘러싸고 있어 주기를 바랐다.

「그걸로 뭘 하는 중이에요?」

화제를 바꾸기 위해 꽃병을 가리키면서 그녀가 물었다.

「우리의 중국 무역항만한 가치가 있는 게 뭔지 자세히 보고 있는 것뿐이야.」

조지애나는 집에 온 날 저녁에 그 이야기를 들었다. 워렌이 도박으로 딴 꽃병은 단순한 골동품이 아니라 약 구백 년 전 당나라 시대에 만들어진 가격을 매길 수 없는 예술품이었다. 그것만으로도 믿을 수가 없는 이야기였다.

세상에, 다른 사람도 아닌 워렌 앤더슨이 꽃병에 배를 걸다니! 워렌이 그때 상당히 취해 있었다는 말을 듣지 않았다면 네레우스가 그의 인생에서 가장 중요한 것이기에 그 말을 하나도 믿지 않았으리라.

그러나 클린턴이 사실임을 확인해 줬다. 그도 그때 그곳에 있었으나 워렌에게 게임을 하지 말라고 말릴 생각조차 하지 않았었다. 말려도 소용 없었겠지만 말이다. 클린턴은 종달새 상선 한 척을 잃어버리는 위험을 감수할 정도로 열렬히 그 꽃병을 원했던 게 분명했다. 물론 배 한 척과 그 꽃병의 가치는 비교할 만한 게 아니었지만.

그때 두 사람이 다 알아차리지 못한 점은 워렌의 배에다 꽃병을 건 중국 성주가 자신이 내기에서 지면 약속을 존중할 의사가 전혀 없었다는 거였다. 불행히도 그는 졌고, 그의 부하들은 꽃병을 되찾기 위해 두 사람이 배로 돌아가는 길에 습격을 감행했다. 만약 선원들이 구출하러 오지 않았더라면 두 사람 다 그날 밤에 살아 남지 못했을지도 몰랐다. 거세게 추격하는 중국인들을 간신히 따돌리며 그들은 겨우 도망칠 수 있었다. 그렇게 갑자기 떠나야 했기 때문에, 두 사람은 생각보다 훨씬 더 일찍 집으로 돌아오게 된 거였다.

조심조심 꽃병을 클린턴의 책상에 내려놓는 드류를 보면서 그녀가 말했다.

「클린턴 오빠가 그런 상황을 잘 받아들이는 게 놀라워요. 종달새 상선이 중국 항로를 개척하는데 오랜 시간이 걸렸는데, 그걸 위험에 빠뜨리다니 정말 놀라워요.」

「나도 잘 모르겠어. 형은 중국 무역에서 남기는 이익만큼이나 긴 항해에 싫증이 나 버린 거라고 생각돼. 워렌도 마찬가지고. 그래서 형들은 돌아오는 길에 새 시장을 개척하려고 유럽에서 몇 번 멈췄대.」

그녀는 전에는 그런 말을 듣지 못했었다.

「그럼 영국도 용서하고 새 시장 중에 넣어줄 생각이야?」

그가 그녀를 쳐다보면서 낄낄거리며 웃었다.

「농담이지? 전쟁 전에 그 독단적인 봉쇄에 우리가 치른 희생이 얼만데 그런 생각을 해? 그들의 빌어먹을 군함이 우리 배를 멈추곤 소위 도망자를 징집한 게 얼만가는 말할 것도 없어. 경기가 바닥까지 내려가야 클린턴이 다시 영국과 거래를 틀 생각을 할 거야. 우리가 그들과의 무역을 결사적으로 원한다고 할지라도 망설일 게 분명해.」

그녀는 속으로 우거지상을 지었다. 만약 그녀가 언젠가는 영국으로 건너가서 다시 제임스를 볼 수 있을지도 모르겠다는 희망을 가슴 깊숙이 숨기고 있었다면, 이젠 단념하는 편이 나을 거였다. 그의 자메이카 여행이 마지막만 아니라면 그곳엔 쉽게 갈 수 있을 테지만 그는 자신의 소유물을 처분하러 가던 길이었고 영원히 영국으로 돌아갈 거라고 말했었다.

「난 그렇게 생각하지 않아.」

그녀가 작은 목소리로 말했다.

「뭣 때문에 인상을 쓰고 있는 거니, 조지? 그 빌어먹을 자식들이 네 말콤을 뺏아가 너한테 그런 슬픔을 준 영국을 용서한 거야?」

그녀는 웃을 뻔했다. 영국은 용서할 수 없지만 한 특정한 영국인에겐 뭐라도 용서할 수 있어. 만약 그가…… 뭐라고? 날 원하는 대신에 조금만 날 사랑한다면? 그건 달을 따달라는 부탁과 마찬가지야.

그러나 드류는 대답을 기다리고 있었다. 그래서 그녀는 오빠가 가장 듣고 싶어할 대답을 했다.

「물론 아니야.」

그녀가 딱딱거리며 말하곤 떠나려고 돌아서는데 안으로 들어오는 워렌이 보였다. 그는 곧장 그녀의 드러난 목선으로 눈길을 던지곤 폭풍우가 시작될 듯한 표정을 지었다. 그녀가 다시 날카롭게 말했다.

「한마디도 하지 말아요, 워렌 오빠, 아니면 이 옷을 찢어버리고 벌거벗은 채 파티로 내려갈 거야. 내가 그러지 못하나 두고 봐!」

「나라면 그러지 않겠어.」

워렌이 그녀를 따라 서재에서 나가려고 하자 드류가 경고하는 어조로 말했다.

「쟤 가슴을 봤지?」

워렌이 도로 돌아서면서 반쯤은 화가 나고 반쯤은 즐거운 음성으로 말했다.

「못 볼 리가 없지. 내가 그 말을 했더니 펄펄 뛰더군. 쟨 우리가 보지 못하는 사이에 어른이 됐어, 워렌 형.」

드류가 쓴웃음을 지으면서 말했다.

「조지는 아직 다른 옷으로 갈아입을 틈이…….」

「그러지 않을 거야. 만약 형이 계속 그런 식으로 나오면 조지는 정말 자신이 말한 대로 하고 말걸.」

「바보처럼 굴지마, 드류. 조지는…….」

「정말로 확신할 수 있어? 우리의 어린 조지는 변했어. 난 미친 듯이 날뛰는 미인을 말하는 게 아니야. 그 말은 표현이 좀 약해. 너무나 갑작스런 일이라 놀랍기만 하지만, 조지가 새로운 여자가 된 것 같아.」

드류가 다시 끼여들었다.

「뭐가 말이야?」

「쟤 고집 말이야. 요즘 부리고 있는 성질도. 어디서 배웠는지는 묻지마, 나도 모르니까. 하지만 때론 정말로 재밌고 우스운

위트를 부리기도 해. 건방지게 굴기도 하고. 빌어먹을, 더 이상 조지를 놀려먹지도 못하겠어. 너무나 빠르게 말대꾸를 해대니 말이야.」

「그것과 저 빌어먹을 드레스완 아무런 상관이 없어.」

「이제 누가 바보처럼 구는 거지?」

드류가 코웃음치곤 조지애나의 말을 빌려 말했다.

「다른 여자가 저런 드레스를 입었다고 형이 화낸 적은 없잖아? 어쨌든 저 목선이 깊게 파인 드레스가 한창 유행이야.」

그가 히죽 웃으면서 덧붙였다.

「하느님께 감사할 일이지.」

그 말에 워렌은 잠시 후에 손님을 맞이하면서도 계속 흥분해 있어서 어떤 남자라도 조지애나를 조금만 오래 쳐다보면 즉시 위협적인 표정을 지었다. 물론 다른 사람들은 그녀의 아름다운 드레스에 잘못된 점이 있다곤 생각하지 않았다. 만약 있다면 주위에 사는 여자들이 입고 있는 드레스 다음으로 수수하다는 점이었다.

다른 바닷가 마을들이 다 그렇듯이 남자보다 여자들이 훨씬 더 많이 참석했다. 그러나 갑작스런 파티치고는 참석자가 의외로 많았다. 주로 거실에 사람들이 모여 있었으나 너무 많은 사람들이 참석했고 시간이 지나감에 따라 점점 더 많은 사람들이 오고 있어서 일층에 있는 모든 방엔 사람들이 들어차 있었다.

워렌이 파티가 시작된 후로 줄곧 몇 발자국도 떨어져 있지 않다는 사실에도 불구하고 조지애나는 즐거웠다. 적어도 그는 인상은 쓰고 있지 않았다. 보이드도 처음 그녀를 보고 나서는 나이가 몇 살이던지 간에 그녀 옆으로 남자가 오기만 하면 즉시 옆으로 왔다. 그 남자가 아내와 함께 와도 말이다. 드류는 감시꾼 노릇을 하는 두 형제를 지켜보려고 가까이에서 서성대면서 대단히 즐거워했다.

「클린턴이 네가 곧 뉴헤이븐으로 갈 거라고 말해 주던데.」

「그럴 것 같아요.」

조지애나가 지금 막 담소에 합세한 뚱뚱한 여자에게 가볍게 대답했다.

위긴스 부인은 농부와 결혼했으나 본래 도시 출신으로 이곳에 적응하는데 상당한 어려움을 겪었다. 그녀는 화려한 부채를 펄럭거려 바람을 일으키기 시작했다. 사람들이 모여 있어서 방이 좀 더워지고 있었다.

「하지만 영국에서 돌아온 지도 얼마 안 됐는데.」

마치 조지애나가 잊고 있다는 듯이 좀더 나이든 여자가 끼여들었다.

「하여간, 얘야, 그곳은 어떻든?」

「끔찍했어요. 혼잡하고요. 도둑과 거지들이 득실거렸죠.」

그녀는 아름다운 전원이나 브리지포드를 생각나게 하는 예스러운 마을 이야기는 하지 않으려고 애썼다.

「들었죠, 에이머스? 우리가 상상한 그대로예요. 죄악의 소굴이라고요.」

위긴스 부인이 남편에게 말했다.

조지애나는 그렇게까지 헐뜯을 생각은 아니었다. 어쨌든 영국엔 부자와 가난한 자라는 두 가지 면이 있어. 아마 그래서 내가 나쁘게 말한 건지도 몰라. 부자들이 전부 도둑은 아닐지도 모르지만 내가 만난 귀족은 무척 사악했어.

「네가 그곳에 오래 있지 않아서 다행이야.」
위긴스 부인이 계속해서 말했다.
「그래요. 전 볼 일을 아주 빨리 끝낼 수 있었어요.」
조지애나가 말했다.
위긴스 부인은 무슨 볼 일이냐고 묻고 싶어 죽을 지경인 게 분명했지만 겉으로 드러낼 만큼 대담하진 못했다. 조지애나 자신도 배신당했고 버림받았다는 말을 자발적으로 꺼내 화젯거리를 제공할 맘은 전혀 없었다. 자신이 어린 시절의 환상에 그렇게 오랫동안 매달린 바보였다는 사실을 실토하는 격으로, 놀림감이나 될 게 뻔했다. 게다가 이미 자신이 말콤을 사랑한 적도 없었다는 결론을 내렸다. 제임스 말로리에게서 느끼는 뭐라 표현조차 할 수 없는 감정과 비교하면 말콤에 대한 감정은 단순하고 싱거웠다.
위긴스 부인이 그녀 뒤쪽에 있는 문가를 아주 흥미진진한 시선으로 쳐다보는 모습에서 그녀는 순간적으로 등을 타고 흐르는 어떤 예감이 방금 생각해낸 이름 탓이라고 돌렸다. 어리석고 희망적인 생각일 뿐, 그저 돌아보기만 하면 맥박이 진정될 거라고 믿으려 했다.
하지만 그럴 수가 없어. 그게 얼마나 근거 없는지는 잘 알지만 그곳에 희망이 있어. 아무것도 아니라고 깨부수기 전에 그걸 음미하고 잠깐이라도 매달리고 싶어.
「저 남자가 누구예요?」
위긴스 부인이 조지애나의 생각을 깼다.
「당신 오빠의 선원 중 한 명인가요, 조지애나?」
아마도, 그럴 거야. 종달새 호는 항구에 들를 때마다 새로 선원들을 뽑았고, 새 얼굴은 이곳 브리지포드에선 늘 호기심을 불러일으켰으니 말이야.

「저 남잔 선원처럼 보이진 않아요.」

위긴스 부인이 나름대로 결론을 내리곤 고개를 갸웃 하며 말했다.

「저 잔 우리 선원이 아니오.」

조지애나가 옆에 있다는 것도 잊어버리고 있던 보이드가 놀라서 대답했다.

「그러나 눈에 익은 얼굴인데. 전에 만난 적이 있던가, 아니면 어디선가 그를 봤는데…… 어딘지 생각이 나지 않는군.」

정말 희망을 북돋아 주는 말이군! 그녀는 정나미가 떨어져서 생각했다. 맥박이 느려지면서 다시 숨을 쉴 수도 있게 됐다. 그리고 도대체 이처럼 호기심을 자아내는 남자가 누군지 보려고 돌아서자…… 발 밑에서 바닥이 사라졌다.

그가 채 열 발자국도 떨어지지 않은 곳에 서 있었다. 금발에 우아하고 고통스러울 정도로 핸섬한 덩치 큰 그가. 내게 박힌 그의 초록색 눈동자는 평생 보아온 중에서 가장 위협적이고 차가워 숨도 못 쉬겠어. 내 사랑, 내 영국인, 그리고 ―숨막힐 정도로 빠르게 현실이 떠올랐다 ―내 파멸!

33

왜 그래, 조지? 넌 갑자기 창백해 보여.」

보이드가 놀라서 물었다.

그녀는 대답할 수 없었다. 팔을 꼭 잡아 준다고 느끼면서도 오빠쪽으론 고개를 돌릴 수조차 없었다. 그녀는 제임스에게서 눈을 뗄 수가 없었다. 또한 자신이 한 어리석은 희망 게임에도 불구하고 그가 이곳에 있다는 사실을 믿을 수가 없었다.

제임스가 머리를 잘랐네. 그게 조지애나가 제일 처음 한 일관성 있는 생각이었다. 자메이카에 도착할 무렵엔 길게 자란 머리를 뒤로 묶고 금 귀고리까지 달고 있어서 내 홀딱 반한 눈에 그는 보다 해적 같아 보였는데…… 하지만 이젠 전혀 해적으로 보이지 않아. 그의 금갈색 머리카락은 마치 거센 폭풍우를 헤치고 온 듯이 헝클어져 있지만 그조차도 다른 남자들이 본따려고 몇 시간이나 노력하는 스타일처럼 너무나 완벽해 보여. 아직도 금 귀고리를 하고 있다면, 그의 귀를 덮고 있는 머리카락이 가리고 있겠지.

자연스레 빛을 발하는 고귀한 풍모 덕분에, 그는 파티에 입장할 수가 있었다. 게다가 벨벳과 실크로 훌륭하게 성장을 했다. 그가 에메랄드 색을 입었을 때 사람의 넋을 빼놓을 듯이 보인다고 생각했던가? 짙은 포도주 색을 입고 있으니 압도적으로 보여. 벨벳의 털이 너무나 훌륭해서 방에 있는 밝은 불빛을 받아 보석처럼 빛나고, 목에 두른 유행하는 스카프와 똑같이 눈처럼 흰 실크 스타킹에선 그 남자가 아니더라도 주목을 끌 게 분명한 굵은 다이아몬드가 번쩍였다.

그 찌르는 듯한 시선에 사로잡히기 전에, 처음 그를 본 순간, 조지애나는 이 모든 것을 한눈에 알아차렸다. 그의 시선은 내내 그녀에게 필사적으로 달려야만 했다는 신호를 발하고 있었다. 함께 보내는 수주 동안 이런저런 분위기의 제임스 말로리를 보았었다. 때론 기분이 나쁠 때도 있었으나 솔직히 냉정을 잃을 정도로 화가 난 그는 보지 못했다.

그러나 지금은 타고 있는 석탄도 얼어붙게 할 분노가 그의 눈에 확연히 드러나 보여 그녀를 떨게 하고 있었다. 그는 정말 화가 나 있고, 그녀는 도무지 짐작할 수도 없었다. 잠시 동안 그가 한 일이라곤 그녀에게 자신의 존재를 아니, 분노를 알리는 것뿐이었다.

「너도 저 남자를 아니?」

너도? 오, 그럴 거야. 보이드는 그가 눈에 익어 보인다고 했다. 오빠가 잘못 본 게 분명하지만, 긴장으로 굳어 버린 목에서 한마디 말도 나오기 전에 제임스가 아주 느린 걸음으로 그녀에게 다가오기 시작했다.

「드레스를 입고 있는 조-지라? 너무나 독특한 모습 같군.」

그의 냉담한 목소리가 팽팽한 긴장에 균열을 일으키며 그녀와 그녀 주변으로 울려 퍼졌다.

「당신에게 무척 잘 어울리는군. 그러나 난 바지를 입고 있는 당신이 더 좋소. 그게 훨씬 더 즐거운…….」

「누구십니까?」

보이드가 제임스 앞으로 걸어가면서 그의 경멸적인 말을 자르기 위해 공격적으로 말했다.

잠시 동안 제임스는 마치 보이드를 무시하는 듯한 인상을 주었는데, 조지애나는 그 점에 대해선 조금도 의심하지 않았다. 제임스 말로리는 얼마든지 그럴 수 있는 사람이다.

그들의 키는 비슷했으나 보이드는 마른 편에 나머지 오빠들처럼 튼튼했다. 반면에 제임스는 골격이 크고 건장하고 근육질인 벽돌 벽에다 스물 여섯이나 된 보이드를 학교를 갓 졸업한 소년처럼 보이게 했다.

「이런, 정말로 간섭할 생각은 아니겠지, 그렇지, 젊은이?」

「난 당신이 누구냐고 물었소.」

보이드가 조롱하는 듯한 겸손을 눈치채곤 얼굴을 붉히면서 다시 물었다. 그리곤 마주 조롱을 담아 덧붙였다.

「영국인이란 것, 말고 말이오.」

모든 즐거운 기색이 다 사라져 버렸다.
「영국인이란 것 외에 난 제임스 말로리요. 이제 착하게 옆으로 물러나 주게.」
「그렇게 빨리는 안 되지.」
이번엔 워렌이 제임스의 앞을 가로막기 위해 보이드 옆으로 움직였다.
「이름만으론 당신이 누구고 이곳에서 뭘 하고 있는 건지 우린 알 수가 없소.」
「다른 잔가? 우리가 이렇게 힘들게 해야만 하는 거요, 조지?」
워렌의 찌를 듯한 큰 키가 가리고 있어서 그녀가 보이지 않는데도 그가 그렇게 물었다.
물론 조지애나는 오빠들이 가리고 있는 상황과는 상관없이 제임스의 말 뜻을 조금도 의심하지 않았다. 어쨌든 그녀는 자신이 움직일 수 있다는 것을 알아내곤 아주 빠르게 보호 벽을 돌아 나왔다.
「제 오빠들이에요, 제임스. 제발…….」
「오빠들이라고?」
그가 냉소적으로 되물으면서 냉담한 초록색 눈을 그녀에게 돌렸다.
「그들이 당신 주변을 맴도는 것을 보고 난…… 아주 다르게 생각했는데.」
그 의미를 이해하지 못하는 사람이 아무도 없게 너무나 의도적인 어조로 빗대자 조지애나는 숨이 막혔다. 보이드는 홍당무처럼 얼굴을 붉혔다. 워렌은 재빨리 주먹을 날렸으나 너무 쉽게 빗나가서 그는 잠시 동안 당황했다. 바로 그때 드류가 와서 다시 주먹을 휘두르려는 워렌을 막았다.

「생각이 없는 거야?」

그가 당황한 작은 목소리로 말했다.

「방 안엔 손님이 가득해, 워렌. 손님이라고, 기억해? 빌어먹을, 오늘 오후에 날 때려눕혔을 때 형의 정신이 어떻게 된 거라고 생각했어.」

「넌 저 자식이 뭐라고 말했는지 듣지…….」

「솔직히 말하면, 들었어. 그러나 형과는 달리 그가 조지를 자메이카로 태워다 준 배의 선장이란 사실을 알게 되었지. 늘씬하게 패주는 대신에 먼저 그가 이곳에서 뭐하는 거고, 왜 그렇게…… 도발적으로 구는지 알아내는 건 어때?」

「술이 취한 게 분명해.」

보이드가 말했다.

제임스는 아무런 대답도 없이 조지애나를 쏘아보고 있었다. 좀체로 이해하기 어려운 그 표정 때문에, 그녀는 이곳에 그가 있어서 기쁘다는 표시를 드러낼 수가 없었다.

「당신 말이 정말로 옳군, 조-지. 당신 오빠들은 꽤나 지루해.」

물론 그는 그녀의 오빠들에 대해 말하고 있었다. 그녀가 배에 오른 날 맥 외에도 오빠들이 더 있다면서 해준 말이었다. 다행스럽게도 세 오빠는 그것을 깨닫지 못했다.

조지애나는 무엇을 해야만 할지 몰랐다. 제임스에게 이곳에 온 이유나 자신에게 그렇게 화가 나 있는 이유가 뭔지 묻기가 겁이 났다. 난리가 나기 전에 그를 오빠들에게서 떼어놓고 싶었으나 그와 단둘이 있고 싶은지조차 확실히 몰랐다. 그러나 그래야만 했다.

워렌의 팔에 손을 올려 놓자 그가 얼마나 긴장해 있는지가 전해졌다.

「전 선장님과 단둘이 이야기하고 싶어요.」

「안 돼.」

단호한 워렌의 표정으로 보아 그를 달랠 방법이 없음을 알아차린 조지애나는 다른 쪽에 대고 도움을 청했다.

「드류 오빠?」

드류는 좀더 요령이 있었다. 제임스를 계속 쳐다보면서 그녀를 무시해 버렸다.

「왜 이곳에 온 거요, 말로리 선장?」

그가 매우 합리적인 어조로 물었다.

「자네가 알아야만 한다면, 난 그녀가 아무 생각없이 우리 선실에 남겨 놓고 간 소지품을 가져온 거요.」

오빠들을 빠르게 쳐다본 후에 조지애나는 속으로 신음을 했다. '우리'라는 말은 달도 없는 밤에 반짝이는 등대처럼 눈에 확 띄는 말이어서 그 의미를 놓친 사람은 아무도 없었다.

처음에 생각한 게 맞은 거야. 내 파멸이 다가온 거지. 특히나 제임스가 당황스러울 정도로 어처구니없게 비열하게 굴고 있으니 말이야. 그는 피를 보려는 게 분명해. 땅을 파서 날 묻어 버리는 게 더 나을 텐데.

「제가 설명…….」

그녀가 오빠들에게 말을 꺼내면서도 충분히 계속할 순 없으리라 생각했는데 그 생각이 옳았다.

「난 말로리의 설명을 듣는 게 낫겠어.」

워렌이 간신히 분노를 억누른 어조로 말했다.

「하지만…….」

「나도 그러겠어.」

드류가 다시 끼여들었다. 그의 어조는 더 이상 이성적이지 않았다.

조지애나가 그때 냉정을 잃었다.

「둘 다 그만해 둬! 그가 일부러 싸움을 걸고 있다는 것을 모르겠어? 그걸 알아야 해, 워렌 오빠. 오빠도 항상 똑같은 짓을 하잖아.」

「누가 이곳에서 무슨 일이 벌어지고 있는지 내게 말해 줄래?」

클린턴의 목소리가 들려왔다.

조지애나는 그가 옆에 토마스를 데리고 와서 저으기 안심이 되었다. 아마도, 정말 아마도, 제임스가 이제 신중해져서 내 평판을 땅에 떨어뜨리는 행동을 재고할는지도 몰라. 그가 여기까지 온 목적에 대해선 확실히 알겠어. 단지 왜 그런 짓을 하는지만 모르겠을 뿐이지.

「괜찮니, 스위트하트?」

토마스가 보호하려는 듯이 그녀의 어깨에 팔을 두르면서 물었다.

그녀가 고개를 끄덕이자 마자 제임스가 비웃으며 토마스의 말을 반복했다.

「스위트하트?」

「다시 그런 식으로 생각하려고 하지조차 마세요, 제임스 말로리. 이 사람은 제 오빠인 토마스예요.」

그녀가 분노에 차 낮게 말했다.

「그럼 저 산은 누구요?」

「제 오빠인 클린턴이에요.」

그녀가 이를 갈면서 말했다.

제임스는 그저 어깨만 으쓱했을 뿐이다.

「가족간에 전혀 닮지 않은 점을 고려하면 실수하는 게 당연한 거요. 어머니가 다른 거요, 아니면 아버지 쪽이오?」

「당신 동생이 죄악처럼 새까마니 당신도 가족간의 닮은 점에 대해선 뭐라고 할 만한 처지가 아니긴 마찬가지죠.」

「안토니는 그 비유를 좋아할 거요. 당신이 내 동생을 만났던 일을 기억하고 있다는 사실을 알게 되어서 기쁘오, 조-지. 내 동생도…… 나만큼이나 당신을 잊지 못했지.」

그녀는 당황해 있어서 그 말의 의미를 놓치고 말았다. 클린턴은 날카롭게 기침을 해대면서 아직도 설명해 주기를 기다리고 있었다.

보이드가 그녀에게 서두르라는 신호를 보내면서 말을 꺼냈다.

「저 남잔 조지가 영국을 떠날 때 타고 온 배의 선장이야. 게다가 영국인이기도 하고.」

「그건 벌써 알고 있었어. 왜 우리 손님들 앞에서 너희들이 작은 쇼를 펼치고 있는 거지?」

보이드는 클린턴의 어조에 묻어 있는 비난에 부끄러워하며 입을 다물었다. 그러나 드류가 말을 이었다.

「우리가 시작한 게 아니야, 형. 저 자식이 방으로 들어오자 마자 조지를 모욕하고 있어.」

제임스의 입술이 경멸적으로 뒤틀렸다.

「내가 바지 입은 조-지가 더 좋다고 말한 것이? 그건 모욕이 아니라 의견차이요.」

「자네 말투는 달랐어, 말로리, 그걸 자네도 알 거야.」

워렌이 분노에 차서 그에게 말했다.

「그가 하는 말은 그저 쓸데없는 말이 아니야, 클린턴 형. 저 자는 또한 조지애나의 소지품이 그의 선실에 있다는 말도 안 되는 소리를 지껄이기도 했어. 그 말은…….」

「물론 그건 내 방에 있었소. 그녀의 소지품이 그밖에 어디에 있었겠소? 어쨌든 조-지는 내 캐빈 보이였는데.」

제임스가 무척 차분한 어조로 끼여들었다.

그는 연인이라고 말할 수도 있었어. 조지애나는 얼굴이 백짓장처럼 하얘지면서 생각했다. 그러면 훨씬 더 나빠졌을 거야.

오빠들 모두가 그녀를 쳐다보며 방금 들은 말을 부인해 주기를 바라고 있는 동안에 그녀가 할 수 있는 일이라곤 험악한 눈길로 제임스를 노려보는 것뿐이었다. 하지만 그의 눈엔 승리감도 보이고 않고 이 방에 처음 들어왔을 때처럼 냉담한 기색만 담겨 있었다. 아직도 마지막 일격이 끝나지 않아서 그녀는 더럭 겁이 나면서 눈앞이 가물거렸다.

「조지애나?」

그녀는 이리저리 필사적으로 생각을 짜냈으나 거짓말을 하기 전에는 제임스가 몰아 넣은 궁지에서 빠져나올 방법이 떠오르지 않았다. 그가 그곳에 서 있으니 거짓말을 둘러대 모면하려는 시도는 생각할 가치도 없었다.

「얘기하자면 길어요, 클린턴 오빠. 제가 나중에 다…….」

「지금!」

훌륭해. 이제 클린턴도 화가 났어, 토마스까지도 인상을 쓰고 있고. 땅을 파서 날 묻어 버리는 게 내가 할 수 있는 유일한 선택일 거야.

「알았어요. 하지만 오빠만 괜찮다면 서재에서 이야기하고 싶어요.」

그녀가 딱딱하게 말했다.

「그렇게 하자.」

그녀는 누가 따라오는지 보지도 않고 서재 쪽으로 걸어갔다. 그러나 자신의 뒤를 따라 제일 처음 제임스가 들어오자 그녀는 놀랐다.

「당신은 초대되지 않았어요.」

「아, 난 초대되었소, 내 사랑. 저 애송이들은 나 없인 한 발자국도 움직이려 하지 않았소.」

그 말에 대한 대답으로 그를 노려보고 있는 동안에 오빠들이 방 안으로 들어왔다. 서재엔 딱 한쌍의 남녀가 있었는데, 드류가 약간의 시비를 걸어 소파에 있는 그들을 재빨리 내쫓았다. 조지애나는 바닥에 발을 가볍게 두드리면서 기다렸다.

내게 일어났던 일을 모조리 털어놓고 오빠들에게 제임스를 죽여 버리게 하는 게 나을 거야. 도대체 그는 이곳에서 상대하고 있는 사람이 누구라고 생각한 거지? 차분하고 이성적인 사람들이라고? 하! 그가 갑작스레 놀래켰기 때문에 그의 썩어빠진 계획이 그의 면전에서 예상과 어긋난 결과를 초래하더라도 그에겐 마땅한 일이야.

「그럼, 조지애나?」
「제게 가문의 우두머리 같은 음성으로 말할 필욘 없어요, 클린턴 오빠. 전 용서를 빌 만한 일은 하나도 하지 않았어요. 어쩔 수 없어서 맥 아저씨와 전 집으로 돌아오는 길에 일을 해야만 했어요. 하지만 전 소년으로 변장하고 있었어요.」
「그럼 소년으로 변장하고 어디서 잔 거냐?」
「선장님이 친절하게도 선실을 함께 쓰게 해줬어요. 오빠도 보호해 주려는 마음으로 곧잘 캐빈 보이에게 그렇게 하잖아요. 그리고 그는 내가…… 여자……라는 걸…….」
좀전에 들은 말을 마침내 깨닫게 되자 그녀는 눈을 크게 뜨고 사람이라도 죽일 듯이 번득이면서 그를 노려봤다.
「이 나쁜 자식! 날 잊지 못했다는 말이 무슨 무슨 뜻이죠? 처음부터 제가 여자라는 것을 알고 있었는데 나중에 내 변장을 알아차린 척했을 뿐이란 말인가요?」
아주 태연하게 제임스가 대답했다.
「그렇소.」
조지애나의 반응에 미지근한 점은 하나도 없었다. 분노에 차서 낮게 울부짖으면서 제임스 쪽으로 뛰어갔다. 워렌이 이미 홱 돌아서서 제임스를 마주보고 있었기 때문에 토마스가 그녀가 목표물에 도달하기 직전에 등을 잡아 끌어안았다.
「자네가 내 동생의 평판을 떨어뜨렸어, 그렇지 않나?」
워렌이 불쑥 말했다.
「당신 여동생은 선창가 매춘부처럼 굴었소. 그녀는 내 캐빈 보이로 고용된 후로 처녀답게 점잔을 빼지도 않았고 내 옷 입는 시중을 들었고 심지어 목욕을 도와주기도 했소. 내가 그녀에게 손을 대기도 전에 자신이 먼저 평판을 떨어뜨린 거요.」

「세상에! 정말로 네가…… 네가…….」

워렌이 말을 잇지 못하고 더듬거렸다.

워렌은 대답을 기다리지도 말을 끝마치지도 않았다. 그날 밤 들어 두 번째로 그는 감정에 따라 주먹을 휘둘렀다. 또한 두 번째 주먹도 어이없게 빗나가 버렸다. 제임스가 워렌의 턱에 즉시 잽을 날려 그의 머리가 뒤로 홱 젖혀졌다. 어안이 벙벙해진 워렌이 그 자리에 멍하니 선 채로 놀라움에서 벗어나는 동안 이번엔 클린턴이 제임스를 상대하려고 나섰다.

「나하고 한 번 붙어보는 게 어떤가, 말로리?」

조지애나는 자신의 귀를 믿을 수가 없었다.

클린턴 오빠가 싸움을! 침착하고 진지한 클린턴 오빠가?

「토마스, 어떻게 좀 해봐.」

그녀가 애원했다.

「내가 놔 주면, 네가 끼여들 거란 생각이 들지 않았다면, 클린턴 형이 저 자식의 얼굴을 새로 맞춰 주는 동안 내가 저 자식을 붙잡고 있을 거야.」

「토마스 오빠!」

그녀는 믿을 수가 없어서 숨을 헐떡였다.

오빠들이 다 지각을 잃어버린 건가? 성질이 불 같은 세 오빠한테서 그런 말이 나오리란 것을 예상했지만 토마스 오빠가 성질을 내는 경운 없었는데. 그리고 클린턴 오빠가 싸움을 하는 경우도 없었고. 하지만 저렇게 화가 나서 저기 서 있는 클린턴 오빠를 봐. 이 방에서 제임스보다 나이가 많은 유일한 사람이고 아마도 그와 상대할 수 있는 유일한 사람일 거야. 그리고 저 악마 같은 건달 제임스는 자신이 모든 사람을 불붙게 한 데 조금도 신경을 쓰지 않는 것 같아.

「내게 덤비겠다면 환영하는 바요, 미국인.」

그가 조롱하듯이 입을 비틀며 말했다.

「그러나 내가 이런 종류의 일에 무척 능숙하다는 것을 경고해 주겠소.」

비웃는 거야? 용감히 맞서는 거야? 저 남자가 자살을 하려는 건가. 그저 클린턴 오빠만 상대하면 된다고 정말로 믿고 있는 건가? 물론, 그는 오빠들에 대해서 모르고 있어. 오빠들은 서로에게 무자비하게 집적거리긴 하지만 공동의 적에 대해선 단결해서 물리치지.

두 사람이 싸우기 시작했으나 몇 분만에 제임스가 허풍을 떨지 않았다는 게 쉽게 드러났다. 클린턴은 한 대 때렸으나 제임스는 그 벽돌 같은 주먹으로 열다섯 대 정도를 때렸다.

클린턴이 특히 센 주먹을 한 대 맞고 뒤로 물러나 비틀거리는 동안에 보이드가 끼여들었다. 안타깝게도 조지애나의 막내 오빠는 승산이 없었다. 그도 뻔히 알고 있지만 화가 폭발한 지금 그런 사실을 고려할 상황이 아니었다. 어퍼컷과 라이트를 질펀하게 맞은 후에 곧 보이드는 바닥에 뻗었다…… 그리곤 다시 워렌의 차례가 되었다.

그는 이번엔 좀더 준비가 되어 있었다. 어쨌든 그는 미숙한 싸움꾼이 아니고, 사실, 워렌이 싸움에서 지는 경우는 드물었다. 큰 키와 긴 팔 때문에 대부분의 싸움에서 유리했다. 하지만 전에는 권투 훈련을 받은 사람과 붙었던 적이 없었다. 물론 클린턴보다는 잘 처신했다. 그는 라이트를 계속해서 힘차게 맞췄다. 그러나 그의 주먹은 별 타격을 주지 못한 듯했다. 마치…… 벽돌 벽을 치는 것처럼.

그는 십 분쯤 지나자 탁자에 나가떨어졌다. 조지애나는 드류도 싸움에 낄 정도로 멍청한지 궁금해하면서 그를 쳐다봤다. 그가 코트를 벗으면서 웃는 걸로 보아 멍청한 게 분명했다.

「당신에게 도전해야만 할 것 같소, 제임스 말로리. 당신이 한 '무척 능숙하다'는 말은 좀 겸손한 표현 같소. 총알 같은 주먹이라고 불러야만 하겠소.」

「맘대로 하시오. 그러나 다시 자네에게 경고해야만…….」

「말하지 마시오. 당신은 그것에도 꽤나 능숙하시겠지?」

드류의 냉담한 어조에 제임스는 정말로 웃었다.

「능숙한 것 이상이지. 그리고 공정을 기하기 위해, 고국에 있는 내 동생도 알고 있는 것과 똑같은 것은 알려 주겠네. 난 십사전 전승이네. 사실 난 바다에서 싸웠을 때 딱 한번 져봤지.」

「그것으로 충분하오. 당신이 지쳤을 테니 내게 유리할 거요.」

「이런, 빌어먹을, 믿을 수가 없군!」

보이드가 갑자기 소리를 지르자 드류가 짜증을 부렸다.

「빠져 있어, 보이드. 네 차렌 이미 지났어.」

드류가 그에게 말했다.

「아니야, 이 바보야. 내가 전에 저 남자를 어디서 봤는지 방금 기억해냈어. 정말 모르겠어, 토마스 형? 그에게 턱수염이 있다고…….」

「이런 세상에! 저 잔 내가 간신히 항구로 도망쳐 오게 만든 빌어먹을 해적인 호크야.」

토마스가 믿을 수 없다는 듯이 말했다.

「그렇지, 게다가 내 화물을 몽땅 털어가 버렸어. 내가 단독으로 오셔너스를 처음 몰고 나갔을 때 말이야.」
「확실한 거야?」
클린턴이 물었다.
「오, 제발, 클린턴 오빠. 농담을 하는 걸 거야. 해적이라고? 그는 빌어먹을 영국 귀족에 무슨 무슨 자작이지만…….」
조지애나가 비웃듯이 말했다.
「라이딩 자작이오.」
제임스가 말했다.
「고마워요.」
그녀가 무의식적으로 말하곤 아무런 방해가 없었다는 듯이 말을 이었다.
「빌어먹을 해적이라고 몰아세우는 건 너무나 바보 같은 일이야, 그건…….」
「당신만 좋다면 난 신사 해적이오, 내 사랑.」
그가 자신의 가장 익살맞은 음성으로 다시 그녀의 말에 끼여들었다.
「중요하진 않겠지만 은퇴했소.」
그녀는 이번엔 그에게 고마워하지 않았다.
이 남자는 정말 미쳤나봐. 그가 한 말에 대해선 다른 변명거리가 없잖아. 그리고 그런 시인이 오빠들이 합세해서 그에게 덤벼들 수 있는 구실을 줬고.
조지애나는 그들 모두 바닥에 엎어져 다리를 쭉 뻗고 팔을 휘둘러 대며 작을 산을 만들 때까지 잠자코 지켜보기만 했다. 마침내 그녀가 그 속에 끼여들 정도로 어리석다고 생각하는지 아직도 자신의 어깨를 꽉 잡고 있는 토마스를 돌아다봤다.

「저들을 멈추게 해야 해, 토마스 오빠!」

자신이 얼마나 급박하게 말했는지 그녀는 몰랐다. 그리고 토마스는 둔하지 않았다. 다른 형제들과는 달리 그는 이 마음에 들지 않은 사건을 유심히 쳐다보면서 두 가지 주요한 사실을 알게 되었다. 영국인의 악의에 찬 시선은 조지애나가 그를 쳐다볼 때만 그런 거였다. 그녀가 쳐다보지 않을 땐 그의 눈에 완전히 다른 감정이 있었다. 그리고 조지애나의 감정은 훨씬 더 쉽게 드러났다.

「네가 울었던 게 저 남자 때문이지, 조지? 네가…….」

그가 매우 부드럽게 물었다.

「그래요, 하지만 이젠 아니에요.」

그녀가 분명히 말했다.

「그럼 왜 날더러 중단시키라는 거냐?」

「오빠들이 그를 다치게 할 거니까요!」

「나도 알아. 그리고 난 그게 좋은 생각이라고 믿어.」

「토마스 오빠! 오빠들이 일대 일로는 그와 상대가 되지 않기 때문에 정당한 싸움을 하지 않을 구실로 그 해적에 대한 말도 안 되는 소리를 이용하고 있는 거야.」

「그럴 수도 있지. 그러나 이 해적에 대한 말만큼은 말이 돼, 조지. 그는 진짜 해적이야.」

「해적이었죠! 은퇴했다는 말을 오빠도 들었잖아요.」

그녀가 굽히지 않고 말했다.

「조지, 그래도 그 불미한 경력 동안에 저자가 우리 배를 두 척이나 손상시키고 귀중한 화물을 훔쳐갔다는 사실엔 변함이 없어.」
「그는 보상을 할 거예요.」
싸우던 사람들이 바닥에서 일어서는 바람에 논쟁이 끝났다. 모두 일어났으나 제임스 말로리는 일어나지 않았다. 어쨌든 벽돌 벽이 무적은 아니었다.

34

제임스는 의식이 돌아왔을 때 부풀어 오른 입술에서 비져나오려는 신음을 가까스로 억눌렀다. 그는 빠르게 정신을 차리곤 자신의 갈빗대는 멍들었을 뿐이라고 생각했다. 그러나 턱엔 대해선 확신할 수 없었다.

빌어먹을, 내가 자초한 사태라는 것을 너무나 잘 알고 있어, 안 그래? 조지의 오빠 둘이 날 기억해 내고 과거의 경력을 끄집어낼 때 모른 척 입을 다물 수도 있었어. 조지도 믿지 못하는 동안엔 날 변호해 주려고 했잖아. 그러나 마음을 편하게 하기 위해 그 비밀을 털어놓을 수밖에 없었어.

이렇게 수가 많지만 않았으면 바닥에 눕진 않았을 텐데. 빌어먹을 지독한 양키가 다섯이나 되다니! 아치와 헨리가 이런 중요한 정보를 빠뜨리다니 정신이 있는 거야? 하긴, 조지가 혼자 있을 때 만나려고 했던 원래 계획을 포기해 버린 내 정신도 정상은 아니었어. 코니가 경고했었지. 그리고 코니는 이걸 듣곤 영국으로 돌아가는 내내 고소한 듯이 날 쳐다보겠지. 안토니가 더 심한 소리를 지껄여 괴롭히는 건 의심할 필요도 없고 말이야. 그럼 난 끝까지 냉정을 지키지 못할 거야.

그래 마땅한 저 여자를 당황하게 한 것 말고 도대체 이 빌어먹을 파티에 참석하면 뭘 얻을 거라고 생각했던 거지? 이건 파티였고 아니면 그럴 생각에서 연 거겠지. 조지가 자신을 둘러싸고 있는 열 명쯤 되는 남자들과 즐기고 있는 광경을 보자 난 제정신을 잃고 말았던 거야. 그녀와 혈연관계가 있는 그 바보들이 아무도 그녀에게 접근할 수 없게 심지어 나까지도 접근할 수 없을 만큼 잘 보호하고 있을 줄이야 내가 어떻게 알았겠어.

그들의 음성이 주변에서 윙윙거렸다. 각기 다른 방향에서 나는 음성들로 멀리서 나는 것, 가까이서 나는 것, 그 바로 위에서 들려오는 것도 있었다. 그는 그들 중 하나가 자신이 깨어나는 신호를 보고 있다고 짐작하면서, 그 녀석과 위치를 바꿔 버릴까 하고 생각했다. 그는 조지를 위해 그들을 관대히 대한 거고 자신이 지는 모습을 보여 준 거였다. 그들이 정당하게 싸울 마음만 있다면 순식간에 그들 모두를 쉽게 이길 수 있었다.

다시 생각해보니 그들이 자신을 바닥에 눕혀 놓고 정신없이 때린 후인 지금은 그런 수고를 하는 대신 그들끼리 나누는 대화에나 정신을 집중하는 게 나을 것 같았다. 빌어먹을, 온몸이 욱신거리는데…… 참으로 어렵군!

「내가 조지에게서 직접 듣기 전에는 도저히 믿지 못하겠어, 토마스 형.」

「형도 보다시피 조지가 직접 그를 때리려고 했잖아.」

「나도 여기 있었어, 보이드.」

유일하게 쉽게 알아들을 수 있는 음성으로 사람을 달래는 듯했다.

「조지를 말린 건 바로 나였어. 그래도 별 차이가 없어. 내가 말할 수 있는 것은 개가…….」

「하지만 조지는 아직도 말콤을 못 잊고 있잖아!」

「드류, 이 바보야, 그건 조지의 고집에 불과하다고 얼마나 말해 줘야 알겠니?」

「도대체 형은 왜 이 일에서 완전히 빠져 있지 않는 거야, 워렌 형! 요즘 형 입에서 나오는 소리라곤 하나같이 다 쓸모 없는 말뿐이야.」

짧은 싸움이 있은 후에 누군가 말했다.

「제발, 두 사람 모두 하루치 멍은 이미 다 들지 않았어?」

「그럼. 난 옆구리에 워렌 형의 빌어먹을 주먹에 맞은 자리가 아픈 것만으로 충분해, 클린턴 형. 정말이야. 저 영국 자식도 워렌 형에게서 교훈을 받을 수 있었을 거야.」

「난 그 반대라고 말하고 싶지만 그건 대수롭지 않아. 건설적인 도움을 줄 수 없다면 입 다물고 있으면 고맙겠구나, 워렌. 지나치게 과민하게 구는 것도 그만둬, 드류. 너도 전혀 도움이 안 되고 있어.」

「난 보이드만큼이나 그걸 믿을 수가 없어.」

제임스는 목소리를 구분하기 시작했다. 이건 성질이 불 같은 워렌이 한 말로 이미 성이 나서 음성이 떨리고 있었다.

「바보나 그걸 의심할 거야, 그러니…….」

그 말로 좀더 마주잡고 싸웠다. 제임스는 그들이 그토록 의심하는 게 뭔지 자신이 알고 난 후에 그들이 서로를 죽이기를 간절히 바랐다. 그는 일어나서 그들이 자신의 몸 전체에 불쾌감을 주면서 언제 쓰러뜨렸는지 물으려고 했다. 그의 신음소리가 충분히 말해 줬다.

「기분이 어떤가, 말로리?」

놀라울 정도로 즐거워하는 음성이 그에게 물어왔다.

「결혼하기에 적당한가?」

제임스가 눈을 약간 뜨자 아기 같은 보이드가 내려다보며 웃고 있는 게 보였다. 가능한 한 모든 경멸을 담아서 그가 말했다.

「내 형제들은 자네들 물러터진 애송이들이 한 짓보다 내게 좀더 잘했지.」

「그럼 우리가 다시 한 판 해줘야만 하겠군.」

이름이 반쪽이어야만 했을 사람이 말했다.

그에겐 워렌보다 워(전쟁이란 뜻)가 훨씬 더 어울려.

「앉아, 워렌!」

토마스가 명령을 하자 모든 사람이 다 놀랐다. 그러나 제임스는 그 앤더슨이 언성을 높이는 경우가 드물다는 것을 몰랐으므로 놀랄 이유가 하나도 없었다. 그리고 그다지 관심도 두지 않았다. 그는 다만 비틀거리지 않고 일어서는데 온 정신을 쏟고 있었다.

그리고 나서야 그 말을 알아들었다.

「도대체 결혼이라니 무슨 뜻이요?」

「자네 결혼식이지, 영국인, 그리고 조지의 결혼식이기도 하고. 자넨 조지의 평판을 떨어뜨렸어. 그러니 걔와 결혼을 해, 아니면 우리가 아주 즐겁게 자넬 죽여 버리고 말 거야.」
「그럼 즉시 웃음을 거두고 방아쇠를 당기게. 난 강제로……」
「그 때문에 이곳에 온 것 아니요, 말로리?」
토마스가 수수께끼처럼 물었다.
모든 다른 형제들이 제 각각 놀라움을 보이는 동안에 제임스가 그를 노려봤다.
「미친 거야, 토마스 형?」
「그래, 그게 모든 걸 설명해 주는군, 안 그래?」
비꼬는 말이었다.
「처음엔 조지에 대해, 이젠 이런, 이 말도 안 되는 생각을 어디서 얻게 된 거야?」
「그것에 대해 설명해 주겠어, 토마스?」
「그건 중요하지 않아. 영국인의 마음은 너무나 복잡하니까.」
제임스를 쳐다보면서 토마스가 대답했다.
제임스는 그 말에 대답하지 않을 거였다. 이런 천치들과 말하는 것 자체가 두통거리였다. 천천히 극도로 조심하면서 그가 일어서자 앉아 있던 워렌과 클린턴도 일어섰다. 제임스는 웃을 뻔했다. 아직도 걱정할 만한 게 남아있다고 정말로 생각하는 건가? 빌어먹을 거인들, 작은 조지는 평범한 가족을 가질 수 없었나 보지?
「말이 났으니 말인데, 조-지는 어딨소?」
그가 물었다.

방을 불안하게 걸어다니고 있던 남자가 그 앞에 멈춰 서서 격렬하게 노려보았다.

「그건 개 이름이 아니야, 말로리.」

「세상에, 이젠 이름에 대해서까지 화를 내는군.」

제임스가 특유의 냉담함을 저버리곤 말했다.

「난 내가 부르고 싶은 아무 거로나 그녀를 부를 거요. 그녀를 어디다 두었나?」

「우린 조지를 어디에 두지도 않았어. 걘 바로 여기 있지.」

드류가 그 뒤에서 말했다.

제임스는 홱 돌아서다 잠시 주춤했다. 먼저 소파와 그 사이에 서 있는 드류를, 그 담엔 소파 위에 죽은 듯이 창백하게 기절해 있는 조지애나를 봤다.

「빌어먹을!」

제임스가 소파로 걸어올 때 그의 얼굴에 스친 살인이라도 할 듯한 표정을 본 사람은 드류뿐이었다. 그는 제임스를 멈추려고 했으나 벽에 쾅 부딪히고 나서는 그러지 말았어야 했다고 생각했다. 그 바람에 벽에 있는 모든 그림이 기울어졌고, 소리가 복도로 울려퍼져서 그곳에 있던 하녀 하나가 갑작스런 큰소리에 깜짝 놀란 나머지 들고 있던 쟁반을 떨어뜨렸다.

「놔둬, 워렌 형. 조지를 해치진 않을 거야.」

토마스가 워렌에게 말하곤 다시 제임스에게 말했다.

「당신을 잘 보고 나선 기절했을 뿐이오.」

「조진 한 번도 기절한 적이 없었어. 클린턴 형이 소리치는 것을 들을 필요가 없게 죽은 체하고 있는 거라니까.」

보이드가 말했다.

「기회가 있었을 때 잴 때려 줘야만 했어, 클린턴 형.」

워렌이 불평을 해대자 모든 형제들이 다 그에게 분노에 찬 표정을 지어 보였다. 그러나 그 방 안에 있던, 가족이 아닌 사람에게서 예기치 않았던 반응이 나왔다.

「그녀에게 손을 댔다간 자넨 죽은 목숨이야.」

제임스가 돌아보지조차 않고 고함을 쳤다. 그는 소파 옆에 무릎을 꿇고 조지애나의 뺨을 살살 두드려서 정신을 차리게 하려고 애쓰고 있었다.

의미심장한 침묵이 흐르는 동안에 토마스가 클린턴을 쳐다보곤 조용히 말했다.

「내가 말했었지?」

「그랬었지. 점점 더 이유가 많아지니 이렇게 꾸물거려선 안 돼.」

「내가 저 자를 윌코트 주지사에게 교수형에 처하라고 넘겨주게 허락한다면 아무런 문제도 없을 거야.」

「그래도 저 자가 조지의 평판을 더럽힌 것은 남아 있어, 워렌. 우리가 다른 문제를 의논하기 전에 그걸 바로잡기 위해 결혼시켜야 해.」

클린턴이 말했다.

그들의 목소리가 뒤에서 윙윙거렸으나 제임스한테는 전부 모호하게 들렸다. 조지의 안색이 맘에 안 드는군, 호흡도 너무나 약하고. 물론 전에 기절한 여자를 직접 다뤄본 적이 없어. 다른 사람이 늘 주변에 있어서 코 아래에 정신 들게 하는 약을 대주었으니 말이야. 그녀의 오빠들도 정신 들게 하는 약이 없는 게 분명해, 있다면 사용했겠지. 깃털 태운 것도 같은 효과를 내지,

않던가? 그는 속에 뭐가 들어 있을까 궁금해 하면서 소파를 쳐다봤다.

「발바닥을 간질여 볼 수도 있을 거야. 거긴 무척 민감하니까.」

드류가 제임스 뒤로 와선 말했다.

「나도 알고 있소.」

제임스가 전에 그녀의 맨발을 쓰다듬었을 때 그녀가 그를 침대에서 떨어뜨릴 정도로 찼던 일을 기억하면서 대답했다.

「알고 있다고? 도대체 어떻게 알게 된 거요?」

다시 드류의 음성에 호전성이 돌아왔음을 깨닫고는 제임스가 한숨을 쉬었다.

「우연히 알게 됐네. 내가 어린애들처럼 간지럼 태우는 장난이나 즐기는 사람으로 보이나?」

「당신이 내 여동생과 함께 한 장난이 정확하게 뭔지 궁금한데?」

「자네가 이미 생각하고 있는 것 외엔 아무것도 없네.」

드류가 거칠게 숨을 들이쉬곤 말했다.

「자네에게 이 말을 해 둬야겠군, 영국인. 자넨 스스로 땅을 매우 깊게 파는 방법을 알고 있을 거야.」

제임스가 어깨너머로 힐끗 쳐다봤다. 아무런 고통을 느끼지 않는다면 미소까지 지었을 텐데.

「천만에. 날 그 속에 눕힐 건가?」

「그렇소, 하느님께 맹세코, 난 그렇게 할 거요!」

「미안하지만 난 자네에겐 많이 있어 보이는 양심이 별로 없네. 당신 여동생에게도 말한 것처럼 난 어떤 면으론 꽤나 비난

받을 만하지.」

「여자에 대한 것을 말하는 건가?」

「그럼, 자네는 통찰력 있는 사람은 아니군.」

드류의 얼굴이 분노로 붉으락푸르락 해지더니 주먹을 꽉 쥐었다.

「하느님께 맹세코 넌 워렌보다 더 나쁜 자식이야! 만약 네가 좀더…….」

「그만해 둬, 애송아. 자네 심장은 옳은 곳에 있다고 확신하지만, 자네도 알다시피 날 상대할 능력은 없네. 그러니 좀더 쓸모 있게 자네 여동생을 깨울 만한 뭔가를 가져오는 게 어떤가? 그녀는 정말로 이 특별한 파티에 참여해야만 해.」

화가 난 드류가 쿵쿵대며 나갔다가 물을 한 컵 들고 순식간에 돌아왔다. 제임스가 의심스럽다는 눈으로 쳐다봤다.

「그걸로 뭘 하라는 뜻인가?」

대답으로 드류가 조지애나의 얼굴에 그 내용물을 부었다.

「그걸 한 사람이 내가 아니라 자네라서 너무나 기쁘군.」

조지애나가 갑자기 일어나 날카로운 소리를 지르면서 누가 그랬는지 주변을 돌아보고 있을 때 제임스가 드류에게 말했다.

「넌 기절했었어, 조지.」

드류가 설명을 하려고 그녀에게 재빨리 말했다.

「오, 이런. 정신 들게 하는 약을 가진 여자가 다른 방에 열 명은 있었을 거예요.」

그녀가 일어나 앉아 굳은 손으로 가슴과 뺨에서 물기를 닦아내면서 화가 나서 말했다.

「그 사람들에게 물어볼 수 없었나요?」

「생각하지도 않았어.」
「그럼 최소한 물과 함께 수건은 가져올 수 있었잖아요. 빌어먹을, 드류 오빠. 오빠가 내 드레스에 한 짓 좀 봐.」
「그 옷은 처음부터 입지 말았어야만 했어. 이제 갈아입을 수도 있겠지.」
그가 무뚝뚝하게 대답했다.
「오빠가 그런 짓을 했을지라도 이게 썩어 문드러질 때까지 난 입을 거…….」
「조-지, 괜찮다면…….」
제임스가 빈정거리듯이 말을 끊자 조지애나가 그에게로 눈을 돌렸다.
「이런, 제임스, 당신 얼굴 좀 봐요!」
「그건 불가능 하오. 하지만 당신에게선 아직도 물이 뚝뚝 떨어지고 있소.」
「나한테서 흐르는 건 물이지 피가 아니야, 이 멍청아!」
그녀가 날카롭게 대꾸하면서 드류를 쳐다봤다.
「그럼 적어도 손수건은 가지고 있겠지?」
드류가 호주머니에 손을 찌르더니 동생이 얼굴의 물기를 닦을 모양이라고 생각하면서 하얀 손수건을 꺼내어 건네줬다. 그러나 그녀가 앞으로 몸을 숙여 조심스럽게 영국인의 입 주변에 묻은 피를 닦아 주자 정신이 멍해졌다. 마치 전에 그를 성이 나서 노려보지 않았고, 가족과 친지들 앞에서 그녀를 당황하게 만들지 않았으며, 두 사람이 서로에게 고함쳐 댄 적도 없다는 듯 그 남자도 그녀가 자신의 시중을 들게 가만히 무릎꿇고 앉아 있었다.

그는 형들도 이 이치에 어긋나는 행동을 보고 있는지 알아보려고 주변을 돌아봤다. 클린턴과 워렌은 보고 있지 않았다. 두 사람은 여전히 정신없이 말을 나누고 있었다. 그러나 보이드는 그와 시선이 마주치자 데구르르 눈동자만 굴렸다. 드류도 전적으로 동감이었다. 토마스는 무척 즐거워하면서 고개를 설레설레 젓고 있었다.

드류는 이 일에서 즐거운 점이라곤 하나도 찾아볼 수가 없었다. 은퇴했던 아니던 해적을 매제로 갖고 싶진 않았다. 더 심한 건 영국 해적이란 점이었다. 훨씬 더 심한 것은 영국 귀족이라는 점이고. 그는 여동생이 그자와 사랑에 빠졌다는 사실을 믿을 수가 없었다. 그건 이성에서 벗어난 일이었다.

그럼 조지애나가 뭣 때문에 지금 이 하찮은 일에 법석을 떨고 있는 거지? 우리가 그의 얼굴을 조금 망쳐놨다고 해서 조지가 기절한 이유가 뭐야?

드류는 그 영국인이 체격이 좋은 남자라고 인정했다. 또한 무적의 권투선수기도 했지만, 그건 드류가 존경할 만한 요소이고 조지애나에겐 해당사항이 없다. 그리고 핸섬하다고 쳐주기까진 하겠지만 조지애나가 오점 투성인 남자의 그런 사소한 점에 영향을 받았을까? 이런, 빌어먹을, 조지를 자메이카에서 만난 후부터 이치에 맞아 보이는 게 하나도 없어.

「당신의 주먹솜씨는 별로 시원치 않나 부죠?」

여동생이 한 성미 급한 말을 듣자 마자 드류는 다시 그쪽으로 관심을 돌렸다. 그는 말로리가 어떤 반응을 보이는가 눈여겨봤으나 멍 들고 찢어진 얼굴이라 표정을 식별하기가 어려웠다.

「내가 권투를 좀 했다고 말할 수 있소.」

「섬에 있는 농장을 경영하고 해적질을 하다 틈이 날 때마다요?」

조지애나가 비꼬듯이 응수했다.

「당신은 내가 얼마나 늙었는지 직접 말했었소, 조-지. 내가 인생에서 다양한 경험을 두루 가져볼 만한 시간이 충분했다는 게 당연하지 않소?」

드류는 숨이 막힐 뻔해 기어코 작은 신음을 뱉고 말았다.

그 소리에 조지애나가 그를 쳐다봤다.

「오빠가 도울 수 있는데 아직도 가만히 서 있기만 한 거야? 그의 눈은 부어올라서 차가운 게 필요해…… 그것에 대해서라면 오빠 눈도 그래.」

「이런, 안 돼, 조지. 지금은 어떤 말로도 날 여기서 끌어낼 수 없을 거야. 그러니 쓸데없는 말은 하지도 마. 그러나 네가 저 건달과 단둘이 말할 수 있게 내가 좀 뒤로 물러서 주기를 바란다면 그렇다고 부탁하는 게 어때?」

「난 그런 것은 원하지 않아요. 그에게 할 말이 하나도 없어요.」

그녀가 분명히 하기 위해 제임스에게로 눈을 돌렸다.

「당신에겐 아무것도…… 오늘 밤 보여 준 행동은 당신이 평상시에 하는 불쾌한 정도를 훨씬 넘어선 천한 짓이였다는 것만 빼면 더는 할 말이 없어요. 당신이 이렇게까지 비열할 수 있다는 것을 알았어야만 했겠죠. 모든 표시가 있었으니까요.

하지만 몰랐어요. 난 멍청하게도 당신의 비웃음이 해롭지 않을 거라고 생각했죠. 당신이 말하는 습관처럼 악의는 없을 거라고요. 난 그렇게 믿었단 말이에요! 하지만 내가 틀렸다는 것을 당신이 증명했어요, 안 그래요? 당신의 빌어먹을 혀는 그 자체만으로도 심히 불쾌한 치명적인 무기라는 것을 보여 줬어요.

이제 행복한가요? 그게 당신을 즐겁게 해줬나요? 그런가요? 그리고 도대체 무릎을 꿇고 뭘 하고 있는 거예요? 당신은 침대에 누워 있어야만 해요.」

분노에 차서 시작한 말을 걱정으로 끝맺다니! 제임스는 무릎을 꿇고 앉아서 웃었다. 그러자 맞은 자리가 새롭게 쑤시는 듯했으나 나오는 웃음을 참을 수도 없는 것 같았다.

「내게 인정을 베풀다니 아주 착하군, 조-지. 아무 말도 하지 마시오.」

그가 마침내 소감을 피력했다.

그녀는 잠시 동안 그를 노려보다가 이윽고 진지하게 물었다.

「여기서 뭘 하고 있는 거죠, 제임스?」

그 질문에 그의 유머가 사라졌다. 눈 깜박할 사이에 그는 다시 적대적으로 변했다.

「당신은 작별인사를 잊었소, 내 사랑. 그 실수를 바로잡을 기회를 당신에게 주겠다고 생각한 거요.」

그게 바로 그가 미친 동긴가? 무시당했다고 느낀 건가? 그런 작고 사소한 이유로 내 평판과 그에게로 향한 내 감정을 엉망으로 만들었다는 거야? 내 감정에 대해 해준 일은 고마워할 수도 있어. 그를 다시 만나진 못한다고 생각했기에 슬픔에 빠져 헤어나오지 못하고 있었으니까. 이젠 그를 정말로 다시 보고 싶지가 않아.

「이런, 내가 너무나 생각이 없었군요.」

그녀가 일어나면서 작은 음성으로 말했다.

「아주 아주 쉽게 바로잡아드리죠. 잘 가요, 말로리 선장님.」
조지애나는 인생에서 가장 멋진 퇴장을 할 준비가 되어서 그를 스쳐 지나갔다. 그러나 그녀를 쳐다보며 제임스와 나눈 격앙된 말을 하나도 놓치지 않고 다 들은 오빠들이 서 있었다. 어떻게 오빠들이 방에 있다는 사실을 잊을 수 있었다지?

35

두 사람이 아주 잘 아는 사이인 게 분명하군.」

조지애나는 워렌의 천박한 말에 인상을 썼다. 당황하고 화가 난 그녀가 말대꾸를 했다.

「그게 무슨 뜻이야, 워렌 오빠? 오빠도 들은 바와 같이 난 캐빈 보이로서 그의 배에서 다섯 주를 보냈어.」

「그리고 그의 침대에서도?」

「아, 마침내 '우리'가 내게 물어볼 관심이 생긴 건가요?」

그녀가 제임스가 하는 행동과 아주 똑같이 한쪽 눈썹을 치켜올렸다. 그녀는 지금 막 쓴 '우리'라는 특유의 표현도 자신의 습관이 아니라 그의 습관임을 깨닫지 못했다. 자신도 인정하다시피, 비꼬기는 그녀의 특기가 아니었다. 그러니 그건 제임스와 나누었던 사랑의 대가로부터 나온 게 당연했다.

「전 오빠들이 해적에게서 들은 말 말고 다른 확인이 필요할 거라곤 생각하지 않았죠. 그래서 오빠들이 한꺼번에 달려들어 죽이려고 했던 것 아닌가요? 그의 말을 모두 다 믿었기 때문에요? 그가 하는 말이 거짓말인지도 모른다는 생각은 떠오르지조차 않았죠?」

클린턴과 보이드는 찔리는 바가 있었는지 얼굴을 붉혔다. 뒤에 있는 드류의 반응은 볼 수가 없었고, 워렌은 정당하다고 느끼는 게 분명했다.

「옳은 정신이 박힌 사람이라면 사실도 아닌데 불법적인 행동을 했다고 주장하진 않을 거야.」

「않을 거라고? 오빠가 그를 안다면, 워렌, 사실이든 아니든지 간에 그런 식으로 인정하는 게 그의 상투적인 수법인 줄 알았을 거야. 그저 그 반응과 결과를 보려고 말이야. 오빠도 봤다시피 그는 싸움을 일으키는데 도가 텄어. 게다가 그가 옳은 정신이 박힌 사람이라고 누가 그랬지?」

「난 그 말에 이의가 있소, 조-지, 정말이오.」

제임스가 아픈 몸을 이끌고 가 앉아 있던 소파에서 차분한 어조로 항의를 했다.

「게다가 당신의 친애하는 오빠들은 날 새로 조직해 줬소, 아니 그걸 잊고 있었던 거요?」

「빌어먹을, 제임스!」

그녀가 어깨너머로 그에게 소리쳤다.

「잠시만이라도 입 다물고 있을 수가 없어요? 당신은 이 논쟁에 벌써 충분할 만큼…….」

「이건 논쟁이 아니야, 조지애나.」

클린턴이 아주 못마땅하다는 어조로 끼어들었다.

「넌 질문을 받은 거야. 질질 끌지 말고 지금 대답을 하는 게 나을 거야.」

조지애나는 속으로 신음했다. 피해 나갈 방법이 전혀 없었다. 그리고 그렇게…… 그렇게 부끄럽게 느끼지 않아야만 했다. 그러나 어쨌든 여기 있는 사람들은 오빠들이었다. 결혼했을 때조차도 당황스런 화제인데 하물며 미혼의 여동생이 남편이 아닌 남자와 잠자리를 같이 했다는 사실을 지나치게 보호자인 척하는 오빠들에게 어떻게 공공연히 밝힐 수 있단 말인가.

잠시 동안 거짓말로 속여넘길 생각도 해보았지만, 곧 배가 불러올 테니 탄로는 시간문제였다. 그리고 제임스가 두 사람의 친밀한 관계를 폭로하려고 그렇게나 애를 쓴 후에 그녀의 상처 입은 자만심을 달래 주기 위해 그걸 부인하게 놔둘 것 같지도 않았다.

궁지에 몰려 막다른 곳으로 쫓기는 자의 심정이 된 그녀는 궁여지책으로 허세를 부리기로 했다.

「어떤 대답을 듣고 싶은 건데요? 상세히 설명을 해야 하나요, 아니면 말로리 선장이 사실을 말했다고 말하는 것으로 충분한가요?」

「이런, 빌어먹을, 조지, 빌어먹을 해적과?」

「내가 그것을 알았겠어, 보이드 오빠?」

「영국인과!」

드류가 소리쳤다.

「그건 내가 놓칠 수 없었던 사실이야. 그가 한 모든 말과 마찬가지로 그의 입에서 나온 소리야.」

그녀가 냉담하게 말했다.

「경멸적인 태도를 보이지 마, 조지. 남자에 대한 네 선택은 너무나 개탄스럽구나.」

클린턴이 그녀에게 말했다.

「적어도 일관성은 있어. 나쁜 것에서 더 나쁜 것으로 선택을 해대니 말이야.」

워렌이 참견을 했다.

「그들이 날 좋아하는 것 같진 않군, 조-지.」

제임스가 말참견을 했다.

그녀에겐 그게 참을 수 있는 마지막 말이었다.

「그만둬요. 전 실수를 했어요. 제가 그런 실수를 한 첫번째 여자도 아니겠지만 마지막 여자도 아니겠죠. 하지만 적어도 전 아직까지 눈멀고 있을 정도로 멍청하진 않아요. 그가 처음부터 날 유혹하려고 했다는 것을 이젠 알아요. 같은 상황에 놓였다면 오빠들도 다르지 않았을 거면서 제임스를 비난해 대는 걸 보면 오빠들은 모두 위선을 부리고 있어요.

하지만 난 그가 날 소년으로 본다고 착각을 했었죠. 이젠 제가 틀렸다는 것을 알게 되었지만 말이에요. 난 화낼 이유가 있지만, 똑같은 상황이라면 오빠들도 제임스와 마찬가지로 할 거라고 제가 상상할 수 있으니 오빠들은 화낼 이유가 없어요.

하지만 그럼에도 불구하고 전 기꺼이 넘어가 버린 거예요. 전 제가 무슨 짓을 했는지 정확히 알고 있어요. 내 양심이 그걸 증명해 줄 거예요.」

「네 뭐라고?」

「잘 말했소, 조-지.」

비난하는 동시에 방어해 주는 그녀에게 매우 놀라워하면서 제임스가 뒤에서 말했다.

「그러나 당신 오빠들은 당신한테서 강간당했다는 말을 훨씬 더 듣고 싶어할 거요. 아니면 다른 비열한 방법으로 이용당했다든지 말이오.」

그녀가 홱 돌아서서 자신의 재난을 야기시킨 사람을 눈을 가늘게 뜨고 쳐다봤다.

「당신은 날 이용했다고 생각하지 않나요?」

「전혀 그렇게 생각하지 않소, 조-지. 울렁증이 있다고 고백한 사람은 내가 아니요.」

그녀는 눈에 띄게 얼굴을 붉혔다. 이런, 세상에, 오빠들에게 그 이야기를 하진 않겠지?

「무슨 소리요?」

그녀가 얼굴을 더 붉힌 것을 알아차린 유일한 앤더슨인 드류가 재빨리 물었다.

「아무것도 아니야…… 그저 개인적인 농담일 뿐이야.」

눈으론 제임스에게 제발 잠시만 입을 다물고 있기를 간청하면서 그녀가 간신히 말했다.

물론 그는 그러지 않았다.

「농담이라고, 조-지? 그건 당신이…….」

「당신을 죽여 버릴 거예요, 제임스 말로리, 맹세해요!」

「네가 그와 결혼하기 전엔 안 돼.」

「뭐라고요?」

그녀가 날카롭게 소리를 지르곤 이런 말도 안 되는 소리를 한 오빠를 믿을 수 없다는 듯이 돌아보았다.

「클린턴 오빠, 농담하지 말아요! 그를 가족으로 받아들이고 싶지 않을 텐데요, 안 그래요?」

「이미 쓸데없는 말이야. 네가 그자를 선택했으니…….」

「난 그런 짓을 하지 않았어요! 그리고 그 역시 나와 결혼하지 않을…….」

그녀가 말을 멈추고 제임스를 돌아보며 잠시 머뭇거리다가 물었다.

「결혼할 건가요?」

「물론 아니오.」

그가 성급하게 대답하곤 역시 잠시 머뭇거리다가 물었다.

「내가 그랬으면 좋겠소?」

「아니오.」

결혼에 대한 그의 감정을 너무나 잘 아는 그녀는 자존심 때문에라도 억지로 부정적인 의사를 표해야만 했다.

「그럼 문제가 해결된 것 같군요.」

「너와 선장이 모두 정신을 잃고 있을 때 모든 문제가 다 해결됐어, 조지. 넌 오늘 밤 결혼하는 거야.」

토마스가 그녀에게 말했다.

「오빠가 선동했지요, 그렇죠?」

오늘 아침에 두 사람이 나눈 대화가 문득 떠올라 그녀가 비난하듯이 말했다.

「우린 네게 옳은 일을 하려는 것뿐이야.」

「하지만 이건 내게 옳은 일이 아니에요, 토마스 오빠. 날 원하지 않는 남자와는 결혼하지 않을 거예요.」

「당신을 원하는 것에 대해선 아무런 질문이 없었소, 조-지.」

제임스가 이제 짜증스런 어조로 말했다.

「당신은 근사한 정부였소.」

조지애나는 그저 숨을 헐떡였을 뿐이다.

그녀의 오빠들은 보다 크게 그랬다.

「이 나쁜 자식아!」

「조지와 결혼하지 않으면…….」

「나도 알고 있소.」

그들이 다시 흥분하기 전에 제임스가 끼여들었다.

「자네가 날 쏴 버리겠다는 거지.」

「우린 그보단 잘할 거요. 당신의 배를 태워 버릴 거니까!」

워렌이 성난 음성으로 말했다.

그 말에 제임스가 똑바로 일어나 앉자 클린턴이 덧붙였다.

「이미 자네 배가 어디에 있는지 알아보러 사람을 보냈소. 자네가 그 배를 항구에 정박시키지 않은 건 분명하지. 그랬다면 우리가 벌써 들었을 테니까.」

제임스가 그 말에 일어서자 다시 워렌이 말했다.

「또한 간 사람들이 자네 선원들을 감금해 놓을 거네. 그리곤 자네 무리들을 다 주지사에게 넘겨 교수형시킬 작정이야.」

그 말에 이어진 침묵을 깨고 보이드가 이성적으로 물었다.

「그가 조지의 남편인데도 교수형시켜야만 한다고 생각하는 거야? 매제를 매다는 것은 옳은 일 같지가 않은데.」

「교수형이라고!」

조지애나가 이 말을 처음으로 알아들었다는 듯이 소리쳤다.

「모두가 미친 건가요?」

「그는 해적행위를 했다고 자백했어, 조지. 그리고 그가 약탈한 게 종달새 상선만은 아니라고 확신할 수 있어. 도의상 그걸 못 본 체할 수가 없구나.」

「빌어먹을. 그가 손해배상을 할 거예요. 손해배상을 하겠다고 말해요, 제임스.」

확신을 얻으려고 고개를 돌려 쳐다보자, 마치 지옥불처럼 활활 타고 있는 그가 보였다. 그가 입을 꽉 다물고 있는 것은 거의 자존심 때문이었다.

「토마스 오빠!」

그녀가 공포에 가까운 감정을 느끼면서 울부짖었다.

「일이 감당할 수 없게 돼가고 있어! 우린…… 수년 전에 저지른 범죄에 대해 말하고 있어!」

「칠 년이나 팔 년 전 일이지.」

그가 무심하게 어깨를 들썩이면서 대답했다.

「내 기억이 그렇게 틀리진 않을 거야. 허나 말로리 선장의 적의는 눈에 띄게 살아나는 것 같아 보이는데.」

제임스가 그때 짧게 웃었다. 전혀 즐거운 소리가 아니었다.

「이제 강제로 사이좋게 지내자고 협박하는 거요? 폭력과 내 몸을 다치게 하겠다고 협박하고? 그러고도 자네들 빌어먹을 식민지인들이 날 해적이라고 부르는 건가?」

「우린 그저 당신을 재판에 넘길 작정이요. 그러나 보이드와 내가 당신에 대한 유일한 증인이기 때문에…….」

나머지 사람들은 침묵 속에서 무언의 합의를 이루는 듯했고 조지애나조차도 토마스가 한 말의 의미를 이해했다. 제임스가 협조한다면 증언이 없을 테니까 소위 재판도 없을 거였다. 그녀는 다른 오빠가 나서기 전까진 마음이 놓이기조차 했다.

「네 기억은 감정으로 엉망이 될 수 있을지도 몰라, 토마스. 그러나 난 저 자의 자백을 분명히 들었고, 난 그걸 꼭 증언할 거야.」

워렌이 다짐하듯 말했다.

「자네들 전략에 놀랐네, 미국인들. 어떤 건가? 보복을 할 셈인가 변명을 하려는 건가? 아니면 서로가 서로를 보충하겠다는 오해에 빠져 있나?」

제임스의 통렬한 유머가 워렌의 끓어오르는 분노에 불을 붙였다.

「내 말은 변명이 아니오. 그리고 자네한테 당근을 흔들어 댈 필요도 없지, 호크.」

경멸을 담아 그 이름을 말하니 분명히 욕설처럼 들렸다.

「그래도 여전히 자네 배와 선원이 남아 있지. 자네가 비록 대수롭지 않게 여긴다 하더라도, 자네 선원들을 자네 곁에 나란히 세워 혐의를 받게 할는지 여부는 지금 자네 결심에 달려 있네.」

근래엔 제임스의 세련된 행동을 뒤집어엎으려면 상당한 노력이 필요했다. 그는 오래 전에 위험한 젊음의 혈기를 졸업했다. 그래서 아직도 화를 낼 때는 있어도, 그를 아는 사람조차 그걸 알아차리는 데는 수년이나 걸렸다. 하지만 그의 가족을 협박하고 아무런 피해도 없이 도망갈 수 있으리라고 바라선 안 됐다. 그리고 그의 선원중 반 정도는 그에게 가족과 같았다.

그가 천천히 워렌에게로 걸어갔다. 조지애나는 그를 보면서 오빠가 너무 과도하게 자극했다는 것을 어렴풋이 알아차렸다. 그러나 맥과 그녀가 그 남자를 처음 보았을 때 느꼈던 위험한 기질이 그대로 나타나리라곤 짐작도 하지 못했다.

그는 경고할 때도 부드러운 음성으로 속이고 있었다.

「자넨 이 일에 내 배와 선원들을 끌어들여 자네 권리를 넘어섰네.」

워렌이 거만하게 코웃음 쳤다.

「우리 바다에 숨어 있는 영국 밴데도? 더구나 해적 혐의가 있는 밴데도? 우린 분명히 그럴 권리가 있소.」

「그럼 나도 그렇지.」

너무나 빨리 일어난 일이라 방에 있던 모든 사람들이 순간적으로 충격을 받았다. 믿을 수 없으리 만큼 강한 손으로 목을 졸리고 있던 워렌이 특히 그랬다. 워렌은 결코 약한 사람이 아니지만, 그 손만큼은 풀 수가 없었다. 클린턴과 드류가 제임스의 팔을 잡으러 앞으로 달려왔어도 그를 떼어낼 수가 없었다. 제임스의 손가락이 천천히 무자비하게 압력을 가해 갔다.

워렌의 얼굴이 보랏빛으로 변한 후에야 토마스가 제임스를 때려 의식을 잃게 할만한 육중한 것을 찾아냈으나 사용할 필요는 없었다. 겁을 잔뜩 집어먹은 조지애나가 뛰어가 제임스의 등에 매달려 그의 귀에 대고 소리를 질러 댔다.

「제임스, 제발요, 그는 제 오빠예요!」

그러자 그가 그냥 놔주었다.

클린턴과 드류는 바닥에 쓰러지는 워렌을 붙잡아 가까운 의자로 데려가 목을 살펴보곤 부러진 데는 없다고 판단을 내렸다. 이제 그는 숨을 몰아쉬면서 기침을 해대고 있었다.

조지애나는 제임스의 등에서 내려왔으나 여전히 방금 벌어진 일에 대해선 혼란스러웠다. 자신은 아직 화는 나지 않았으나, 그가 그녀에게로 돌아서는 순간 머리끝까지 화가 나 있는 그의 상태를 금세 알아차렸다.

「한 번만 더 조였으면 저 빌어먹을 목을 부러뜨려 놓을 수도 있었는데! 그걸 알고 있소?」

그 분노의 돌풍에 대고 그녀가 아첨을 했다.

「그럼요, 전…… 전 우리가 그랬을 거라 생각해요.」

잠시 동안 가만히 쏘아보기만 하는 그를 마주보면서 조지애나는 그가 워렌한테 분노를 다 풀지 못해서 자신에게 마저 화풀이를 할 거라는 느낌이 들었다. 그의 눈에서 번쩍이는 빛과 그 커다란 몸에서 보이는 긴장이 또 다른 태풍을 예고한다고 확신했다.

그러나 긴장된 순간이 지난 후에 그가 그녀를 비롯해 방 안에 있는 모든 사람을 놀래키며 고함치듯 말했다.

「내 마음이 다시 변하기 전에 당신네 목사를 데려오시오.」

집의 다른 부분에서 계속되고 있는 파티에서 손님인 틸 목사를 데려오는 데는 오 분도 걸리지 않았다. 그리고 순식간에 조지애나는 라이딩 자작이자 은퇴한 해적이며 그밖에 무엇인지는 신만이 아는 제임스 말로리와 결혼했다. 당연히, 말콤이 돌아오기를 꾹 참고 기다리면서 수년간 꿈꾸어왔던 결혼식은 아니었다. 꾹 참았다고? 아니야, 그게 무관심이었다는 것을 이제야 알겠어. 하지만 서재에 모여 있는 사람들에겐 무관심이란 없었다.

제임스는 마지못해서 포기했고, 적의와 분노는 자신의 결혼식에서 보인 부적절한 감정의 일부에 불과했다. 조지애나의 오빠들도 더 나은 점이라곤 없었다. 그들은 결혼식을 보기로 결정했으나 그 순간 순간을 증오하고 분노하면서 모든 감정을 적나라하게 드러냈다. 그녀도 고집을 피울 상황이 아니란 점을 깨달았고 자존심 때문에도 이런 어리석은 짓을 막을 수가 없었다. 게다가 아버지의 이름을 물려 받을 수 있는 아이에 대해 생각하자 착잡함 속에서도 안도하지 않을 수 없었다.

아기에 대해 알게 되면 저 남자들의 태도가 바뀔는지 궁금하군. 바뀌지 않을 거야, 제임스는 어쨌든 억지로 결혼하는 거잖아. 그런데 그 치욕적인 사실을 알려 환심을 살 필요는 없어. 아마도 나중엔 의미가 있을는지도 모르지. 말하자면 충격이 가신 후엔 말이야. 언젠가는 그에게 말해야 할 거야. 그럴 생각이…… 워렌 오빠가 생각대로 해치운다면 그럴 수 없겠지.

그리고 워렌은 목사가 두 사람을 남편과 아내로 선언하자 마자 확고하게 자신의 입장을 밝혔다.

「그를 가둬. 그는 이미 치러야 할 결혼식 밤을 다 치뤘어.」

36

그게 다시 효과가 있으리라고 생각하는 것은 아니겠지, 조지?」

조지애나는 잠겨진 서랍을 열려고 애쓰고 있던 클린턴의 책상에서 고개를 들었다. 짙은 금발의 머리를 설레설레 저으면서 드류가 그곳에 서 있었다. 옆에는 보이드가 드류의 질문에 당황한 표정을 짓고 있었다. 들켰다는 사실에 화를 내며 조지애나가 천천히 일어섰다.

빌어먹을, 오빠들이 다 잠 들었다고 믿었는데. 그리고 드류 오빠는 날카로워서 내가 뭘 하고 있었는지 짐작할 거야. 어쨌든 뻔뻔스럽게 굴어야 해.

「무슨 소린지 모르겠어.」

「시치미 떼지마, 조지. 네가 그 꽃병을 손에 넣더라도 밉살맞은 영국인이 네게 한 짓과 비교하면 별로 중요하지 않아. 워렌 형은 호크 선장을 풀어 주느니 차라리 그 꽃병을 버리고 말 거야.」

드류가 그녀를 보고 씩 웃으면서 말했다.

「그를 그렇게 부르지 않았으면 좋겠어.」

그녀가 의자에 축 늘어져 앉으면서 말했다.

「내가 옳게 들은 거니? 저 불한당을 풀어 주기를 원하는 거야, 조지?」

보이드가 놀라운 기색을 감추지 않고 물었다.

그녀가 턱을 치켜 올렸다.

「그렇다면 어쩔 건데? 오빠들은 제임스가 나 때문에 이곳에 왔다는 사실을 완벽하게 무시하고 있어. 그러지 않았다면, 오빠나 토마스 오빠가 그를 알아보는 일도 없었겠지. 지하실에 갇히지도 않았을 테고. 그가 재판을 받아 교수형이 선고된다면, 난 양심의 가책을 견뎌내지 못할 거야.」

「토마스가 수를 쓴다면 그는 재판에서 무죄로 풀려날 수도 있어.」

보이드가 지적했다.

「난 그런 모험은 하지 않겠어.」

드류가 생각에 잠겨서 미간을 좁혔다.

「그를 사랑하는 거니, 조지?」

「말도 안 되는 소리야.」

그녀가 비웃었다.

「다행이군. 솔직히 난 네가 제정신을 잃은 거라고 생각했어.」

그가 꽤나 크게 허풍스런 한숨을 쉬었다.

「내가 그랬을지라도 이젠 고맙게도 다시 제정신을 찾았어. 하지만 드류 오빠, 아직도 난 워렌 오빠와 클린턴 오빠가 자신의 입장을 고수하게 놔둘 수가 없어.」

그녀가 딱딱하게 응수했다.

「클린턴 형은 그가 악명 높은 호크라는 사실엔 별로 신경 쓰지 않아. 형은 그저 그 사람이 다시는 우리집 문 앞에 나타나지 않기만을 바랄 뿐이야. 형은 아직도 그자에게 이기지 못해 감정이 상해 있을걸.」

「오빠들도 이길 순 없었지만, 오빠들이 교수형시키라고 하는 말은 듣지 못했는데.」

옆에 있던 보이드가 낄낄거렸다.

「농담이겠지, 조지. 넌 보지 못했니? 우리보다 월등히 기량이 뛰어나서 그를 상대한다는 말조차 농담이었어. 그렇게 주먹에 능숙한 사람에게 지는 건 부끄러운 게 아니야.」

드류가 미소지었다.

「보이드가 옳아. 그 남자에겐 존경할 만한 점이 많아. 만약 그가 그렇게…… 그렇게…….」

「반감을 일으킨다고? 모욕적이라고? 하는 말마다 다 얕잡아 보는 투라고? 나도 그게 싫어, 하지만 그는 늘 그래. 심지어 친한 친구한테도.」

조지애나는 거의 웃을 뻔했다.

「하지만 그게 날 미치게 해. 형은 안 그래?」

보이드가 소리쳤다.

조지애나가 어깨를 움츠렸다.

「일단 익숙해지면 나름대로 즐거워할 수도 있어. 하지만 습관이 된다면 위험한 일이지. 그는 잘못된 방식으로 누군가를 자극하는 것에 태연해…… 오늘 밤처럼 말이야. 하지만 그의 습관이나 과거에 저지른 범죄, 맘에 안 드는 다른 몇 가지 점에도 불구하고 우리가 그를 정당하게 다뤘다고는 생각 안 해.

「그가 너에게 한 짓을 고려하면 아주 아주 정당했어.」

보이드가 씩씩대며 말했다.

「난 이 일에서 빠져. 여자를 유혹했다고 해서 남자를 목매달지는 않아, 아니면 오빠들도 다 곤란할 텐데, 안 그래?」

그 따끔한 말에 보이드는 얼굴을 붉히는 체면이 있었으나 드류는 그저 미친 듯이 웃어 댔을 뿐이다.

「난 그걸 다르게 볼 거야.」

조지애나가 드류에게 역겹다는 표정을 지어 보이면서 말을 이었다.

「난 그가 해적이었다는 사실엔 관심 없어. 그를 교수형시키고 싶지도 않고. 그리고 그의 선원들을 이 일에 끌어들이지 말았어야 했어. 그 점에 관해선 그가 옳았어.」

「그럴지도 모르지, 하지만 나나 네가 그것에 대해 뭘 할 수 있을는지 모르겠는데. 어쨌든 워렌 형은 마음을 바꾸지 않을 테니까.」

보이드가 대답했다.

「그 말이 맞아. 넌 잠자리에 들어서 최선의 상황이 되도록 기도나 하는 게 나을 거야.」

드류가 덧붙여 말했다.

「그럴 순 없어.」

그녀가 간단히 말하고 다시 의자에 털썩 주저앉았다.

그녀는 이곳에 올 만큼 결사적인 수단을 취하게 만든 공포를 다시 느끼기 시작했다. 이래선 안 돼. 공포심은 도움이 안 돼. 지혜를 짜내야 해. 온갖 궁리를 다 해보느라 머리가 터질 지경일 때, 이곳에 온 이유가 바로 그것이라는 듯 술장으로 다가가는 두 오빠를 보자 퍼뜩 생각이 떠올랐다. 둘 다 억센 주먹에 실컷 맞은 후라 오늘 밤 잠자는데 약간의 도움을 필요로 한다는데 놀라지 않았다. 또, 제임스가 얼마나 심하게 다쳤는지 생각하지 않으려고 애썼다.

그녀가 사실을 꺼냈다.

「제임스는 이제 오빠들의 매제예요. 그렇다는 것을 다 알 거예요. 오빠가 좀 도와줄래요?」

「우리가 워렌과 격투해서 열쇠라도 뺏어 주기를 원하는 거니? 기꺼이 해주지.」

드류가 히죽거렸다.

브랜디를 마시고 있던 보이드가 기침을 해댔다.

「그런 생각은 하지도 마.」

「내 생각은 달라. 오빠들이 워렌 오빠의 더러운 기분을 방해할 이유는 없어. 또한 우리가 한 일을 알릴 필요도 없고.」

조지애나가 분명히 말했다.

「내 생각으론, 지하실 문의 자물쇠는 오래 되었고, 그러니 쉽게 부술 수 있을 것 같아.」

드류가 말했다.

「아니 그럴 필요도 없어. 제임스는 자신의 배나 선원들을 놔두곤 떠나지 않을 거야. 하지만 그는 지금 그들을 풀어줄 형편이 아니야. 자신은 가능하다고 생각할지도 모르지만…….」

조지애나가 말했다.

「그가 그럴 수 있게 우리더러 도와달라는 거냐?」

「바로 그 말이야. 지금은 화가 나 있기 때문에 그가 오빠들의 도움을 받아들일지는 솔직히 잘 모르겠어. 아마 혼자서 설치다가 다시 붙잡히고 말 거야. 하지만 우리가 먼저 그의 배와 선원들을 풀어 준다면, 그들이 제임스를 꺼내 함께 배로 돌아가는 일은 쉬울 거야. 그럼 아침까진 모두 다 이곳을 떠나고 없을 거야. 워렌 오빤 아마 제임스의 선원 중 한두 명을 놓쳐서 그들이 나머지 사람들을 구했다고 생각할 테고.」

「워렌이 남겨둔 파수꾼이 배에 올라왔던 사람이 누구인지 밝히면 어떡하지?」

「누군지 알아보지 못한다면, 워렌 오빠에게 말할 수도 없을 거야. 가는 길에 설명할 테니 기다려 줘. 적당한 옷으로 갈아입고 금방 내려올게.」

조지애나가 확신에 차서 말했다.

그러나 그녀가 책상을 돌아 나왔을 때, 드류가 그녀의 팔을 잡고 부드럽게 물었다.

「그와 함께 갈 거니?」

그녀가 조금도 머뭇거리지 않고 아무런 감정도 없이 대답했다.

「아니, 그는 날 원하지 않아.」

「난 다르게 들은 것 같은데.」

제임스가 자신이 근사한 정부였다고 떠벌리는 말을 모두 들었다는 게 기억나서 그녀는 굳어졌다.

「그럼 바꿔 말할게. 그는 아내를 원하지 않아.」

「알았어. 그것에 대해선 말씨름 해봤자 소용없겠구나. 그리고 어쨌든 클린턴 형이나 워렌 형은 널 보내 주지 않을 거야. 형들이 그와 널 결혼시켰을지는 몰라도 솔직히 말해 널 그와 함께 살게 해줄 의도는 아니었어.」

그녀 또한 뭐라고 대꾸할 말도 없었고 제임스와 함께 살고 싶지도 않았다. 전에 그를 사랑하지 않는다고 말했을 때도 그걸 의미한 거였다. 더 이상은 아니야, 정말로 아니야. 자주 이렇게 말하면 언젠가 사실이 될지도 몰라.

♠♠♠

40여 분 후에 세 사람은 메이든 앤이 정박해 있는 작은 만을 찾아냈다.

워렌의 선원들은 항구 주인이 보낸 공무원인 체하며 승선해 그 배를 함락시켰다. 브리지포드의 사법권이 이 해안까지 미치는지 아닌지를 전혀 몰랐던 콘래드 샤프가 할 수 있는 일은 거의 없었다. 다행히 다친 사람은 하나도 없었다. 속임수는 완벽하게 효과를 발휘해 워렌의 선원들이 네레우스 호에서 메이든 앤 호로 옮겨 타 혐의도 없는 배를 잡아놓을 수 있었다. 그리고 워렌이 배와 선원을 브리지포드로 데려오라는 명령은 내리지 않았기 때문에, 그의 선원들은 메이든 앤의 선원들을 화물 칸에 감금한 다음 배와 선원들을 지킬 파수대로 몇 명만 남겨 놓고 가 버렸다. 네레우스 호도 선원들과 함께 브리지포드로 돌아가 버렸다.
모든 것이 배에서 시작해 배로 끝난 터라, 조지애나는 해변 어딘가에 제임스가 육지로 상륙할 때 쓴 스키프가 있기만을 바랐다. 그러나 십 분 정도 찾아보고 나니 제임스가 하늘에서 뚝 떨어진 사람으로 보였다.
「한밤중에 헤엄치기가 이 미친 계획의 일부분인 줄은 내가 모르고 있었다는 걸 알아다오. 넌 깨닫지 못하는 모양이다만, 벌써 시월 중순이야. 우리…… 너도 뭔지 알 거야…… 그것도 얼어붙고 말 거야, 조-지.」
사려 깊게도 제임스가 돌려 준 소년 복장을 하고 아래층으로 내려와 놀래킨 후론 두 오빠가 불러 대는 새로운 이름에 조지애나는 주춤했다. 드류가 한 수 더 뜨는 바람에 그녀는 정말로 당황했다.
「네 영국인이 서재에서 너의 어떤 부분이 그토록 감탄할 만했는지 떠벌렸으니까 하는 말인데, 그 바지차림이 정말 싫어.」
「뭣 때문에 불평을 하는지 모르겠군요, 보이드 오빠. 배를 항구로 끌고 왔다면 워렌의 선원뿐만 아니라 옆에 있는 배도 조심해야 하니, 일이 얼마나 더 어려워졌을 건지나 생각해 봐요.」
그녀가 성을 내면서 말했다.
「그랬다면, 넌 처음부터 이 일에 날 끌어들이지 못했을 거야.」
「하여간, 오빤 도와주겠다고 했어요. 그러니 신발을 벗고 배로 건너가기로 해요. 워렌 오빠가 정말로 말도 안 되게 추적할 생각을 할지도 모르기 때문에 이 사람들은 좀 유리하게 출발할 필요가 있어요.」

그녀가 다급하게 말했다.

「워렌 형은 네 선장이 관련된 이상 그걸 정당하게 느낄지도 몰라. 그러나 무분별하지는 않아. 저쪽 배가 내밀고 있는 건 장난감 대포가 아니야, 조-지. 호크가 은퇴했다고 말했던가?」

드류가 말했다.

「오래된 습관은 고치기가 어려운 거지.」

그녀가 제임스의 말투로 —그게 습관이 되어서 고쳐야만 하겠어 —제임스 편을 들면서 말했다.

「게다가 그는 여전히 해적이 들끓고 있는 서인도 제도를 항해했어.」

그 말에 두 오빠가 껄껄대며 웃더니 이윽고 드류가 한마디 했다.

「전직 해적이 옛날 동료들에게 공격받을까봐 걱정을 하다니, 대단한 일이야.」

사실을 부인할 수 없었던 조지애나는 이렇게 말했을 뿐이다.

「신발을 벗기가 싫다면 여기서 말과 함께 기다리고 있어요. 저 혼자 갈게요.」

「하느님께 맹세코 클린턴 형이 옳았어.」

드류가 신발을 벗으려고 한쪽 다리로 서서는 보이드에게 툴툴거렸다.

「위세 부린다는 게 맞는 말이야. 솔직하고…… 기다려, 조지, 넌 저 닻을 올라갈 수가 없어!」

오빠들의 만류를 무시한 채 그녀는 이미 물 속에 있었고, 두 사람은 여동생을 따라잡기 위해 서둘러야 했다. 뱃사람들답게 수영에 능숙한 세 사람은 수월하게 만을 가로질러 십 분만에 배에 도착해선 갑판으로 오르기 위해 닻줄로 헤엄쳐 갔다.

제임스의 스키프를 타고 뻔뻔스럽게 배로 다가가서 시내에서 메이든 앤 호의 승무원을 발견해 다른 선원과 함께 가둬 놓으려고 데리고 왔다고 속여넘기는 게 원래 계획이었다. 세 사람 중 선원들이 알아보지 못할 가능성이 가장 큰 조지애나가 앞에 서서 말을 건네고 드류는 맨 뒤에, 보이드가 가운데서 '포로'의 역할을 하기로 돼 있었다. 그리고 선원에게 가까이 다가가자 마자 그녀가 몸을 숙이면 보이드가 그를 내려치기로 했다. 매우 간단한 일이었다.

그러나 포로와 나란히 헤엄쳐 왔다면 의심을 사기 십상이라 적어도 갑판에 도착하기까지는 그 계획을 포기해야 했다. 더구나 보이드와 드류는 그녀가 참여하는 것을 허락하지 않아서 두 사람이 갑판으로 사라져 가는 동안에 그녀는 물 속에서 그냥 빈둥거리면서 기다려야 했다.

하지만 시간이 지나감에 따라 위에서 벌어지고 있을 장면이 점점 더 궁금해져서 참을 수가 없었다. 아무 소리가 나지 않는데 용기를 얻었지만…… 만약에, 파도소리와 쓰고 있는 털모자 때문에 듣지 못한 거면 어떡하지? 그리고 한밤중에 아무 하는 일 없이 바닷물에 잠겨 있자니 곧 상상이 효과를 나타냈다.

이 지역에 상어가 있나? 작년에 이웃 사람 하나가 바다로 낚시하러 갔다가 상어에 물리지 않았던가? 배에 가려서, 물 속에서 헤엄치는 것들은 고사하고 물 밖에 있는 것도 보이지 않아.

일단 의문이 생기자 조지애나는 일 분도 걸리지 않아 닻줄로 올라갔다. 물론 다 올라가진 않았다. 오빠들이 기다리라고 했고, 보이드와 드류의 도움을 받는 처지에 그들을 화나게 할 맘은 없었다.

하지만 다급해진 마음은 두꺼운 줄에 매달려 있는 손을 도와 줄 순 없었다. 사실, 그녀는 손에서 힘이 빠지기 전에 간신히 윗 난간으로 올라갈 수 있었다. 그리곤 이제 상어가 들끓는다고 확신하게 된 바다로 빠졌을지도 모른다고 생각하자 올라온 것에 대해 안도감을 느꼈다. 열댓 명의 선원들이 그녀를 환영할 준비를 하고 그곳에 서 있는 광경을 마주치기 전까지는 말이다.

37

발밑에 고인 물웅덩이에 서서 갑판에 몰아치는 추운 밤바람에 젖은 몸을 떨면서 조지애나는 냉담하고 얕잡아보는 음성을 들었다.

「이런, 늙은 조-지가 아니야. 우리를 방문하러 온 거지, 안 그래?」

「코니예요?」

키 큰 붉은 머리 남자가 걸어와 그녀의 어깨에 두꺼운 코트를 둘러주자 조지애나가 숨을 헐떡이며 물었다.

「하지만…… 어떻게 풀려난 거죠?」

「여기서 무슨 일이 벌어졌었는지 알고 있소?」

「물론 전…… 하지만 이해가 안 돼요. 혼자 힘으로 나온 건가요?」

「빗장이 열리자 마자 그랬지. 당신네 나라 사람들은 영리하지가 않더군, 조지? 그들과 위치를 바꾸는데 조금도 힘들지 않았으니까.」

「이런 세상에, 그들을 다치게 하진 않았겠죠, 그렇죠?」

순간 그가 얼굴을 찡그렸다.

「그들이 우리를 가둔 곳에 그들을 가둘 때 필요했던 것 이상은 아니었지. 그런데 왜 그러는 거요?」

「그 사람들이 당신들을 풀어준 거란 말이예요! 그들에게 설명할 기회도 주지 않았겠죠?」

「당연하지. 내가 그들을 당신 친구라고 생각했어야만 하는 거요?」

그가 분명하게 말했다.

「제 오빠들일 뿐이죠.」

그녀의 뚱한 음성에 그가 껄껄대고 웃었다.

「나쁜 짓은 하지 않았소. 헨리, 가서 두 녀석을 데려오게. 이번엔 잘 대하게. 그럼 조-지, 당신은 제임스가 어디에 있는지 우리에게 말해 줄 수 있을 것 같은데?」

「아, 그건 얘기하자면 길어요. 그리고 한시가 급하니까 우리가 해변으로 돌아가는 길에 설명해 줄게요.」

그 말에 보다는 그녀가 갑작스레 불안해 보이는데 코니가 반응을 보였다.

「그는 무사한 거요?」

「물론이에요…… 그저 약간 타박상을 입었을 뿐…… 그리고 갇혀 있는 지하실에서 나오는데 당신의 도움이 필요하고요.」
「갇혀 있다고, 응?」
코니가 웃음을 터뜨리자 조지애나는 화가 났다.
「웃을 일이 아니에요, 샤프 씨. 그를 재판에 회부하려 하고 있어요.」
그녀가 퉁명스럽게 쏘아붙이자 그의 즐거운 기색은 순식간에 사라졌다.
「빌어먹을, 내가 미리 경고해 줬는데!」
「그 대신에 윽박질렀어야만 했어요. 왜냐하면 모든 건 다 그 자신과 그의 잘난 고백 때문에 일어났으니까요.」
그녀는 일등 항해사를 재촉했다. 그러나 가는 길에 나머지 설명을 하지 않을 수가 없었다. 오빠들이 대단히 화를 내겠지만 잠시 동안은 뒤에 남겨 놓을 수밖에 없었다. 코니는 그 틈을 이용해 몇 사람을 더 데리고 나섰고, 조지애나는 일등 항해사와 함께 타는 영광을 누렸다. 그녀가 겁을 먹고 있어서 그는 모든 자세한 사항을 쉬이 끌어낼 수가 있었다. 이야기를 들으면서 그는 간혹 가다 '그러지 말았어야 했어!'나 '빌어먹을!'이라고만 하다가 마침내 화가 나서 말했다.
「당신 설명은 아주 요령이 있었소, 조-지. 그러나 제임스 말로리가 직접 족쇄를 찼다는 것을 내게 믿게 할 순 없을 거요.」
그녀가 신랄하게 대답했다.
「절 믿을 필욘 없어요. 저도 족쇄를 차게 된 반쪽일 뿐이니까요.」
더 이상 그를 납득시키려고 애쓰지 않았기에 집에 도착했을 때도 그는 여전히 믿지 못하고 있었다. 그녀는 신경이 곤두서고

울화가 치밀어올랐다. 만약 그들이 스스로 지하실을 찾으려고 어둠 속을 돌아다니다가 넘어져 하인을 깨울지도 모른다는 생각만 들지 않았다면 지하실로 가는 길도 가르쳐 주지 않을 정도로 화가 나 있었다. 아무튼, 문이 강제로 열릴 때까지 그 근처에 있고 싶지는 않았다.

조지애나가 부엌에서 들고 온 촛불을 하나 들고 있어서, 제임스는 문 뒤에 숨어 있는 그녀만 빼면 자신을 구출하러 온 사람이 누군지 쉽게 알아볼 수 있었다. 지하실에서 풀려난 제임스가 맨처음 한 말은 그의 현재 생각을 드러내기에 충분했고, 그녀는 자신이 가까이 있음을 알았더라도 그가 다르게 말했을 거라는 생각은 들지 않았다.

「이럴 필요가 없었는데, 코니. 내가 이곳에서 일어나도록 허락한 것들 때문에 난 교수형을 당해도 싸네.」

조지애나는 '허락하다'라는 말을 중요하게 받아들이지 않았다. 그녀는 단지 제임스가 결혼한 상태에 대해 역겨워한다고만 알아들었다.

코니도 같은 뜻으로 들은 게 분명했다.

「그럼 사실인가? 정말 저 녀석과 결혼한 건가?」

「어떻게 자네가 그 사실을 알게 된 건가?」

「이런, 물론 자네의 작은 신부가 내게 말해 줬다네.」

코니가 웃음을 터뜨리면서 마지막 말을 했다.

「내가…… 축하…… 해야…….」

「됐네. 자네가 한마디도 더 하기 어려운 것 같으니 내가 알아서 들어 주지. 자네가 그녀를 봤다면 어디다 그 믿지 못할 닳고 닳은 여자를 놔두고 온 건가?」

제임스가 날카롭게 말했다.
코니가 주변을 돌아보았다.
「여기에 있었는데.」
「조-지!」
조지애나는 대포가 터지는 듯한 소리에 놀라 계단 꼭대기에서 멈춰 섰다. 처음엔 오빠들이 잠에서 깨어 소리를 지른 거라고 생각했던 그녀는 이윽고 이를 악물고 주먹을 꽉 움켜쥐곤 고함을 쳐대기 위해 계단을 쿵쿵대며 내려갔다.
「이 빌어먹을 멍청이! 온 집안 식구를 깨우려는 거예요, 아니면 이웃까지 깨우려는 거예요? 아니면 당신은 지하실이 너무나 좋아서…….」
운 나쁘게도, 그녀는 그때 제임스가 손을 뻗을 수 있을 만큼 가까이 왔고 즉시 커다란 손이 입을 틀어막아서 비명을 지르기란 불가능한 상황을 자초했다. 잠시 동안 그녀를 멈춘 것은 제임스의 손이었지만, 저항할 생각조차 하기 전에 재빨리 스카프로 대신했다. 스카프로 그녀의 얼굴을 몇 번 감고 나니까 꽤나 그럴싸한 재갈이 되었다.
처음부터 지켜보고 있던 코니는 한 마디도 하지 않았다. 특히 조지애나가 버둥대지도 않고 쭉 가만히 서 있기만 했다는 것을 알아차리곤 더욱 그랬다. 제임스의 행동은 훨씬 더 흥미로웠다. 그는 도와달라고 할 수도 있었다. 그는 조지애나가 재갈을 풀 수 없게 손목을 잡고 있느라 재갈을 단단히 묶는 데 이빨을 사용해야만 했다. 제임스의 입은 찢어지고 부어 있어서 조금만 스쳐도 아플 게 분명한 데도 아무런 도움을 청하지 않았다.
제임스는 일을 마친 후 그녀를 한쪽 팔 아래에다 꽉 끼고 나서야 코니가 자신을 쳐다보고 있다는 것을 알아차렸다.

「그녀를 남겨놓고 갈 수가 없어서 이러는 거지.」

제임스가 짜증을 내면서 말했다.

「물론이지.」

코니가 고개를 끄덕였다.

「경보를 울려댈 게 분명하거든.」

「물론 그럴 거네.」

「자네도 알겠지만 내 말에 동의할 필요는 없네.」

「물론이야. 자넨 모르겠지만 난 내 이빨이 너무나 좋거든.」

38

조지애나는 창문 앞에 끌어다 놓은 의자에 축 늘어지게 앉아서 메이든 앤 호를 둘러싸고 파도가 넘실대는 차가운 대서양을 깊은 생각에 잠겨 내려다보고 있었다. 뒤에서 문이 열리고 방으로 들어오는 소리를 들었으나 자신의 고독을 깬 사람이 누군지엔 관심이 없었다. 물론 누군지는 알고 있었다. 노크도 없이 이 선실로 들어오는 사람은 제임스밖에 없었다.

그녀는 제임스 말로리에게 말을 건네지 않았다. 일 주일 전날 밤에, 영국의 선술집에서 했던 것과 똑같은 식으로 그녀를 자신의 배에 들어다 놓은 순간 이후론 그에게 두 마디도 하지 않았다. 또, 이런 품위 없는 대접이 그날 밤 일어난 일 중 최악의 사건도 아니었다. 아니고 말고!

배로 돌아온 제임스는 갑판에서 드류와 보이드를 보자 마자 선원들에게 그들을 옆으로 던져 버리라고 명령했다. 그리곤 오빠들이 눈 뜬 장님이라서, 그녀의 입에 물린 재갈과 성가신 짐꾸러미를 들러 멘 듯 옆구리에 그녀를 들고 있는 그를 볼 수 없기라도 한 듯이 조지애나가 자신과 함께 가기로 결심했다고 원한을 품고 말했다.

한편, 아무도 앞장서서 드류와 보이드가 메이든 앤 호에서 무엇을 하고 있었는지 그에게 말해 주려고 애쓰지 않았다. 그녀의 오빠들이 아니었다면 자신들은 아직도 화물칸에 갇혀 있고, 줄줄이 묶여서 해변으로 끌려가는 대신 네레우스 선원들이 여전히 갑판을 걸어다니고 있을 거라는 사실을 자진해서 이야기하는 사람이 하나도 없었다. 공연히 나섰다가 긁어 부스럼을 만들 용기는 누구에게도 없는 듯했다. 특히 코니는 뭔가 말했어야 했으나 그를 한 번 보고 나자 설명 같은 세속적인 것으로 끝내기엔 모든 일이 너무나 흥미진진하다고 생각했다.

그날 밤 제임스 자신이 고마움이라곤 모르는 철면피처럼 굴었다는 사실을 지금쯤은 알 수 있었을 거야. 만약 그렇지 않더라도 그와 다시는 한마디도 하지 않을 거니까 나로부터는 어떤 말도 들을 수가 없을 걸. 저 빌어먹을 남자는 그래도 눈썹 하나 꿈쩍하지 않겠지.

「골내는 거요?」

그가 알아차렸을 때 한 말이었다.

「대단해! 남편이 아내를 책임져야 하다니 신의 조그만 은총

이군.」

손으로 귀를 막고 도리질을 치고 싶을 만큼 상처를 주는 말이었다. 특히, 진심이 아니라곤 조금도 의심할 이유가 없어 더욱 쓰라린 상처를 주었다. 그리고 그가 한 번도 그녀를 달래어 자신과 말을 하게 하거나, 욕을 하거나, 다른 짓을 해보려는 기미조차 보이지 않았기에 정말인 게 분명했다.

두 사람은 한 선실을 쓰면서도 그녀는 해먹에서 그는 커다란 침대에서 잤다. 그리고 가능한 한 모든 수단을 다해 서로를 무시했다. 그는 감탄할 만큼 잘했으나 그녀는 억울하게도 그곳에 그가 있으면…… 최소한 가까이 있을 때면, 매번 좀 미친 듯이 찾아오는 미묘한 감흥을 드러내지 않으려고 안간힘을 써야 했다. 보고 냄새를 맡고 그가 내는 모든 소리를 듣고 그의 손길이 닿던 순간을 기억해내며 흥분하곤 했다.

초연해지기를 간절히 바라고 있는 지금조차도 조지애나는 책상에 앉는 제임스를 슬그머니 쳐다보았다. 그녀는 그가 함께 있음을 느끼고 긴장하는 반면에 그는 마치 혼자 있는 사람처럼 느긋했다. 그녀가 그쪽으로 고개를 돌리지 않듯이 그도 그녀 쪽을 쳐다보지 않았다.

차라리 공기로 만들어진 인간이 되고픈 맘이었다. 사실, 자신이 그곳에 있는 이유를 평생이 걸려도 모를 것 같았다. 제임스가 그녀를 오빠들과 함께 바다에 처박았다면 그날 밤 그가 보여준 행동에 더욱 걸맞아 보였으리라. 그녀는 무슨 심사로 자신을 데리고 가느냐고 묻지 않았다.

내가 먼저 말을 걸어 그가 말한 대로 골내기를 포기해야 한다면 그 전에 혀를 잘라 버리고 말겠어. 유치해 보인들 어때? 멀

찡하게 사람을 유괴하고, 자기를 도운 사람들을 뱃전에서 바다로 걸어놓은 널빤지 위로 눈을 가린 채 걷게 하거나 밀어 버리는 해적처럼 교양 없는 미친 남자로 구는 것보다 더 나쁘겠어? 그렇지 않고 말고!

「신경이 쓰이는 거요, 조-지? 계속 날 쳐다보면 내 신경이 거슬리지 않겠소?」

조지애나는 다시 창 밖의 단조로운 풍경으로 시선을 홱 돌렸다. 빌어먹을 인간이라니까, 하여간 몰래 쳐다보고 있는 것을 어떻게 알아차린 거지?

「당신도 알겠지만 그건 점점 따분해지고 있소.」

그가 말을 이었다.

그녀는 아무 말도 하지 않았다.

「당신이 골내는 것 말이요.」

이번에도 그녀는 아무 대꾸도 하지 않았다.

「물론, 야만인들 사이에서 자라난 창녀한테 뭘 기대할 수 있겠소.」

그 말이 성공을 거두었다.

「그게 제 오빠들을 뜻하는 거라면…….」

「당신네 빌어먹을 나라 전체를 말하는 거요.」

「그런 말을 하기엔 속물들의 나라 출신인 당신이 적격이겠군요.」

「무례하고 성급한 사람보다는 속물이 더 낫지.」

「무례하다고?」

그녀가 쇳소리를 내어 말하곤 꾹 참아왔던 분노를 폭발시키면서 방을 가로질러 책상으로 곧장 걸어갔다.

「언제서야 당신은 생명을 구해 준 데 대해 고맙다고 말할 건가요?」

그녀가 그곳에 가기 전에 그가 일어섰다. 그러나 그가 다가와도 그녀는 겁을 먹고 물러서지 않았다. 단지 무의식적으로 더 걸어가지 않았을 뿐이다.

「내가 누구한테 고마워해야 하는 거요? 당신이 친척이라고 부르는 저 미개한 속물들에게? 날 지하실에 가두곤 목매달길 기다리고 있던 자들에게?」

「죄다 당신이 한 말 때문에 생긴 일이에요! 하지만 당신이 그런 꼴을 당해야 마땅했던지 아니던지 간에 그건 모두 워렌 오빠가 한 짓이에요. 보이드나 드류 오빠가 아니란 말이에요. 그들은 친 형을 배신하고 당신을 도와줬어요. 워렌 오빠가 알게 되면 의식을 잃을 정도로 두들겨 패리라는 것을 너무나 잘 알면서도요.」

그녀가 그에게 고함을 질러 댔다.

「난 지능이 부족하지 않아, 애송아. 그들이 한 일에 대해선 말해 줄 필요가 없소. 내가 그들의 빌어먹을 목을 부러뜨리지 않고 참은 이유가 뭐라고 생각하는 거요?」

「아, 대단하군요. 그리고 제가 여기 있어야 하는 이유가 매우 궁금하군요. 당신이 그곳에서 좀더 피해를 줄 수 없어서 제 오빠들이 받을 충격을 더 늘이기 위해 절 데리고 왔다는 것을 깨달았어야만 했겠죠. 그렇죠, 아닌가요? 오빠들이 미칠 듯이 걱정할 게 확실하니까 당신이 생각해낸 복수의 수단으로요.」

「물론이오!」

그녀는 붉게 물들고 있는 그의 목덜미와 얼굴을 보지 못했다.

그녀의 어림짐작은 그의 대답에 책임이 있고, 한층 배가된 그의 분노는 그녀의 추론 때문이었다. 하지만 그녀는 스스로도 갖고 있다고는 인정하기조차 싫은 자신의 마지막 희망을 물거품처럼 스러지게 한 그 잔인한 대답만을 새겨들었다.

그녀는 가슴을 후벼 놓은 아픔을 앙갚음하듯이 경멸적인 말을 퍼부어 댔다.

「영국 귀족이자 카리브 해의 해적에게 그보다 조금도 더 기대하지 않았어요!」

「이렇게 말하긴 싫지만, 이 작은 마녀야, 그건 욕설이 아니요.」

「당신에 관한 한 그렇겠죠! 세상에, 당신의 아이를 낳으려고 생각하고 있다니.」

「빌어먹을! 난 당신을 다신 건드리지 않을 거요!」

그녀가 쿵쿵대며 걸어가면서 말했다.

「그럴 필요도 없어, 이 멍청한 인간아!」

제임스는 마치 도끼로 맞거나 광포한 말발굽에 엉덩이를 채인 것처럼 느꼈다. 그 순간엔 자신은 그래도 마땅하다는 느낌이 들었다.

조지애나는 그의 반응에 조금도 관심이 없었다. 몹시 화가 난 채로 씨근대며 밖으로 나가 문을 쾅 닫았을 뿐이다. 그래서 낄낄거리던 웃음소리가 곧 즐거움에 찬 웃음소리로 변하는 것을 듣지 못했다.

그는 한참이나 지난 후에 취사장에서 숀 오숀과 그의 조수들에게 남자들 특히 제임스 말로리에 대한 비난을 해대고 있는 그녀를 찾아냈다. 이번엔 빌린 옷이긴 하지만 전처럼 다시 바지를 입고 있는 조지가 이제 선장의 아내였으므로, 그들은 그녀의 말에 한마디도 반대의 말을 하지 않았다.

그는 단숨에 늙은이에 어리석은 황소와 벽돌 벽으로 표현되는 자신에 관한 말을 들었다. 벽돌 벽이라니? 미국에서 쓰이는 새로운 비유법인가? 제임스는 잠시 동안 듣고 있다가 말을 막았다.

「당신이 괜찮다면 이야기를 하고 싶소, 조-지.」

「전 괜찮지가 않아요.」

쳐다보지도 않고 그녀가 쏘아붙였다.

사실, 그는 자신의 말소리가 들린 순간 그녀가 등을 약간 곧추세웠다는 것만을 알아차렸을 뿐이었다. 아마도 예의바른 행동이 잘못된 방침인 게 분명했다.

조지애나가 봤다면 악마 같은 미소라고 불렀겠지만, 등을 돌린 자세를 고수하는 데만 신경을 모은 탓에 그만 보지 못했다. 그곳에 있는 다른 사람들만 뒤로 다가가 앉아 있던 통에서 그녀를 들어올리는 그의 표정을 봤다.

「실례하겠네, 제군들, 조-지가 최근엔 자신의 임무를 소홀히 하고 있다네.」

제임스가, 그녀가 이미 잘 알고 있는 자세로, 그녀를 꿰차고 방에서 나가면서 말했다.

「이런 야만적인 기질을 억제해야만 해요, 선장님.」

그가 내려놓을 때까진 자신이 할 수 있는 일이 하나도 없음을 경험으로 알고 있는 그녀가 분노에 찬 낮은 음성으로 말했다.

「하지만 가정교육은 말하지 않아도 저절로 나타나지요, 안 그래요?」

「당신이 입다물고 있으면 더 빨리 그곳에 갈 수 있을 거요, 조-지.」

그의 어조에 묻어 있는 유머를 알아차리곤 그녀는 할 말을 잃다시피 했다. 이런 세상에, 우리가 서로를 경멸하고 있는 이 상황에서 재밌는 점을 발견했단 말이야? 한 시간 전만 해도 그는 불을 뿜어대고 있는 용 같았는데…… 하지만 그는 영국인이니 무슨 다른 설명이 필요하겠어?

「어디를 더 빨리 간다는 거죠? 그리고 내가 소홀히 한 일이 뭐죠? 내가 이젠 당신의 캐빈 보이가 아니란 사실을 말해 줄 필요가 있나요?」

「당신이 뭔지는 너무나 잘 알고 있소. 그리고 결혼에 대해 좋게 말할 게 하나도 없지만, 결혼엔 내가 불평할 수 없는 작은 이점이 하나 있소.」

순식간에 그 말을 알아들은 후 그녀가 폭발했다.

「미친 거예요, 아니면 망령이라도 난 거예요? 당신이 제게 다신 손대지 않겠다고 저와 배 전체에 대고 말했을 때 전 분명하고 똑똑하게 들었어요! 목격자도 있어요!」

「배 전체라고?」

「그 정도로 크게 말했잖아요.」

「그럼 내가 거짓말한 거요.」

「뭐라고요? 거짓말을 했다고요? 그럼 전 당신에게 꼭 말해 둘 게…….」

「어떻게 계속 말할 수 있는 거요, 조-지? 우리의 더러운 관계를 떠벌려 대는 당신 성격은…….」

「난 그것 말고도 더할 거야. 이 썩어빠진 황소야!」

마침내 여기저기서 들려오는 낄낄대는 소리며 애써 소리를 죽인 웃음소리를 알아차린 그녀가 음성을 낮췄다.

「당신은 노력할 수…… 물론, 그저 시도해 보면 무슨 일이 일어나는지 볼 수 있을 거예요.」

「더 흥미 있게 해주다니 고맙소, 여보, 그러나 내가 장담하건대 그건 불필요하오.」

그녀는 그 말을 잘못 알아듣지 않았다. 그리곤 바로 엉뚱한—지금은 그와 아무런 관계를 맺고 싶지 않기에 엉뚱할 수밖에 없는 곳이 달아올랐다. 왜 이런 짓을 하는 거야? 벌써 일 주나 바다에 있었는데 그는 나를 볼 때마다 어둡고 생각에 잠긴 표정만을 짓고 있었어. 하지만 선실에서 먼저 시비를 건 사람은 그야. 약을 올려 '골내고 있는' 것을 그만두게 하더니 지금은 이런 짓을 해. 날 혼란시켜 미치게 만들 셈이라면 그는 이미 성공을 눈앞에 둔 거나 마찬가지야.

선실로 향하는 계단으로 내려가기 전에 그는 그녀의 다리를 들어올려 양팔로 감싸안아 전번 자세보다 벗어나기 더 어려운 상태로 만들었다. 그녀는 그의 힘과, 자신은 점점 분노가 쌓여가는데, 분노를 억누를 수 있는 그의 능력에 정말로 화가 치밀어오르기 시작했다.

「왜 이러는 거죠, 제임스?」

그녀가 딱딱하고 분노에 찬 작은 음성으로 물었다.

「용기가 있다면 말해 봐요.」

위치가 바뀌었기 때문에 그녀는 그를 쳐다볼 수 있었다. 그러나 그가 힐끗 내려다봤을 때, 그녀는 그의 초록색 눈에서 모든 대답을 봤다. 굳이 들을 필요가 없지만, 어쨌든 그가 그녀에게 말했다.

「숨겨진 의미를 찾으려고 하지 마시오, 내 사랑. 내 동기는 단순하고 원초적인 거요. 우리가 서로에게 토해 낸 모든 열정적인 분노에 내가 좀…… 울렁증이 생겼소.」

「잘됐군요.」

그의 강력한 시선에서 자신을 지키기 위해 그녀가 눈을 감으면서 뱉어냈다.

「당신이 토했으면 좋겠군요.」

그의 관능적인 웃음소리에 그녀는 기운이 빠졌다.

「내 말의 의미를 당신은 알고 있소. 그리고 그 불 같은 정열이 우리 두 사람에게 다 미치고 있다고 난 보증할 수 있소.」

말로는 큰소리를 쳤어도 실제로 그는 알지 못했다. 물론 지금부터 알아볼 작정이었지만.

그의 음성이 유혹적인 쉰 목소리로 변했다.

「당신도 속이 울렁거리오?」

「조금도…….」

「당신은 최소한도로 자신감을 감소시키는 방법을 알 거요.」

다리를 놓아주자 그녀는 그의 앞으로 미끄러져 내려왔으나, 아직도 등이 억센 한팔에 안겨 있어서 발이 바닥에 닿질 않았다. 두 사람이 쓰고 있는 선실로 들어온 것도 문이 딸깍 닫기는 소리를 듣고서야 막연히 알게 되었다. 그녀의 심장박동 소리가 가파르게 올라갔다.

「먼저 내가 당신을 다룰 때 내 기교를 완전히 잃어버린 듯이 보인다는 점을 시인하겠소.」

그는 고백하는 투로 말했다. 그리곤 한팔을 아래로 움직여 엉덩이를 감싸쥐고 자신에게 밀어붙이는 동안에 다른 손을 위로 올려 머리카락 속에 집어넣어 그녀의 머리를 단단히 잡았다.

그녀는 그의 관능적인 미소와 눈에 담겨 있는 열기를 봤다. 그가 말할 때 입술에 닿는 거칠어진 숨결을 느꼈다.

「내가 그걸 다시 찾을 수 있는지 알아볼 수 있게 허락해 주오.」

「제임스, 안 돼…….」

이미 그의 입술이 그녀의 입술을 막았다. 그리고 그는 다른 여자들하곤 욕망의 절정에 달했을 때조차 한가닥 냉정을 잃지 않았던 예전의 자기를 잃어버렸다는 것을 확인했다.

여유롭게 온 정성을 다해, 그가 평생동안 온갖 여자들을 상대로 갈고 닦아온 기량과 기교를 그녀에게 모두 펼치기 시작했다. 유혹적이고 최면을 거는 듯한 키스로 그녀의 모든 관능적인 충동을 일깨우면서 실오라기 만한 저항조차 잠재워 버렸다. 그의 혀가 그녀의 입술을 벌려 안으로 들어가 그가 무엇을 하든 더 이상 문제되지 않는, 오직 황홀한 감각만으로 존재하는 세계로 이끌어갔을 때, 그녀는 팔을 그의 목에 꼭 감고 있었다. 쉴 틈 없이 쏟아지는 부드러운 공격 아래서 그녀는 온몸이 불덩이처럼 타오르는 욕망을 느꼈다. 그녀의 것이 아니면 그의 것이? 그녀는 자신을 부둥켜안고 있는 남자와 그가 자신에게 일깨운 욕망 외에는 돌아볼 겨를이 없는 사랑의 폭풍 한가운데 있었다.

세상에! 그를 느끼고 맛보며 자신을 둘러싸고 있는 뜨거운 열기에 그녀의 감각은 강렬한 쾌감을 느꼈다. 그녀는 잊고…… 아니지, 그에게 압도당해 영혼까지 고스란히 드러낸 듯한 무아경에 빠진 게 현실인지 의심하고 있을 뿐이야.

「세상에, 당신이 날 떨게 하고 있소.」

그녀는 그의 음성에 묻어 나오는 놀라움과 떨리는 그의 몸을 느꼈다…… 아니면 포말처럼 흩날릴 듯이 떨고 있는 건 그녀 자신인가?

그녀는 정말로 사력을 다해 그를 안고 있었다. 그래서 그가 그녀의 다리를 들어올려 자신의 엉덩이를 감싸게 하기란 쉬운 일이었다. 그 자세로 침대로 데리고 가는 순간에도 혀로 계속 애무를 해대자 쾌락에 겨운 신음성과 함께 그녀의 은밀한 그곳이 불처럼 뜨거워졌다.

두 사람은 좀 서투르게 함께 침대로 쓰러졌다. 그러나 조지애나는 자신의 욕구를 훨씬 능가하는, 거장의 기교가 다시 한 번 그를 저버렸을 만큼 다급하고 격렬한 그의 욕구를 알아차리지 못했다. 그녀의 욕망도 이 남자와 전에 경험했던 어떤 것보다 더 컸다. 문자 그대로 급하게 서로의 옷을 찢고 있었으나 원초적 본능에 휩싸인 두 사람은 알아차리지도 못했다.

어느 순간 그가 그녀의 몸 안으로 깊숙이 들어왔다. 그녀는 몸 전체가 환영을 하면서 안도의 숨을 쉬었다는 느낌에 진저리치고 있는데, 그가 전에는 한 번도 하지 않았던 새로운 방식으로 그녀의 무릎 아래로 양팔을 집어넣어 무릎을 높이 들어올려 놀랐다. 그녀는 영혼까지 고스란히 드러내는 듯한 무방비한 감정으로 허덕이면서도, 그 자세가 그를 깊숙이 받아들여 자신의 중심까지 닿고 있다는 색다른 느낌에 떠는 사이에 그만 놀라움도 잊고 말았다. 환희의 불꽃이 터지는 순간 온몸으로 얼얼한 물결이 퍼져나갔다. 그녀를 안고 있어서 그는 그 모든 기쁨의 전율을 느낄 수가 있었다.

그녀는 비명을 질렀으나 그것을 알지 못했다. 그의 어깨에 남긴 손톱자국도 몰랐다. 그녀는 지금 막 그에게 자신의 영혼을 다시 한 번 더 주었으나 두 사람 다 그것을 몰랐다.

어느 정도 정신이 들자, 조지애나는 달콤한 피로와…… 그가 자신의 입술을 부드럽게 조금씩 물어뜯고 있다는 것을 느꼈다. 그래서 그녀는 제임스가 그 근사한 경험을 함께 나누지 못했다고 생각했다.

「당신은 못…….」

「물론 나도 느꼈소.」

「아.」

마음 속으로 훨씬 더 놀라서 '아'라고 했다. 그렇게 금방? 또 다시 그처럼 무아경에 빠지고 싶은 거야? 그럴 기력이 있어? 하지만 그 충동은 너무나 압도적이라서 그녀는 자신의 입술을 살짝 물어뜯었다. 그러자 원했던 대답을 얻을 수 있었다.

39

이득을 위해 결혼을 하기도 하오, 혹은 두 가문을 결속시키기 위해…… 그건 우리에게 맞는 게 아니지 않소, 내 사랑? 그러나 요즘엔 열정에 대한 사회의 인가라는 기본적인 이유로 결혼하기도 하오. 그게 우리에게 상당히 적합한 말이군.」

그 말에 조지애나는 제임스 말로리의 기교에 운명적인 항복을 한 그 다음날부터 이 주간의 기억이 생생하게 떠올랐다. 또한 자신에 대한 그의 욕망에 뭔가 심오한 뜻이 숨어 있지 않나 해독하려 들지 말아야 한다는 점을 상기시켜 주었다.

그에게 한 그녀의 물음은 결혼의 맹세를 존중할 작정인지 아니면 이혼을 할 것인지 여부뿐이었다. 그의 대답은 대답이라고 할 수가 없었다. 그리고 두 사람이 나누고 있는 게 그의 입장에선 색욕에 불과하다는 뜻을 담은 말은 들을 필요가 없었다.

하지만 그 색욕은 무척 부드러워. 그의 팔 안에 안겨 있을 때면 소중히 여겨지고…… 거의 사랑 받고 있는 듯한 느낌이 드는 경우가 많거든. 바로 그것 때문에 미래에 대해 다시 물어봐야 한다는 생각이 들 때마다 참을 수밖에 없었어. 물론 제임스 입에서 직접 답을 끌어내기란 불가능할 테니까 말이야. 그는 번번이 경멸적인 말로 내 입을 다물게 하지 않으면 애매한 대답을 하곤 했어. 그리고 코네티컷에서 일어난 일을 꺼내거나 오빠들의 이름을 꺼내면 불을 내뿜는 용에 화상을 입는다는 사실을 무척 빠르게 알게 되었지.

그래서 한 가지 점만 빼면 전처럼 연인과 동반자로서 살게 된 거야. 까다로운 화제들은 꺼내지도 않고, 마치 무언의 휴전을 맺은 상황 같아. 적어도 내겐 그렇게 보여. 그리고 제임스와 함께 있는 이 시간을 즐기고 음미하고 싶으면 —정말로 그러고 싶어 —얼마 동안 내 걱정과 자존심을 묻어둬야 해. 목적지에 도착하면 제임스가 날 데리고 있을지 집으로 돌려보낼지를 곧 알 수 있을 거야.

파도 위에서 불사른 환희의 시간은 정말로 짧았다. 서쪽에서 불어오는 바람과 싸우지 않아도 되어서 메이든 앤 호는 순조로운 항해를 계속한 끝에 미국을 떠난 지 겨우 삼 주만에 템즈 강을 가르고 있었다.

제임스가 그녀를 들러 메고 있는 상태에서 코니와 항로에 대한 말을 나눴기 때문에 조지애나는 처음부터 영국으로 온다는 사실을 죽 알고 있었다. 그가 볼 일을 마치러 자메이카로 돌아가지 않는 이유를 오랫동안 궁금해할 필요조차 없었다. 역시나 금지된 화제들 중에 하나라 굳이 물어보려고 하지도 않았지만, 코니에게 개인적이지 않은 문제들을 묻던 중에 우연히 그 이야기가 묻어 나왔다. 코니의 말에 따르면, 자신이 선원들을 그러모으는 사이에 제임스가 다행히도 섬에 있는 재산을 처분해 줄 대리인을 구할 수 있었다고 들려줬다. 정작 궁금한 일은 제임스 말로리가 그렇게 앙심을 품고서 코네티컷으로 온 이유이긴 했으나, 그것만큼은 물을 수가 없었다.

다시 한 번 조지애나는 출발 준비를 하면서 제임스의 짐을 쌌다. 이번엔 자신의 빌린 옷가지들도 함께 쌌다. 갑판에 올라갔을 때, 그녀는 트랩 양편에 서서 자신을 감시하고 있는 아치와 헨리를 발견했다. 두 사람은 아닌 체 시치미를 떼려는 기색도 보이지 않았다.

우습군! 런던 항엔 종달새 호 상선이 없다고 제임스에게 말해 줘야 할까? 말을 꺼내도 된다면 말이지. 그럼 내가 사라져도 어디 도망갈 데가 없다는 것을 확실히 알게 될 텐데. 더구나 내겐 돈도 없다는 걸 뻔히 알면서도 감시인을 붙여 놓다니, 정말 어리석기 그지없어. 그날 밤 그가 목에 걸고 있던 내 옥가락지를 결혼반지로 돌려받긴 했지만 다시 그것을 뺄 생각조차 하지 않고 있는데 뭐.

손에 낀 반지가 너무나 쉽게 잊고 있었던, 자신이 이제 유부녀라는 사실을 상기시켜 줬다. 임신으로 인한 피로나 아픈 데가 조금도 없었고 좀 커진 가슴 말고는 다른 신체적인 변화가 없어서 임신에 대해서도 잊고 지냈지만, 벌써 이 개월 반이 넘고 있었다. 그러나 제임스에게 그 말을 다시 한 적이 없고, 그도 다시 거론한 적이 없었다. 그날 그녀가 문을 쾅 닫으면서 홧김에 한 소리를 그가 듣기나 했는지조차 알 수가 없었다.

지금 조지애나는 스며드는 냉기를 막으려고 제임스의 두툼한 게릭 코트를 잡아당겨 꼭 여몄다. 11월 중순의 항구는 황량해 보이는 장소였다. 춥고 어두운 날은 제임스를 기다리는 동안 변해 가는 그녀의 생각처럼 스산했다.

이곳에서 뭘 기다리고 있는 거지?

♠♠♠

조지애나는 피카딜리를 기억했다. 빌린 마차가 그 앞을 지나갈 때 지난 번에 맥과 알바니 호텔에서 묵었었다는 말을 할 뻔했지만, 남편의 표정을 힐끗 보곤 마음을 바꿨다. 배를 떠난 후론, 아니 영국을 보고 난 후론 그는 계속 그랬다.

그녀는 남편의 기분이 어둡게 변한 까닭을 물어보려 애쓰지 않았다. 그가 부주의하게 던진, 그녀가 아무것도 아니라는 몇 마디만으로도 그녀를 전전긍긍하게 만들기엔 충분했다. 그녀는 자신도 우울한 기분을 나타내 그 상황을 더 악화시키지 않으려고 최선을 다했다.

처음에 그녀는 제임스가 집에 와서 기뻐할 거라고 생각했었다. 자신도 알다시피, 그의 가족이 이곳에 있고, 아들도…… 세상에, 어떻게 그걸 잊고 있었다지? 나이가 열일곱 살 이랬…… 이런, 나보다 다섯 살밖에 어리지 않아. 제임스는 아내를 데리고 집에 오게 된 이유를 설명하게 되어 부담스러워하는 중인가?

설명할 생각이나 하고 있을까? 아니, 날 집으로 데리고 가기나 할지……?

어쨌든 이건 너무나 우스운 상황이야. 좀 말을 나누면 마음이 편해질…… 아니, 더 나빠질지도 모르지만.

「제임스……?」

「다 왔소.」

말을 꺼내는 순간 마차가 멈추고, 그녀가 창 밖을 내다보기도 전에 그가 마차에서 내렸다.

「여기가 어딘 데요?」

그가 그녀를 들어올려 길에 내려놓았다.

「내 동생의 타운 하우스요.」

「어떤 동생이요?」

「안토니 말이요. 그를 기억하겠지? 죄악처럼 까맣다고 당신이 말한 걸로 기억하는데.」

갑자기 그녀는 양미간을 좁히곤 분노와 함께 억눌러 왔던 모든 걱정을 폭발시켰다.

「절 여기다 버리고 가려고요? 절 집으로 데려갈 용기는 없나 부죠? 그래서 절 방탕에 절어 있는 당신 동생한테 두고 가려는 거겠죠. 당신 아들에게 설명하고 싶지 않은 게 제가 미국인이라는 건가요, 아니면 당신의 아내라는 사실인가요?」

「난 그 단어가 몹시 싫소. 그밖에 당신 맘에 드는 다른 단어로 당신을 부르시오, 그러나 당신 단어에서 그 말을 빼줬으면 좋겠소.」

그가 그 말을 차분하게 해서 그녀는 더욱 화가 났다.

「좋아요. 그럼 매춘부는 어때요?」

「좋군.」

「이 나쁜 자식!」

「여보, 정말 이런 욕하는 버릇을 억제해야만 하오. 그리고 늘 상 당신은 아랫사람들 앞에서 우리 문제를 떠들어 대 그들을 기쁘게 해주었소.」

'아랫 사람'은 안토니의 집사인 돕슨이었다. 그가 마차가 도착하는 소리를 듣고 부르기도 전에 문을 열었다. 조지애나는 소리를 질러 대는 광경을 보이게 돼서 얼굴을 붉혔지만, 그 무표정한 얼굴의 영국인을 본다면, 모르는 사람은 그가 한마디도 듣지 못했다고 생각하리라.

「어서 오십시오, 말로리 자작님.」

그가 문을 더 확 열면서 말했다.

조지애나는 안으로 끌려가다시피 했다. 하지만, 어쩔 수 없는 소년 복장에도 불구하고 그녀는 제임스의 가족을 만날지도 모른다는 가능성에 좋은 첫인상을 주게 되기를 갈망하고 있었다. 이제 그는 그녀의 바람과는 아랑곳없이 안토니의 집인 이곳에 그녀를 내려놓고 갈 참이다. 게다가 이 동생에 대해 지금껏 들은 이야기와, 전에 직접 목격했던 일을 대강만 꿰어 봐도 다 그가 제임스만큼이나 평판이 나쁜 남자임을 굳게 믿게 했다.

이런 판국에 중요할 게 뭐가 있겠어? 그에게 어떤 인상을 주는가엔 관심도 없어. 그러나 하인들은 남의 이야기를, 특히 주인 어른들의 뒷말을 좋아하고 또, 나머지 가족의 하인을 알고 있기가 쉬웠다. 빌어먹을, 그녀는 마침내 자신의 성질을 폭발시키고 만 제임스를 발로 차주고 싶었다.

제임스도 그녀와 함께 상황을 더 나쁘게 만들고 만 자신을 차

주고 싶었다. 그러나 그는 평생의 습관을 깰 수 없는 것 같았다. 공연스레 과민해져 욕설을 퍼붓는 대신에, 그가 이곳에 그녀를 내버릴 작정이 아닐 뿐더러 그런 의미로 말한 게 아님을 지금은 알아야만 했다. 그는 그녀에게 빌어먹게 짜증이 났다.

지금까지면 그녀가 날 어떻게 느끼고 있는지 좀더 힌트를 줄 만한 시간이 있고도 남았건만, 그녀는 그 점에 대해선 빌어먹게도 입이 무거웠어. 평생토록 이렇게 불안하게 느껴 본 적이 없었어. 내가 확실히 아는 거라곤 내가 원하는 만큼이나 그녀도 날 원한다는 것뿐이야. 그러나 단순한 욕망이 진실한 감정과는 별개의 문제임을 모르는 여자들을 너무나 많이 봐왔지.

사실, 그녀는 나와 결혼하기를 원하지 않았잖아. 오빠들에게 그렇다고 분명히 말했어. 나한테도 했고. 그녀는 내 아이를 임신하고 있으면서도 나와의 결혼을 단호하게 거절했고, 강제로 데려와야만 했지. 또, 그 후에 한 모든 행동으로 보아 그녀는 다시 도망칠 기회를 노리면서 그저 이 시간을 견디고 있는 것만 같아. 이제 그녀는 원하는 모든 기회를 갖게 된 거야. 그 때문에 내 기분이 이렇게 몹시 더러운 거지. 하지만 마구 호통칠 작정이 아니었으니까 사과를 해야만 하겠는데…… 내가 어떻게 사과를 하겠어?

「지금 동생이 집에 없으리라고 생각하는데?」

제임스가 돕슨에게 물었다.

「안토니 경은 권투연습을 하느라 나이튼 홀에 계실 겁니다.」

「나도 이젠 좀 할 수 있겠군. 그럼 레이디 로슬린은?」

「쉐필드 백작부인을 만나러 가셨습니다.」

「백작부인? 아, 그렇군. 암허스트가 얼마 전에 로슬린의 친구와 결혼했지.」
그가 조지애나를 쳐다보곤 덧붙였다.
「불쌍한 인간이야.」
그녀의 당황한 표정이 분노로 바뀌자, 그는 심술궂은 만족감을 느꼈다.
「내 아들은 학교에 갔나, 돕슨?」
「그분은 일주일째 집에 계십니다, 주인님. 그러나 안토니 경께서 교장 선생님과 불평을 처리하셨죠. 후작님께서도 그 문제를 지켜보셨습니다.」
「그리고 그들이 제레미가 했다고 주장하는 게 뭐든 간에 십중팔구는 다 그 자식이 저지른 짓이 맞을 거야. 빌어먹을 인간 같으니. 혼자 둔 게 몇 달밖에 되지…….」
「아버지!」
조지애나가 돌아서자 말 그대로 계단을 날아 내려와 그녀의 남편인 벽돌 벽으로 돌진해 오는 젊은 남자가 보였다. 처음부터 알고 있진 않았지만 그의 아들인 게 분명한 그 소년은 전에 들은 대로 열일곱 살로 보이진 않았다. 오히려 그녀 나이쯤 돼 보였다. 키 때문인가? 제임스처럼 골격이 크진 않지만 키는 제임스만큼이나 컸다. 체격은 아직 호리호리한 편이었으나 어깨로 보아 앞으로 훨씬 더 커질 것 같았다. 지금 그는 웃으면서 아버지와 꽉 안고 있었다. 그녀는 소년이 잘생기긴 했지만 제임스와 전혀 닮지 않은 얼굴임을 문득 깨달았다.
「무슨 일이 일어난 거죠? 이렇게 빨리 돌아오시다니. 농장을 팔지 않기로 결정하신 건가요?」
제레미가 물었다.

「아니야. 그걸 처분해 줄 대리인을 찾아냈을 뿐이지.」
「그래서 이렇게 빨리 돌아오실 수 있었나요? 제가 보고 싶었나 보죠?」
「그만 히죽거려라, 애송아. 네게 문제를 일으키지 말라고 경고했다고 생각하는데.」
그렇게 빨리 소식을 전한 데 대해 그 소년은 돕슨에게 비난의 시선을 보내면서도, 뉘우치지 않고 싱글거리면서 아버지를 쳐다봤다.
「그녀는 대단한 미인이었어요. 제가 뭘 해야만 했겠어요?」
「뭘 했는데?」
「그저 즐겼을 뿐이죠. 그게 다예요. 하지만 그들은 제 방에서 그 창녀가 발견되자 절 이해해 주지 않았어요. 그래서 그녀가 멋대로 따라와 소동을 부리지 않고 떠나는 것을 거절했다고 그들에게 말했죠.」
「그들이 그 절꺽대는 소릴 믿었고?」
「교장선생님은 믿지 않았어요. 하지만 안토니 삼촌은 믿어 주셨죠.」
제레미가 장난기 어린 웃음을 지었다.
제임스도 웃음을 터뜨렸다.
「안토니는 널 아직 잘 몰라.」
갑자기 그는 조지애나의 혐오에 찬 표정을 알아차리곤 자신의 유머를 억눌렀다.
「어쨌든 넌 지금부터 학교 밖에서 열리는 파티에 참석할 수 있어. 그래도 넌 그들이 널 다시 받아들여 돌아오도록 허락해 주기를 바래야 할 거야, 네 엉덩이를 멍이 들게 차주겠어.」

그런 경고를 전에 이미 백 번도 더 들었고 한 번도 진지하게 받아들인 적이 없다는 듯이 제레미의 웃는 얼굴엔 조금도 흔들리는 빛이 없었다. 이제 그는 아버지의 시선을 좇아가 조지애나를 발견하고는 계속해서 유심히 쳐다보고 있다. 그녀는 아직도 두르고 있는 제임스의 게릭 코트에 캐빈 보이 차림인 데 대한 당혹감을 줄이기 위해 머리까지 모자 속에 쑤셔 넣고 있는지라, 그 소년이 자신에게 조금밖에 관심을 보이지 않아도 충분히 이해했다.

그러나 조지애나는 좀전에 제임스와 나눈 짧고 격렬한 대화에 여전히 부글부글 끓어오르는 중인 데다, 지금 막 들은 말이 부채질을 해준 격이었다. 저 남잔 아들이 자신의 행적을 뒤따르는 데도 그저 즐거워하고만…… 여성들에게 또 다른 괘씸한 난봉꾼을 풀어 주고 있는 거야.

터지기 직전의 분노가 자신의 초라한 차림새에 대한 당황한 감정과 결합해 그녀가 신랄하게 말했다.

「잰 당신을 하나도 닮지 않았군요. 사실, 당신 동생과 더 닮은 것 같아요.」

그녀가 말을 멈추곤 비웃듯이 한쪽 눈썹을 치켜 올렸다.

「재가 당신 아들이란 게 분명해요?」

「난 당신 말도 일리가 있다고 느끼오, 내 사랑, 하지만 저 애한테는 그런 말을 하지 마시오.」

그녀가 그렇게 성마르게 굴었으니 부끄러워해야 한다는 투로 그가 말했다. 실제로 그녀는 무척 부끄러움을 느꼈으나, 겁을 먹는 대신에 화만 더 났을 뿐이다. 그리고 제임스는 운 나쁘게도 그걸 알아차리지 못했다.

「제레미, 여긴 조-지…….」
그가 말을 이었다.
「그의 아내예요.」
제임스가 자진해서 밝히진 않을 거라고 확신했기에 대단히 만족해하면서 그녀가 신랄하게 말을 잘랐다. 그리곤 순진하게 덧붙였다.
「잊고 있었군요. 내 어휘력에서 그 단어를 지워 없앴다고 생각했는데. 그게 절…….」
「조-지!」
그 고함소리에 전혀 영향을 받지 않고 그녀는 제임스에게 눈을 휘둥그래 떠 보였을 뿐이다. 이제 제레미는 흥미가 일었는지 그녀에게 다가섰다. 그러나 그가 말을 건 사람은 아버지였다.
「아내라고요? 그럼 여자예요?」
「이런, 물론 여자지.」
제임스가 급하게 말했다.
조지애나가 막기 전에 제레미가 그녀의 모자를 확 벗겼다.
「아, 세상에.」
그녀의 긴 갈색 머리가 어깨로 흘러내려오자 그가 남자다운 칭찬을 듬뿍 담아 말했다.
「제가 신부에게 키스해도 될까요?」
「네가 하고 싶은 식으론 안 돼, 이 녀석아.」
이제 제임스는 언짢은 낯을 하고 있었다.
그러나 조지애나가 알고 싶었던 건 한 가지뿐이었다.
「왜 그가 놀라지 않죠?」
「한마디도 믿지 않기 때문에 그러는 거요.」

제임스가 간단하게 대꾸했다.

여러 종류의 반응이 나오리라곤 예상했었지만 단순히 '믿지 못한다'는 반응만큼은 그 안에 없었다. 조지애나가 보기에 그 소년은 그들이 자신을 놀리고 있다고 생각하는 듯했다. 그 순간 그녀도 그랬으면 좋겠다고 생각했다.

「이것 참 멋지군요. 당신 가족이 무슨 생각을 하는지 제가 신경 쓸 필요가 없지요, 제임스 말로리. 그러나 그들이 내가 당신 아내라고 생각하지 않는 한 당신에게 분명히 해둘 게 있어요. 전 혼자서 자겠어요.」

그녀가 화가 나서 말했다. 그리곤 돌아서서 집사를 쳐다봤다.

「그의 방에서 멀리 떨어져 있는 방으로 절 데려다 주세요.」

「그러겠습니다, 마님.」

집사가 조금도 빈틈없는 태도로 대답했다.

조지애나는 몹시 화가 나서 건방지게 말했다.

「난 당신의 마님이 아니에요. 전 미국인이에요.」

이번에도 돕슨은 아무런 반응을 보이지 않았다. 그녀도 반응을 끌어내려고 그런 말을 한 게 아니었다. 그러나 돕슨을 따라 위층으로 올라가면서 제레미가 하는 말을 듣곤 분노가 더 치밀어올랐다.

「빌어먹을, 이곳에 정부를 데려와선 안 돼요! 로슬린 숙모가 참지 않을 거예요.」

「네 숙모는 지독하게 기뻐할 거야, 녀석아. 두고 보면 알 게야. 어쨌든 조-지는 말로리야.」

「물론이죠, 그리고 전 적자고요.」

40

일어나시오, 조-지. 당신 시댁 식구들이 곧 집으로 돌아올 거요.」

조지애나가 눈을 뜨자 제임스가 침대 발치에 앉아 있는 게 보였다. 놀랍게도, 잠결에 그에게로 몸을 굴렸는지 자기 엉덩이가 그의 허벅지를 누르고 있었다. 물론, 그가 그녀의 엉덩이를 손으로 잡고 있는 것에 비할 바는 아니지만.

「어떻게 이곳으로 들어왔죠?」

그녀가 잠에서 완전히 깨어나면서 물었다.

「물론 걸어 들어왔소. 돕슨이 현명하게도 당신을 내 방으로 데려다 준 거요.」

「당신 방이라고요? 난 그에게…….」

「그렇소, 그리고 돕슨은 문자 그대로 당신을 데려다 준 거지. 어쨌든 그는 내가 당신의 지위를 부정하는 말을 듣지 못했소. 그저 제레미만 의심하는 거지 가족 전체가 다 그러는 것은 아니오.」

「그가 여전히 믿지 않고 있다는 말이에요? 그를 납득시키려고 애쓰지도 않았겠죠?」

「그럴 필요성을 느끼지 못했소.」

조지애나가 일어서서 그의 대답으로 깊이 상심한 자신의 모습을 보이지 않으려고 돌아섰다.

이제야 알겠어. 내가 이곳에 오래 있지 않을 거니까, 아들이 그의 결혼을 믿든 말든 문제가 되지 않는 거로군. 어쩌면 제임스가 미국으로 돌아가는 첫번째 배편으로 날 돌려보낼지도 몰라. 멋지군, 빠르면 빠를수록 좋을 거야. 하여간 영국에서, 그리고 서로에 대한 이끌림밖에는 공유하는 게 없는 남자와 살고 싶진 않아.

일시적으론 좋을지 몰라도 영구적으론 난 남편에게 훨씬 훨씬 더 많은 것을 원해. 울지 않겠어, 지금은 아니야, 이 남자 때문에 이미 넘치도록 울었어. 그가 마음 쓰지 않는다면 나도 마찬가지로 하겠어. 만약 그 때문에 내가 죽게 된다면…… 그도 알게 될 거야.

그녀가 자신의 말에서 어떤 결론을 내렸는지 제임스는 알지 못했다. 더구나 그는 조지애나가 자신의 아들을 잘 모른다는 사실을 대수롭지 않게 생각하고 있었다. 믿을 수 없게도 지금 제레미는, 결혼에 대한 감정뿐만 아니라 결혼하지 않겠다는 제임스의 맹세를 반석처럼 믿고 있었기 때문에 아버지에 대해서만 신의를 보였다. 제임스 자신도 감정을 바꾼 이유를 설명할 준비가 되어 있지 않았다. 한편으론, 그런지도 의심스러웠다.

그러니 고집스런 아들이 그 문제에 대해 날 믿게 할 방법이 뭘까, 시간이 말해 줄까?

「당신이 옳아요, 제임스.」

조지애나가 침대에서 나오면서 말했다.

「내가? 당신이 내게 동의하는 게 무엇인지 물어봐도 되겠소?」

그가 눈썹을 홱 치켜 올렸다.

「우리…… 관계에 대해 사람들을 납득시킬 필요가 없다는 것 말이에요.」

옷을 쌓아올려 놓은 의자로 다가가는 그녀를 지켜보며 그가 눈살을 찌푸렸다.

「난 제레미에게만 말했소. 그러니 다른 사람을 납득시킬 필요는 없을 거요.」

「하지만 그렇다면 왜 굳이 애를 써야 하는 거죠? 그리고 다른 가족들을 만나봐야 할 이유도 모르겠군요.」

「그 녀석이 당신을 겁먹게 한 거요?」

「천만에요.」

어처구니없는 결론을 이끌어 낸 그를 쏘아보면서 그녀가 차갑게 응수했다.

「그럼 뭘 걱정하오? 당신 가족과는 달리 내 가족은 당신을 사랑해 줄 거요. 그리고 당신은 로슬린과 함께 멋지게 잘 지낼 게 틀림없소. 그녀는 당신보다 몇 살 더 많을 뿐일 거요.」

「당신 제수 로슬린요? 내가 이곳에 있는 것을 반대하는 사람과요? 그리고 어떤 형제분이 그녀와 결혼한 거죠?」

「물론, 안토니요. 이곳은 그의 집이요.」

「그가 결혼했다는 말이에요?」

「당신을 만나기 바로 전날 그가 족쇄를 찼소. 사실 그가 결혼해서 기쁨을 느낀 것도 그때까지 뿐이었을 거요. 내가 이곳을 떠날 때도 그는 신부와 사이가 나빴었소. 제레미가 내게 안토니가 그녀와 다시 사이가 좋아졌다고 말하긴 했어도 어떻게 그 녀석이 그녀와 잘 지내는지 보는 것도 흥미로울 거요.」

「당신이 있기에 좋은 장소처럼 들리는군요. 이곳에 오기 전에 이 모든 것을 말해 줄 수도 있었어요, 제임스.」

그녀가 빈정대며 말했다.

그가 무관심하게 어깨를 움츠렸다.

「당신이 내 가족에게 관심이 있다곤 생각하지 않았소. 난 당신 가족에게 확실히 관심이 없소. 그러니 이게 대수요?」

다시 등을 돌리기 전에 턱을 들어올리는 그녀에게 그가 좀더 말했다.

「내가 당신이 오빠라고 부르는 그 야만인들을 참을 수 없다고 하는 말은 당신을 모욕하는 게 아니오, 내 사랑.」

「당신이 일부러 도발하지만 않았으면 제 오빠들은 그처럼 위험하게 굴지도 않았을 거예요. 제가 똑같이 행동하면 당신 가족이 어떤 반응을 보일는지 궁금하군요.」

「당신을 때리거나 교수형에 처하려고 타이번 힐(옛날 런던에 있었던 형장)로 데려가진 않을 거라고 보증하겠소.」

「그럴지도 모르죠, 하지만 날 좋아하진 않을 거예요, 어디 그

뿐일까요? 날 이곳으로 데려오다니 당신이 이성을 잃었다고 생각하겠죠.」

그가 껄껄대고 웃으면서 그녀의 뒤로 다가갔다.

「그 반대일 거요, 조-지. 당신은 당신 맘대로 말하고 행동할 수 있소. 그래도 당신을 환영하는 덴 조금도 변함이 없다는 것을 알게 될 거요.」

「왜죠?」

「왜냐하면 당신은 나를 통해 말로리가 됐기 때문이오.」

「그게 중요한 건가요?」

「당신이 곧 알게 될 거라고 확신하오. 그러나 당신이 옷을 입지 않는다면 좀 뒤로 미루어지겠지. 내가 도와줘도 되겠소?」

그녀는 웃옷자락에 닿은 손을 찰싹 때려 쳐냈다.

「저 혼자도 할 수 있어요, 하여간 고마워요. 그런데 이건 누구 옷이죠? 로슬린 건가요?」

「그럼 훨씬 더 편하겠지만 아니오. 그녀는 지금 당신보다 체구가 더 크오. 그녀의 하녀가 그렇게 말해 줬소. 그래서 난 당신 몸에 맞는 옷을 구하러 리건에게 가야 했소.」

그가 양팔로 감싸안아서 조지애나는 그를 밀어냈다.

「리건이요? 아, 그래, 당신을 괘씸한 난봉꾼이라기 보다는 '여자에 대한 전문가'로 부르기를 더 좋아한다는 분이죠.」

「당신은 잊어버리지도 않소?」

그가 한숨을 쉬며 말했으나 그녀는 듣지도 못한 척 완전히 무시해 버렸다.

「그리고 전 리건이 당신 남자 친구라고 생각했었는데요.」

그리곤 그녀는 손가락으로 그의 가슴을 쿡쿡 찌르며 퍼부어

댄 격렬한 질문으로 그를 매우 놀래켰다.

「그녀는 누구죠? 당신이 버린 정분가요? 날 위해 정부에게서 옷을 빌려와 놓고, 제임스 말로리, 날 도와…….」

그가 웃음을 터뜨리는 바람에 그녀는 말을 끊었다.

「당신이 그렇게 멋지게 해대는 질투를 막고 싶진 않지만, 조-지, 리건은 내 사랑하는 조카딸이오.」

그녀가 잠시 멍한 표정을 짓더니 움츠러들었다.

「조카딸이라고요?」

「당신이 다르게 생각했다는 소리를 들으면 리건은 퍽이나 재밌어 할 거요.」

「제발, 말하지 마세요! 당신이 무뢰한이라고 말해 준 걸 고려하면 그건 당연한 실수예요.」

그녀가 깜짝 놀라서 말했다.

「이젠 난 그걸 후회하오, 정말이오. 난봉꾼과 무뢰한은 다른 거요. 그리고 내가 수년 동안 정부를 두지 않았기 때문에 당신의 당연한 실수는 전혀 당연하지 않소.」

그가 특유의 냉담한 어조로 말했다.

「제레미의 거짓말을 뭐라고 불렀었죠? 절걱대는 소리요?」

「아주 재미있군, 조-지. 그러나 내 말은 사실이오. 난 늘 다양성을 추구하는 편이지만, 정부는 요구하는 게 많아서 날 지루하게 한다오. 당신만을 예외로 만든 거요.」

「제가 우쭐해야만 하나요? 전 하나도 안 그래요.」

「당신은 메이든 앤 호에서 내 연인이었소. 뭐가 다른 거요?」

「그리고 그 진저리치는 단어를 써도 된다면 이젠 당신 아내고요. 뭐가 다른 거죠?」

이 비교에 짜증내기를 바랐는데 의외로 그는 싱긋이 웃었다.
「점점 더 잘하고 있군, 조-지.」
「뭘 요?」
도무지 모르겠다는 듯이 그녀가 물었다.
「나와 의견을 달리하는 것 말이오. 알다시피 그럴 용기가 있는 사람은 많지 않소.」
그녀가 숙녀답지 않게 콧방귀를 꼈다.
「그게 아부할 생각으로 한 말이라면, 당신 득점은 제로예요.」
「우리가 득점을 기록하는 중이라면 그럼 이건 어떻소? 난 당신을 원하오.」
그렇게 말하면서 갑자기 그녀를 와락 잡아당겼다. 제임스의 말이 진실임을 그녀는 온몸으로 느껴야 했다. 그는…… 흥분해 있었다. 제임스는 흥분할 때마다 그의 몸 전체로 유혹했다. 엉덩이를 그녀의 허리에 대고 문지르자 그녀의 가슴에선 젖꼭지가 단단하게 일어섰다. 그리고 민감한 곳만 골라 애무를 해대고 입으로 모든 저항을 잠재웠다. 무슨 저항? 조지애나는 그의 욕망을 느끼는 순간 항복했다.
그녀는 항복해 버리고, 좀 헐떡거리면서, 약올리듯이 말했다.
「제가 만나기로 돼 있던 시댁 식구들은 어쩌죠?」
「빌어먹을. 이게 훨씬 더 중요하오.」
제임스가 벌써 거칠게 숨을 몰아쉬며 말했다.
그가 허벅지를 그녀의 다리 사이로 집어넣고 손으론 그녀의 엉덩이를 잡아 위로 밀어 올렸다. 그녀는 신음하며 팔로 제임스의 목을 감싸안고 다리로는 그의 허리를 감았다. 그리고 그의 입술이 목에 키스할 수 있게 머리를 뒤로 젖혔다. 그 순간과 점점 더 커지고 있는 열정 외에는 다른 생각을 할 수가 없었다.

이런 열정적인 순간에 불쑥 문이 열리고 안토니 말로리가 들어왔다.

「제레미 녀석이 날 속인다고 생각했는데 그게 아니었군.」

제임스가 고개를 들고는 방해를 받은 데 매우 화가 나서 불만스럽게 말했다.

「빌어먹을, 안토니, 이럴 때 들어오다니!」

조지애나는 후들거리는 다리로 천천히 바닥으로 내려왔다. 좀 시간이 지나고 나서야 그녀는 시댁 식구 중의 하나가 들어온 거라는 사실을 깨달았다. 다행스럽게도 제임스의 팔이 아직 그녀를 잡고 있었지만, 빠른 속도로 볼에 번지는 굴욕적인 홍조를 막아줄 순 없었다.

그녀는 안토니가 선술집에서 맥을 다른 사람으로 오인했던 밤의 그를 기억하고 있었다. 또한 그를 자신이 그때까지 본 가장 잘생긴 푸른 눈의 악마라고 생각했던 한순간을 기억했다. 제임스를 알아차리기 전까지는 말이다.

여전히 안토니는 믿을 수 없으리 만치 잘생겨 보였고, 제임스에게 그의 아들이 안토니와 더 닮았다고 한 말은 그저 심술이 아니었다. 제레미는 사실 암청색의 눈과 새까만 머리까지, 안토니가 어렸을 때 모습 같았다. 그녀는 제임스가 제레미가 자신의 아들이라고 정말로 확신하는지 의문이 일었다. 그리고 안토니가 자신을 힐끗 쳐다보곤 어떤 생각을 갖게 되었는지 궁금했다.

지금 그녀는 제임스의 축 늘어지는 셔츠를 입고 있었는데 그가 좀전에 셔츠 단추를 밑단 가까이까지 풀어놨다. 빌어먹게 큰 셔츠 위로는 그녀의 몸에 맞게 자른 그의 벨트를 한 데다 아래는 딱 달라붙는 바지를 입고 있어 눈에 안대만 덧붙이면 영락없는 해적처럼 보이는 모습이었다. 그리고 양말도 신지 않았고 신발도 벗고 있었다. 이 방에 처음 들어왔을 때 그녀는 신발과 양말만 벗고 침대에 누워 부글부글 속을 끓이다가 잠이 들어 버렸었다.

이런, 이런 모습을 들키다니 정말 치욕적이야. 하지만 이건 내 실수가 아니야. 난 문을 닫고 내가 할 권리가 있는 것을 하고 있었을 뿐이야. 노크도 없이 들어온 안토니가 당황했어야 하는데 조금도 당황한 것처럼 보이지 않네. 그저 화만 잔뜩 난 사람처럼 보여.

「나도 형을 봐서 반가워, 형.」

안토니가 제임스의 격렬한 말에 응수했다.

「그러나 형의 작은 매춘부는 이곳에 둘 수 없어. 내 아내가 형이 집에 온 것을 환영하러 올라오기 전에 이 분 안으로 저 계집애를 처리해.」

「조-지는 아무데도 가지 않을 거야. 그러나 넌 이곳에서 나갈 수 있어.」

「취한 거야? 여기가 이젠 독신자 숙소가 아니란 사실을 기억할 수 없는 거야?」

「내 기억엔 아무런 문제가 없어, 안토니. 그리고 조-지를 숨길 필요도 없고. 그녀는…….」

「이제 꼼짝못하게 됐군.」

안토니가 복도를 따라 걸어오는 발소리를 듣고 짜증을 내면서 참견을 했다.

「침대나 다른 것 아래 그 여자를…… 하여간 그곳엔 서 있지

마!」
그가 직접 조지애나에게 팔을 뻗기 위해 다가갔다.
「그녀를 건드리면 네가 바닥에 뻗게 될 거야.」
제임스가 매끄럽게 경고했다.
「나도 그랬음 좋겠군.」
안토니가 화를 내며 대답하긴 했으나 곧 뒤로 물러섰다.
「좋아. 그럼 형이 이걸 처리해. 하지만 내가 이 일로 로슬린과 다투게 되면 형에게 앙갚음을 하고 말 거야. 내가 못하는가 두고 보라고.」
「안토니, 입 다물어.」
제임스가 간단하게 말했다.
안토니는 그렇게 했다. 벽에 팔짱을 끼고 기대서서 불꽃놀이가 시작되기를 기다렸다. 그는 그저 조지애나를 힐끗 보고 더 이상 쳐다보지 않았다. 이제 그는 열려진 문을 쳐다보며 아내가 나타나기를 기다리고 있었다.
조지애나는 진짜 용이 문으로 들어올 거라고 예상하고 있었다. 저렇게 키 크고 건장한 남자가 자신에게 화를 낼까봐 걱정하게 만드는 여자라면 정말 무시무시할 게 분명했다. 그러나 문으로 들어오는 로슬린 말로리는 조금도 위협적이지 않고 오히려 제임스와 조지애나에게 환한 미소를 지어 보였다. 그녀는 아찔할 정도로 아름다운 여자였다. 조지애나보다 키가 별로 크지도 않았고 나이도 별로 많아 보이지 않았다. 그리고 임신한 지도 조지애나보다 그리 오래되어 보이지도 않았다.
「제레미가 계단에서 당신이 결혼했다고 말해 줬어요, 제임스. 그게 정말이에요?」

「결혼했다고?」
안토니의 흥미가 갑자기 살아났다.
「제레미가 당신 말을 믿지 않는다고 생각했는데요.」
조지애나가 제임스에게 말했다.
「나도 그랬소. 그 녀석은 자신이 믿는 것을 지겹도록 고수하지. 그가 토니에겐 그렇게 말하지 않았다는 것을 알았을 거요. 그 녀석이 믿지 않기 때문이오.」
「결혼했다고?」
안토니가 다시 말했으나 그 말은 전보다 관심을 끌지 못했다.
로슬린이 물었다.
「제레미가 뭘 믿지 못한 거죠?」
「조-지가 내 '자작부인'이라는 거요.」
「참 똑똑하군요, 제임스. 하지만 그 이름은 내가 싫어요. 그러니 '아내' 대신, '자작부인' 대신 다른 이름을 찾아봐요. 제게 영국 작위를 붙이진 못할 거예요.」
조지애나가 항의했다.
「너무 늦었소, 여보. 작위는 이름에 붙어서 가는 거요.」
「결혼했다고?」
안토니가 이번엔 고함을 질러대 마침내 제임스의 주의를 끌었다.
「단지 야단맞는 것을 피하기 위해서라면 좀더 그럴싸한 변명을 꾸며 댈 수도 있잖아?」
제임스가 뭐라고 말하기 전에 로슬린이 웃음기가 서린 목소리로 남편에게 물었다.
「제정신이 있는 사람이라면 누가 저 분을 야단치겠어요?」

「당신이 치잖소, 여보.」

로슬린이 풍부하고 허스키하게 들리는 소리로 웃어 대서 한 순간 조지애나는 멍해졌다.

「정말 믿을 수 없는 말이긴 하지만 당신이 왜 그런 생각을 하게 됐는지 말해 주겠어요, 안토니?」

안토니가 조지애나 쪽으론 고개도 돌리지 않고 손을 들어 그녀를 가리켰다.

「왜냐하면 형이 최근의…… 음 그녀와 함께…… 집으로 왔기 때문이오.」

조지애나가 화를 내지 않고 참기엔 좀 심한 말이었다.

「난 '그녀'가 아니에요, 이 거만한 멍청이.」

차분한 말이긴 했으나 그녀의 표정엔 불타는 적개심이 나타나 있었다.

「전 미국인이고, 당분간은 말로리예요.」

「잘하고 있소. 그러나 그건 안토니가 당신에게 그렇게 말해도 된다고 한 거지 않소?」

그 말에 조지애나가 제임스 쪽을 돌아보고 팔꿈치로 옆구리를 찔렀다.

「다른 사람을 납득하게 할 필요는 없을 거라면서요? 당신이 그렇게 말하지 않았었나요?」

「제발, 조-지. 이건 성질 낼 만한 일이 아니오.」

제임스가 달래듯이 말했다.

「전 성질 내지 않았어요! 그리고 당신 가족이 생각하는 한 전 결혼도 하지 않았고요. 그러니 당신이 다른 방을 써야 할 거라고 생각하는데요, 안 그래요?」

두 사람이 결코 달갑지 않은 방해를 받기 전에 하고 있던 행위에서 그의 육체가 완전히 진정되었기에 그는 조지애나가 방금 한 말에 조금도 위협 당하지 않았다.

「난 그러지 않을 거요. 그를 납득시키기를 원하오? 얼마나 쉽게 내 동생을 납득시킬 수 있는지 내가 보여 주겠소.」

그리곤 그가 주먹을 불끈 쥐곤 안토니 쪽으로 걸어갔다.

이런 갑작스런 변화에 놀란 로슬린이 남편을 잡으면 사지를 갈기갈기 찢어놓을 듯이 보이는 제임스의 앞을 막아섰다.

「오, 오 제발, 제 집에선 싸움을 할 수 없어요. 왜 그가 아주버님을 화나게 몰아붙이는 거죠? 아주버님은 제 남편이 어떤지 알잖아요.」

그리고 안토니가 좀더 요령 있게 말했다.

「형은 지금 우릴 다 놀리고 있지, 응, 형?」

「네가 엉덩이가 아니라 머리를 써서 생각한다면, 이건 내가 절대로 농담의 대상으로 삼는 게 아니란 걸 알 거야.」

제임스가 신랄하게 대답했다.

안토니가 천천히 몸을 펴더니 벽에서 걸어나왔다. 그를 가만히 지켜보던 조지애나는 마침내 그가 제임스의 말을 믿게 됐다는 것을 알 수 있었다. 그의 표정이 즐겁다 못해 아주 희극적으로 변했다. 숨을 한 번쯤 들이킬 정도나 지났을까, 그가 마침내 폭발하듯 웃음을 터뜨렸다.

「하느님 맙소사, 정말 그걸 한 거야, 응?」

숨이 막히고 옆구리가 결리도록 웃어 대던 그는 쓰러지지 않기 위해서 벽에 기대야만 했다.

「빌어먹을.」

제임스가 속으로 욕을 했다.

로슬린이 조지애나에게 미안하다는 듯이 미소를 지어 보내곤 역겹다는 시선으로 안토니를 노려보고 있는 제임스에게 부드럽게 말했다.

「이런 일을 예상하셨어야만 해요. 저희가 결혼했을 때 아주버님이 그를 사정없이 놀려 대던 말을 저도 들었거든요.」

「당신과 결혼한 것 때문이 아니라 당신이 결혼 침대 가운데 세워둔 벽을 그가 넘을 방법을 찾지 못했기 때문이오.」

안토니가 부정을 저질렀다고 생각하고 그를 용서하는데 얼마나 오래 걸렸는지 생각이 나서 로슬린이 얼굴을 붉혔다. 지금도 그때만큼이나 재미없어 하는 화제가 거론되자 안토니가 웃음을 뚝 그쳤다.

그러나 조지애나는 제임스가 사람을 난처하게 하는 말을 잠시 멈추자, 자신은 조금도 재밌지 않다는 것을 명백하게 알렸다. 사실, 그녀는 두 남자를 발로 차줄 수 있게 잠시 한쪽 신발을 신을까 생각도 했다.

그러는 대신에, 이렇게 말했다.

「당신이 깨달아야 할 문제가 있는 것 같군요, 제임스 말로리.」

그 말에 안토니가 새로 웃음을 터뜨리자 제임스가 아내에게 인상을 썼다.

「그만두시오, 조-지, 재가 믿었다는 것을 당신도 볼 수 있었잖소.」

「그가 즐거움에 몸부림치고 있다는 건 볼 수 있어요. 당신이 저와 결혼했다는 것이 그렇게 우스운 이유가 뭔지 알려 주겠어요?」

「빌어먹을, 그건 당신과는 전혀 상관없는 일이요! 내가 결혼했다는 사실 때문에 그러는 거요.」

「그럼 왜 그게 당신 생각이 아니었다는 것을 말하지 않는 거죠? 제 오빠들이…….」

「조-지……. !」

「…… 억지로 시킨 거야?」

그녀의 말을 막는데 실패한 제임스는 안토니에게서 나올 만한 반응을 짐작하고 질끈 눈을 감았다. 지금 이 순간만 안토니가 귀머거리가 돼줬으면 좋겠군.

「강요당했다고?」

안토니가 눈에서 눈물을 닦을 정도만 멈춘 후에 믿을 수 없다는 듯이 말했다.

「이제 좀더 말이 되는군. 정말이야. 처음부터 그렇게 털어놨어야만 했어, 형.」

안토니가 참지 못하고 다시 말했다.

「강요당했다고?」

그는 다시 기침을 해대더니 전보다 더 심하게 떠나갈 듯이 웃음을 터뜨렸다.

매우 조용한 어조로 제임스가 로슬린에게 말했다.

「잴 여기서 끌고 나가주시오. 아니면 안토니는 당신에게 몇 달은…… 아니 일 년 정도는 전혀 쓸모가 없게 될 거요.」

「제발, 제임스.」

그녀가 입술에 번지는 웃음을 참으려고 애쓰면서 그를 달랬다.

「아주버님이 강제로 결혼해야 했다는 말은 상당히 무리한 말이란 것을 인정해…….」

제임스가 한층 더 심하게 얼굴을 찌푸리자 로슬린은 남편에게 말했다.

「안토니, 그만해요. 그건 그렇게 재밌지 않아요.」

「빌어먹게…… 재…… 재밌소. 몇 명이나 되었는데, 형? 셋? 넷?」

제임스가 그에게 인상을 쓰고만 있자 그는 대답을 듣기 위해 조지애나를 쳐다봤다.

그녀도 안토니에게 인상을 쓰고 있었으나 대답은 했다.

「제 오빠가 몇 명이냐고 물은 거라면, 다섯 명이에요.」

「하느님 감사합니다!」

안토니가 낄낄대는 중간에 거짓으로 한숨을 지었다.

「순식간에 그곳으로 미끄러진 거라고 생각이 드는데, 형. 이제 형이 너무나 불쌍하군.」

「난 조금도 불쌍하지 않아.」

제임스가 고함치곤 다시 안토니에게로 걸어갔다.

그러나 로슬린이 이번엔 남편의 팔을 잡으면서 다시 한 번 끼어들었다.

「당신은 그만둬야 할 때를 몰라요, 안 그래요?」

그를 문으로 잡아당기면서 그녀가 주의를 줬다.

「난 아직 시작도 안 했소.」

그가 항의를 했으나 제임스를 돌아보곤 말을 바꿨다.

「당신 말이 옳소, 여보, 정말 그렇소. 제이슨 형이 시내에 있는 동안 우리가 찾아 뵙겠다고 당신이 말씀드리지 않았었소? 세상에, 내가 형들을 보고 싶어할 날이 있을 거라곤 생각도 하지 못했는데. 그리고 이렇게 흥미 있는 소식을 전해 줄 수 있으리라고도 말이요.」

방에서 나오자 마자 뒤에서 문이 쾅 닫히는 소리를 들은 안토니가 또다시 웃음을 터뜨렸다. 특히 문 뒤에서 들리는 욕설을 듣자 더욱 웃음이 터져나왔다.

로슬린이 그에게 화난 표정을 지었다.

「당신은 정말 그러지 말았어야만 해요.」

「알고 있소.」

안토니가 히죽거렸다.

「당신을 용서하지 않을는지도 몰라요.」

「알고 있소.」

그의 웃음이 아주 넓게 번져나갔다.

그녀가 끌끌 혀를 찼다.

「조금도 후회하지 않는군요, 그렇죠?」

「물론이오. 빌어먹을, 축하 인사를 잊었군.」

마침내 그가 낄낄댔다.

그녀가 그를 다시 홱 잡아당겼다.

「그래선 안 돼요! 전 당신이 양식과 분별 있게 행동하는 게 좋아요.」

갑작스레 관심의 대상을 바꾸면서 그가 복도 벽으로 그녀를 몰아붙였다.

「그렇소?」

「안토니, 그만둬요!」

그의 입술을 형식적으로 피하려고 하면서 그녀가 웃었다.

「당신은 구제할 길이 없는 사람이에요.」
「난 사랑에 빠져 있소. 사랑에 빠진 남자는 보통 구제할 길이 없지.」
그가 허스키한 음성으로 대답했다.
그가 귀를 물자 그녀가 헐떡였다.
「당신이 그렇게 말한다면…… 우리 방은 복도 끝에 있어요.」

41

「대단하군!」

다음 날 아침 제임스와 조지애나가 식당으로 들어왔을 때 안토니가 말했다.

「도대체 어떻게 내가 형이 저토록 근사한 것을 갖게 됐다는 사실을 알아차리지 못했지?」

「날 놀리느라 정신을 못 차려서 그랬겠지. 다시 시작하지 마. 네가 떠난 후에 내 밤이 보다 즐거웠다는 점을 고맙게 여기고.」

제임스가 대답했다.

조지애나는 얼굴을 붉히면서 그를 발로 차주고 싶었다. 그리고 '근사한 게' 바로 자신을 가리키는 말임을 몰랐으므로 안토니에 대해선 다른 생각을 하지 않았다. 한편으론 전날 밤이 그녀에게도 매우 즐거웠고, 몸에 꼭 맞는 짙은 자주색 벨벳 드레스까지 입고 있어서 자신감을 되찾은 그녀는 두 사람의 무례를 눈감아 줄 수 있을 정도로 원숙함을 느꼈다.

그러나 안토니는 그녀에게서 눈을 뗄 수 없는 듯했다. 그의 아내가 마침내 탁자 밑에서 남편을 발로 찼다. 그는 움찔하면서도 제임스가 눈살을 찌푸리기 시작했을 때조차 조금도 눈을 돌리지 않았다.

마침내 그가 안달이 나서 말했다.

「도대체 내가 전에 당신을 어디서 본 거요, 조-지? 내가 봤을 리가 없는데 정말로 본 것 같군.」

「제 이름은 '조-지'가 아니에요. 전 조지애나고 친구들이나 가족들은 조지라고 부르죠. 제임스만 그걸 기억할 수 없나봐요.」

그녀가 의자에 앉으면서 그에게 말했다.

「다시 내가 망령이 났다고 말하는 거요?」

제임스가 한쪽 눈썹을 치켜올리면서 물었다.

그녀가 그에게 달콤한 미소를 지었다.

「그 신발이 맞는다면요.」

「기억이 맞다면, 지난 번에 당신이 내 발에 그걸 신기려고 했을 때 내가 그 신발을 먹여 준 것 같은데.」

「그리고 기억이 맞다면, 그게 아주 맛있었던 것 같은데요.」

자신의 질문을 되풀이하려고 기다리면서 안토니는 흥미로운 눈길로 이 이인극을 봤다. 그러나 제임스의 눈에 분노와 상관없는 열정이 갑작스레 나타난 것을 알아차리자 그 질문을 잊어버렸다. 신발에 열정이 일어나? 그리고 그녀가 그걸 먹었다고?

「이건 두 사람만 아는 농담이야? 아니면 사람을 깜짝 놀라게 하는 말이야?」

안토니가 부드럽게 물었다.

「우리가 어떻게 만났는지 아셔야만 해요, 안토니 경.」

「아하! 그럴 줄 알았소. 당신은 모르겠지만 난 이런 종류의 일에 이골이 나 있소. 그래 어디요? 복스 홀이오? 드루리 레인이오?」

「사실은, 연기가 자욱한 선술집이에요.」

안토니가 한쪽 눈썹을 치켜 올리며 그녀에게서 제임스에게로 시선을 돌렸다. 조지애나는 그 버릇이 유전적인 거라고 판단을 내렸다.

「알았어야만 했는데. 어쨌든 술집 여종업원에 대한 취향이 발동한 거로군.」

그러나 제임스는 지금은 화낼 기분이 아니어서 웃으면서 말했다.

「또다시 엉덩이로 생각하는군. 조-지는 그곳에서 일한 게 아니야. 생각이 나서 말인데, 나도 그녀가 거기서 뭘 하고 있었는지 모르고 있어.」

「당신과 똑같은 일을 하고 있었어요, 제임스. 사람을 찾고 있었죠.」

조지애나가 그에게 말했다.

「형은 누굴 찾고 있었던 거야?」

안토니가 형에게 물었다.

「내가 아니라 너야. 네 아내의 사촌을 찾겠다고 네가 날 온 런던을 끌고 다녔던 날 말이야.」
그 날은 안토니에게 잊을 수 없는 날이라 그는 즉시 알아차렸다.
「형의 마기는 금발이었잖아.」
「그리고 내 조-지는 남자 복장을 좋아하는 갈색 머리였지.」
그 말에 모든 기억을 되살려낸 안토니가 조지애나에게로 다시 눈길을 돌렸다.
「세상에, 정강이를 찼던 그 여자잖아! 그녀를 찾지 못할 거라고 생각했는데, 제임스 형.」
「그랬지. 그녀가 날 찾았어. 정확히 말하자면 내 팔 안으로 떨어진 거지. 내…….」
「제임스!」
모든 이야기를 다시 꺼내려 한다고 생각하자 소름이 끼쳐서 조지애나가 끼어들었다.
「상세히 설명할 필욘 없잖아요?」
「다 가족밖엔 없소, 여보. 알아봤자 중요할 것도 없소.」
그가 태연하게 그녀에게 말했다.
「그래요?」
그녀가 양 미간을 모으면서 딱딱하게 말했다.
「당신이 제 가족에게 말할 때도 그런 태도였었나요?」
덮어두고 싶은 화제를 꺼낸 그녀에게 불만을 품고 제임스가 눈살을 찌푸렸다. 그리고 대답하려고 하지도 않았다. 그가 식탁에 등을 돌리고 아침 식사가 준비되어 있는 식기대로 걸어가자 급변한 분위기를 알아차린 로슬린이 요령 있게 말했다.
「제가 음식을 갖다 줄까요? 우린 아침식사는 직접 갖다 먹어요.」

「고마워…….」

그러나 제임스가 불평하는 어조로 말을 끊었다.

「나도 기꺼이 잘 할 수 있소.」

조지애나는 화가 나서 입술을 꼭 다물었다. 그의 기분을 상하게 할 게 분명한 화제를 꺼내지 말았어야만 했어. 빌어먹을, 그가 자기 가족을 아연케 하는 과정에서 나까지 당황하게 만들 걸 생각이나 했겠어? 그는 자신이 누구에게 무슨 말을 하는지, 그게 어떤 반향을 불러일으킬지도 신경 쓰지 않는 거야. 하지만 난 신경이 쓰이는 걸.

그러나 남편이 큰 소리를 내며 음식 접시를 내려놓는 순간 역정이 풀렸다. 달걀과 소금에 절여 만든 청어, 고기 파이를 수북이 담고 주위엔 젤리와 비스킷이 담겨 있는데 자그만치 네 사람이 먹고도 남을 분량이었다. 조지애나는 눈을 커다랗게 뜨고 쳐다본 다음 눈을 돌리자 훨씬 더 높이 쌓여 있는 제임스의 접시가 보였다. 두 접시 다 무심코 음식을 담은 게 분명해서 그녀는 장난기가 발동했다.

「세상에, 고마워요, 제임스.」

그녀가 웃고 싶어 입술이 근질거리는 것을 참으면서 말했다.

「솔직히 왜 그런지 모르겠지만 전 몹시 배가 고팠어요. 마치 제가 오늘 아침엔 몹시…… 기운이 없는 것 같아요.」

오늘 아침 일어나기 전에 두 사람이 침대에서 아주 왕성한 원기를 발휘했던 참이라 그의 기분을 다시 밝게 하려는 새빨간 거짓말이었다. 그러나 제임스 말로리와 말장난을 시작할 정도로 어리석지 않았어야만 했다.

「당신은 늘 그렇게 나른했어야만 하오, 조-지.」

그가 악마 같은 미소를 지으면서 대답했다. 그 말에 그녀의 뺨이 불같이 달아올랐다.

「왜 형수님이 얼굴을 붉히는지 모르겠군.」

안토니가 침묵을 깨고 말했다.

「우리가 그 말을 알아듣지 못해야만 한다는 것처럼 말이야. 하지만 그 말을 알아듣지 못할 수가 없어. 나도 오늘 아침에 침대에서 나오기가 무척 어려웠…….」

그 말에 로슬린이 그의 입에다 냅킨을 던졌다.

「그만 해요. 당신은 악당이에요. 세상에, 말로리와 결혼하는 것은…….」

「축복이라고?」

안토니가 슬쩍 가르쳐 줬다.

「누가 그렇게 말하는데요?」

그녀가 코방귀를 꼈다.

「당신이 자주 그랬잖소, 여보.」

「내가 미쳤을 때 허튼소리를 한 게 분명해요.」

로슬린이 한숨을 지으면서 말하자 그녀의 남편이 낄낄대며 웃었다.

그때쯤엔 조지애나의 볼이 원상태로 돌아와 화제를 개인적인 문제에서 벗어나도록 대화를 이끌어 가는 로슬린에게 고마움을 느꼈다. 적어도 당황스런 화제는 아니었다.

그녀는 재단사가 오늘 오후에 새 옷을 짓기 위해 온다는 사실을 알았다. 그리고 열 번쯤 되는 대 연회와 파티에 이어 그녀가 참석해야 할 겨울 무도회가 다가오고 있다는 대목에선 두 말로리가 신음을 했다. 그녀가 사교계에 정식으로 소개된다는 의례적인 행사들은 다 이곳에 미래가 있을 경우에만 필요한 절차라서 그녀는 이게 다 필요하냐는 듯이 제임스를 쳐다보았다. 그러자 그가 읽어내기 어려운 불가사의한 시선을 던졌다. 안토니가 말해 줘서 조지애나는 또한 오늘 밤 가족 모임이 있다는 것을 알게 되었다.

「말이 났으니 말인데, 난 어젯 밤에 형들을 만나러 가지 못했어. 너무 늦어서 말이야.」

여기서 그가 눈썹을 치켜 올리면서 아내에게 키스를 던졌다. 반면에 그녀는 다시 집어던질 냅킨을 찾고 있었다. 껄껄대면서 그가 제임스에게 덧붙여 말했다.

「게다가, 형, 형이 직접 말하지 않으면 형들이 이 소식을 믿지 않을 거라는 점을 깨달았지. 형이 어제 실제로 그걸 그렇게 독특한 방식으로 표현했기 때문에, 난…… 형이 다시 그 말을 할 기회를 빼앗고 싶지 않았어.」

그 말에 제임스가 대답했다.

「네가 오늘 나이튼 홀에 갈 거면 나도 기꺼이 같이 가마.」

「어쨌든 욕을 먹어야 한다면 차라리 물어보는 게 낫겠군. 도대체 형이 형수님 가족에게 뭐라고 말했길래 밝힐 수 없는 거야?」

안토니가 물었다.

「조-지에게 물어봐. 다시 꺼내지 않기를 바라는 사람은 그녀니까.」

제임스가 불퉁대며 말했다.

그러나 안토니가 암청색 눈동자를 돌리자 조지애나는 입을 고집스럽게 꽉 다물었다. 그걸 보고 안토니가 눈부시게 웃으며 말했다.

「그만하세요, 형수님. 빨리 털어놓는 게 좋을 겁니다. 그럴 때까진 누구와 같이 있건, 기회가 생길 때마다 그 문제를 끄집어낼 테니까요.」

「그럴 순 없어요!」

「저 녀석은 그러고도 남을 놈이야.」

제임스가 모질게 인정했다.

완전히 신경이 곤두서서 조지애나가 남편에게 물었다.

「그럼, 당신은 아무런 조치도 취할 수 없나요?」

「오, 할 작정이오.」

제임스가 명백한 공갈조로 말했다.

「날 믿어도 될 거요. 그러나 그것도 저 녀석을 막진 못하오.」

「물론이지. 그저 형과 마찬가지로 말이야.」

안토니가 싱긋 웃었다.

조지애나가 발끈 화를 내며 말했다.

「당신이 제 가족에 대해 갖는 감정과 같은 감정이 당신 가족에게 들기 시작하는군요, 제임스 말로리.」

「안 그러면 놀랐을 거요, 조-지.」

아무런 도움도 받지 못한 채 그녀는 안토니에게 호통치는 듯한 시선을 던지며 날카롭게 말했다.

「전 그의 캐빈 보이였어요. 바로 그가 제 오빠들에게 한 말이죠. 제가 그와 함께 선실을 썼다는 사실까지 덧붙여서요. 이제 무척 만족하나요, 이 밉살스런 양반아?」

「그들이 형수님 오빠들이란 것을 형이 몰랐던 게 아닐까요?」

안토니가 가볍게 물었다.

「그는 알고 있었어요.」

그녀가 불만에 가득 차서 말했다.

「아마도 그렇게 많은 줄은 몰랐었겠죠?」

「그것도 알고 있었어요.」

안토니가 제임스를 빈틈없는 눈길로 쳐다봤다.

「스스로 방아쇠를 당긴 것 같아, 안 그래, 형?」

「입 닥쳐, 이 멍청아.」

제임스가 고함쳤다.

그 말에 안토니가 고개를 뒤로 젖히고 요란하게 웃어 댔다. 그가 웃음이 좀 가라앉자 말했다.

「형이 내 소원을 들어 주리라곤 생각하지 않았었어, 형.」

「무슨 희망 말이냐?」

「도와줘서 고맙다고 하는 대신에 형을 발로 차 버린 작은 독사만큼 그녀가 달콤하다고 한 내 말이 기억 안 나? 내 말은 바로 그 여자를 가지라는 게 아니었는데.」

그때서야 제임스가 그 말을 기억해냈다. 그리고 안토니가 전날 밤 아내에게 침대로 오라고 간청했으나 그녀가 냉정하게 거부해서 기분이 나빴던 김에 한 말이라는 것도 기억해냈다.

「이제 네가 그 이야길 꺼내서 하는 말인데, 그 결과에 대해 네가 한 말을 기억하는…… 그리고 네가 말한 이유와 네가 그날 비참한 지경에 빠져 술을 마셔 댔다는 것도 기억하고 있고 말이야. 다섯 시까지 술을 마셔댔는데도 네 아낸 널 침대에 눕는 것조차 허락해주지 않았지, 안 그래?」

「빌어먹을.」

이제 제임스가 미소 짓고 있는 반면에 안토니의 표정이 꽤나 불쾌해졌다.

「형도 그날 술에 취했었어. 도대체 어떻게 그날 일을 모두 기억하고 있는 거지?」

「네가 언제 그렇게 지독하게 즐거워했었는지 물어봐야만 할걸? 그 순간을 잊을 순 없을 거야, 안토니.」

「또다시 시작이군요. 두 사람만 놔두고 가요. 우리가 보지 않으면 서로를 죽여 버릴 거예요.」

로슬린이 조지애나에게 말하곤 가시가 돋친 시선으로 남편을 쳐다보더니 덧붙였다.

「그럼 우린 곤란한 문제에서 벗어나겠죠.」

「당신이 떠나면, 형은 내 말에 조금도 성을 내지 않을 거요.」

두 여자가 식탁을 떠나려고 할 때 안토니가 말했다.

「알겠어요, 여보.」

로슬린이 그에게 미소를 짓곤 제임스에게 말했다.

「말이 났으니 말인데, 제임스, 제가 어제 큰 아주버님들에게 돌아오셨다고 전갈을 보냈어요. 아마도 레지가 저녁 전에 올 게 분명하니까 오늘 시간을 비워놓아야 할 거예요. 레지가 만나지 못하면 얼마나 상심할지 아주버님도 잘 아실 거예요.」

그걸 듣자 마자 조지애나가 물었다.

「레진 누구예요?」

「리건이오.」

그녀의 질투가 어땠는지 기억나 싱긋이 웃으면서 제임스가 말했다.

그러나 안토니가 제임스에게 악의가 있는 시선을 던지며 덧붙여 말했다.

「그녀를 부르는 이름만큼은 오래된 불일치가 있지만 걘 우리가 가장 좋아하는 조카죠. 아시다시피 누나가 죽은 후에 우리 넷이 레지를 키웠죠.」

조지애나는 아무리 그려보려고 해도 그 모습을 그려볼 수가 없었다. 이 레지이자 리건이 제임스의 친척만 아니었다면 아무런 관심이 생기지 않았을 터였다. 그러나 이곳에 오래 있지는 못하겠지만 그와 관련된 여자 이름을 들을 때마다 속을 끓이지 않으려면 말로리 가족에 대해 좀더 알아야만 했다.

이곳에 오기 전에 미리 얘기해 줬으면 좋았을 텐데. 하지만 그는 가족에 대해선 무척 과묵했고, 그녀도 자신의 가족에 대해 입을 다물었다. 어쨌든 참 공정해.

42

「알다시피 남자들은 결혼을 해요.」

조지애나가 좀 빈정거리면서 논리적으로 말했다.

「여자들과 똑같이 때가 돼서 하기조차 해요. 그러니 왜 처음부터 지금까지 한결같이 제임스의 결혼에 대해서들 믿지 못하다가 충격적이라는 반응으로 바뀌는지 누가 내게 말좀 해줄래요? 어쨌든 그는 수도사가 아니잖아요.」

「맞는 말이에요. 그가 결혼을 했다고 비난할 수 있는 사람은 아무도 없어요.」

그리곤 깔깔대며 한바탕 웃어 댔다.

경우에 따라 리건이 되는 레지는 몬티스 자작부인인 레지나 이든으로 밝혀졌다. 갓 스무 살밖에 되지 않은 무척 젊은 자작부인인데다 몸집도 조지애나와 비슷했다. 그리고 안토니, 제레미와 꼭 닮은 외모로 보아 말로리 가문의 일원이라는 사실도 분명했다. 그녀는 까만 머리에 암청색 눈동자를 지니고 있었다. 그러나 조지애나는 에드워드의 딸 중 하나인 에이미까지 포함해 그들이 예외적인 경우이며 나머지 말로리 가문 사람들은 다 금발 머리에 초록색 눈으로 제임스와 비슷하다는 걸 알게 됐다.

다행스럽게도 조지애나는 레지나 이든에게 단번에 호감을 가졌다. 그녀가 활기차고 매력적이며 상냥하고 또, 장난기가 넘치며 매우 매우 솔직하다는 것을 순식간에 알게 됐다. 그녀는 오후에 온 다음부터 계속 쾌활하게 웃어 댔다. 특히 그녀가 제임스에게 물은 후에 그랬다.

「숙부가 제 옷을 빌려다 준 정부가 누구예요?」

옷을 빌리러 갔을 땐 집을 비웠던 그녀가 물어보려고 벼르던 말이었다. 그리고 제임스가 가장 쉽게 설명해 줄 방법을 고심하고 있는 동안에 안토니가 참지 못하고 대답했다.

「형이 결혼한 여자지.」

다행스럽게도 그때 레지나는 앉아 있었다. 하지만 조지애나는 몇 시간에 걸쳐 '믿을 수가 없어요'란 말을 적어도 아홉 번은 들었고, '오, 멋진 일이에요'란 말은 열 번은 족히 들었다.

지금 윗층에선 로슬린의 하녀 네티 맥도날드가 솜씨 좋게 조지애나의 머리를 손질해 주고 있었다. 네티는 부드러운 사투리와 더 부드러운 초록색 눈을 한 중년의 귀여운 스코틀랜드 여자로, 조지애나는 맥이 그녀를 보면 얼마나 좋아할까 하고 생각했다. 로슬린과 레지나도 함께 앉아서 곧 제임스의 형들을 만나게 될 거라고 알려줬다. 사실, 두 사람은 조지애나의 모든 질문에 대답해 주고 가족에게 일어났던 즐거운 사건들을 이야기해 주면서 편안한 분위기를 만들어 그녀가 긴장하지 않도록 배려했다.

「제임스 숙부의 전력을 모르는 사람에겐 좀 이상하게 보일 거라 생각해요.」

레지나가 차분해져서 조지애나의 질문에 대답했다.

「숙부는 결코 결혼하지 않겠다고 맹세했었고, 그게 진심이 아닐 거라고 생각한 사람은 아무도 없었어요. 하지만 그 이유를 이해하기 위해서 숙모가 먼저 알아야 할 것은 숙부가…… 음, 숙부가…….」

「여자에 대한 전문가라고요?」

조지애나가 도와줬다.

「어머나, 정말 알맞은 표현이에요! 저도 그렇게 말했었죠.」

조지애나는 그저 미소를 지었을 뿐이다. 로슬린은 눈동자를 굴렸다. 레지나는 안토니에 대해서도 같은 말을 했지만, 그녀 자신은 난봉꾼을 난봉꾼이라고 부르는 게 더 좋았다.

「하지만 제임스 숙부는 단순한 전문가가 아니에요. 내가 버릇없이 말해도 된다면……,」

레지나가 계속해서 말했다.

「그래도 되고 말고요.」

조지애나가 얼른 대답했다.

그러나 먼저 로슬린이 경고했다.

「제발 질투하게 만들지 마, 레지.」

「과거의 가벼운 죄에 대해서요? 전 니콜라스의 정부들에 대해 너무나 감사를 하고 있어요. 경험이 없었다면…….」

그녀가 코웃음 치며 말했다.

「네 말은 알아듣겠어.」

로슬린이 말을 잘랐으나 웃음이 나오는 것만은 어쩔 수가 없었는지 입술이 비틀렸다.

「그리고 그 말엔 동감이야.」

조지애나도 웃고 있다는 것을 보곤 그녀가 덧붙였다.

「그럼, 좀전에도 말했듯이 제임스 숙부는 여자에 대한 전문가 이상이었어요. 숙부가 그 닳고닳은 경력을 시작한 처음 얼마간은 대식가라고 불러야 할 정도였어요. 아침, 점심, 저녁으로 다른 여자와 함께 했으니 말이에요.」

「이런 말도 안 돼. 아침, 점심, 저녁이라고?」

조지애나는 기가 막혀 간신히 숨을 쉬곤 그 '말도 안 돼'는 다 '다른 여자와'라는 말에 대해 의문이 생겼으나 끝까지 의심스럽지는 않았다.

「정말이에요. 제 말을 못 믿겠으면 안토니 숙부에게 물어보세요. 아니면 제이슨 숙부든지요. 아직 집에서 살고 있을 때라서 제임스 숙부의 방종한 생활을 억제하느라 안간힘을 써야 했으니까요. 성공하진 못했지만요.

물론 제임스 숙부가 한 짓의 반 정도는 그저 제이슨 숙부를 화나게 하려고 한 거지만 어쨌든 제임스 숙부는 다루기 힘든 사람이었죠. 젊었을 때부터 숙부는 늘 자기 맘대로 했고 형들과 다르게 굴었어요. 숙부가 스무살이 되기 전에 첫 결투를 했어도 조금도 놀라운 일이 아니고요. 물론 숙부가 이겼어요. 모르시겠지만, 숙분 모든 결투에서 이겼어요.

어쨌든 제이슨 숙부는 뛰어난 사격술을 갖고 있었고 동생에게 그걸 다 가르쳐줬죠. 하지만 안토니 숙부와 제임스 숙부는 권투를 좋아하게 돼서 대다수의 도전을 결투장이 아니라 권투장에서 하게 됐죠.」

「적어도 덜 치명적이긴 했겠군요.」

「이런, 숙부는 결투로 사람을 죽인 적은 한 번도 없어요. 적어도 내가 들은 한은 그래요. 상대편을 죽이려고 한 쪽은 보통 화가 난 신청자 쪽이었죠.」

「안토니는 상대편에게 어디를 부상당하고 싶냐고 물어보곤 했어요. 그런 질문은 정말 상대편의 자신감을 사라지게 하죠.」

로슬린이 거들었다.

레지나가 낄낄대며 웃었다.

「안토니 숙부가 그런 습관을 누구에게서 배웠다고 생각하세요?」

「제임스?」

「맞았어요.」

조지애나는 시작하지 말걸 하고 후회하기 시작했다.

「하지만 내 질문엔 아직 대답하지 않았어요.」

「중요한 것은 다 말했어요. 제임스 숙부가 런던으로 이사왔을 땐 이미 평판이 나쁜 탕아였어요. 하지만 숙분 더 이상 치마 입은 모든 종류를 따라다니지 않았어요. 그럴 필요가 없었어요. 그때쯤엔 여자들이 쫓아다녔으니까요. 숙부께 몸을 던진 여자들은 대부분 유부녀였어요.」

「이제 이해가 가기 시작하는군요.」

조지애나가 말했다.

「그럴 거라 생각했어요. 숙부가 받은 대부분의 결투 신청은 다 남편들이 한, 합법적인 거였죠. 우스운 건 숙부는 주는 것을 받았을 뿐, 키스도 하지 않고 말도 걸지 않았어요. 그런데 머리가 돈 여자들이 숙부께 마음을 뺏겨서 —숙분 젊었을 때도 지나칠 정도로 핸섬했거든요 —숙부가 먼저 자신을 쳐다본 듯이 허풍을 떨어 댔어요. 그러니 숙부가 결혼에 대해 존경심이 없는 게 당연한 거죠. 끊임없는 부정을 직접 봤으니까요.」

「일어나는데 그가 일조를 한 부정이죠.」

조지애나가 좀 성급하게 말했다.

「맞는 말이에요. 어쨌든 숙부는 런던에서 가장 악명 높은 악당이었어요. 안토니 숙부를 부끄럽게 할 정도였다니까요. 안토니 숙부도 꽤나 악명이 높았는데 말이에요.」

「안토니를 여기서 빼줬으면 좋겠어. 그는 완전히 개과천선한 악당이거든.」

로슬린이 말했다.

「그럼 제 니콜라스도 그렇다는 것을 알려드려야 하겠군요. 하지만 제임스 숙분 그렇게 오랜 세월에 걸쳐 결혼에 대한 최악의 면만을 봐왔기 때문에 분명히 그 위선을 경멸했어요. 특히 사교계에 넘쳐나는 불성실한 아내들을. 숙분 결혼하지 않겠다고 맹세했고 우린 다 그 말을 믿었어요.」

「그가 그럴 작정이었다는 걸 나도 믿어요. 어쨌든 그가 제게 청혼한 게 아니니까요.」

레지나는 그 말에 대해선 아무런 질문도 하지 않았다. 이미 강제로 결혼했다는 말을 안토니가 말하기 전에 제임스가 직접 말해 줬었다. 그러나 '강제로'라는 부분에 대해선 미심적어 하고 있었다.

「전 그게 매우 궁금해요, 조지 숙모. 숙몬 제임스 숙부를 알지…….」

그녀가 생각에 잠겨서 말했다.

「하지만 지금 레지가 하고 있는 게 바로 그거잖아. 어쨌든 내가 그에게서 개인적인 문제를 끌어내는 경우는 정말 드물어요. 내가 알아야만 할 다른 건요?」

「음, 잠시 동안 숙부와 의절했던 가족을 오늘 밤 만날 거란 사실이요. 숙부가 영국을 떠나 있던 십 년 정도요. 물론 이젠 다시 화해를 했지만요. 숙부가 숙모에게 그것에 대해 말해 주진 않았겠죠?」

「그래요.」

「그건 숙모가 직접 물어봐야 할 문제예요. 제가 말할 성질의 것이 아니기 때문에…….」

「그가 악명 높은 호크 선장이었다는 거요?」

레지나의 눈이 휘둥그레졌다.

「그럼 숙부가 숙모에게 말했었군요?」

「아니오. 오빠들이 알아본 후에 그가 직접 제 오빠들에게 털어놓았죠. 제 오빠 두 명이 해적질에서 은퇴하기 전에 바다에서 제임스를 만난 적이 있다는 것을 기억해내다니 정말 운이 나빴죠.」

레지나가 숨을 죽였다.

「숙모 오빠들이 모두 알고 있다는 말이에요? 세상에, 숙부를 목매달지 않은 게 다행이군요!」

「오, 오빠들은 그러고 싶어했어요. 적어도 워렌 오빤 그랬어요. 하지만 제임스가 그날 밤 그렇게 다 털어놓아 댔으니 교수형을 당해도 마땅했어요.」

조지애나가 진저리치면서 말했다.

「그럼 어떻게…… 숙부가 교수형 당하지 않은 거죠?」

레지나가 조심스럽게 물었다.

「도망쳤기 때문이죠.」

「숙모의 도움으로요?」

「나 때문에 제임스에게 화가 난 거라서 난 워렌이 자기 맘대로 하게 놔둘 수가 없었어요. 워렌 오빠도 여색을 밝히니까 그건 위선적인 행동이거든요.」

「그럼 속담처럼 끝이 좋으니 모든 게 다 좋은 거군요.」

로슬린이 말하자 레지나가 콧방귀를 꼈다.

「제겐 모든 게 좋아 보이진 않는데요. 제임스 숙부가 숙모의 가족 전체를 적으로 돌려놨으니까요.」

「그만해, 레지. 그런 사소한 일로 아주버님이 신경을 쓸 거라곤 생각하지 않잖아, 안 그래? 더구나 아주버님은 이곳에 있고 그분들은 대양 건너편에 있으니 말이야. 조지를 위해서 준비가 되면 그분들과 화해할 거라고 믿어.」

「제임스 숙부가요?」

레지나가 정말 믿을 수 없다는 듯이 말하자 로슬린이 방이 떠나가도록 웃어 댔다.

「아마 네가 옳을지도 몰라. 아주버님은 쉽게 용서를 하거나 잊어버리는 사람이 아니니까. 네 불쌍한 남편이 직접 배웠잖아, 안 그래?」

「다시 기억하게 하지 마세요. 오늘 밤 니콜라스가 빈정대면서 꽤나 즐거워할 것 같군요. 특히 니콜라스와 유사한 상황에서 제임스 숙부가 결혼했다는 말을 들으면 더욱요.」

조지애나의 묻는 듯한 표정을 보고 그녀가 덧붙였다.

「제단으로 억지로 밀려갔던 사람이 숙모 남편만 있는 게 아니에요. 니콜라스도 협박과 뇌물을 좀 받았죠. 물론 거절하면 그를 박살내 놓겠다고 안토니 숙부가 맹세를 하기도 했고요.」

「그럼 제임스는요?」

「오, 제임스 숙부는 한몫 하지 않았어요. 우린 숙부가 영국으로 돌아왔다는 사실조차 몰랐거든요. 하지만 제 남편도 호크 선장과 맞닥뜨린 적이 한 번 있었어요. 그래서 오늘밤 두 사람이 불구대천지 원수처럼 보여도 대수롭지 않게 받아들이세요.」

그 말에 조지애나가 웃음을 터뜨렸다.

43

가족 모임에 불과하다면서도 레지나가 반짝이는 드레스를 골라 주며 입으라고 하자 조지애나는 그 행사가 꽤나 공식적이라는 것을 알게 되었다. 짙은 갈색 천이 반짝거려서 윤을 낸 동같이 보였다. 그리고 튈(장식용의 얇은 망 모양의 비단)로 장식된 보디스를 입고 있는 조지애나는 정말 사랑스럽게 빛났다. 어쨌든 그녀는 기뻤다. 그렇게 오랫동안 입어온 파스텔 색조를 은근히 비난하면서 이제는 입어도 되는 좀더 진하고 점잖은 색깔에 빠져 있었다. 사실, 새로 주문한 드레스를 다 대담하고 자극적인 색조로 선택했다.

나중에 아래로 내려온 그들은 응접실에 모여 있는 색다른 차림새의 남자들과 합류했다. 안토니는 아무 생각없이 묶은 소박한 흰색 스카프만 빼면 한물 간 검정색 옷을 입고 있었다. 제임스는 모임을 위해 새틴 코트를 입긴 했으나 너무 짙은 초록색이라서 어떻게 봐도 멋쟁이라고는 부를 수가 없었다. 하지만 그 색이 그의 눈과 얼마나 잘 어울리던지! 그의 눈동자가 활활 타오르는 밝은 초록색으로 빛나 가운데 불이 담겨 있는 보석처럼 보였다. 그리고 눈부신 진홍색 코트에 맞춰 연두색 반바지를 입고 있는 제레미는 신사의 전형처럼 보였다. 레지나가 그게 다 아버지를 화나게 하려는 속셈이라고 살짝 귀띔했다.

콘래드 샤프도 와 있었으나 제임스와 제레미가 그를 가족으로 생각하고 있었기에 놀랄 만한 일도 아니었다. 조지애나는 그가 정장을 입거나 수염을 자른 모습을 한 번도 보지 못했었다. 그 또한, 소년 복장을 벗은 조지애나를 보는 건 이번이 처음이고, 그 사실을 모른 체 넘어가 주기를 바란다면 그의 유머에 어긋나는 일이었다.

「세상에, 조-지, 바지를 엉뚱한 데다 입은 것 같소, 안 그러오?」

「매우 우습군요.」

그녀가 작게 웅얼거렸다.

코니와 안토니가 껄껄대며 웃고 제임스가 그녀의 깊게 파인 목선을 쳐다보고 있는 동안에 레지나가 말했다.

「부끄러운 줄 아세요, 코니. 그건 숙녀를 칭찬하는 말이 아니에요.」

「그래서 네가 조-지 편을 드는 거냐, 애야?」

그가 그녀를 끌어당겨 포옹을 하면서 말했다.

「발톱을 집어넣으렴. 여기 있는 조-지는 더 이상 우쭐거릴 필요가 없지. 그 문제에 대해서라면 보호도 필요 없고. 게다가 그녀의 남편이 주변에 있는데 칭찬을 하는 것은 안전하지가 못해.」

제임스가 그런 어리석은 말을 무시하고 조카에게 말했다.

「저게 네 옷이라는 것을 아니까 하는 말인데, 요즘 넌 너무 깊게 파인 옷을 입는다고 말해야겠구나, 얘야.」

「니콜라스는 신경 쓰지 않던데요.」

리건이 생긋 웃으면서 말했다.

「그 탕아는 그렇겠지.」

「이런, 대단해요. 그는 아직 이곳에 오지도 않았는데 숙부는 벌써 시작하는 거예요?」

그녀가 발끈 화를 내더니 제레미에게 인사를 하러 갔다.

그러나 제임스가 조지애나에게로 눈을 돌렸을 때, 특히 그녀의 보디스를 유심히 쳐다보자, 그녀는 비슷한 장면이 생각나 놀리는 투로 슬쩍 말했다.

「만약 오빠들이 여기 있었다면 지금쯤 몇 마디 말도 안 되는 말을 했을 거예요. 좀더 노출이 적은 옷으로 갈아입어야 한다는 둥 하는 말 말이에요. 혹시나 같은 생각을 하진 않겠죠?」

「당신 오빠들 말에 동의하냐고? 어림 없는 소리야!」

놀리는 듯 싱긋이 웃으면서 코니가 안토니에게 말했다.

「제임스가 조지의 오빠들을 싫어한다고 느끼지 않았나?」

「그 이유를 모르겠더군요.」

안토니가 진지한 표정으로 대답했다.

「내가 듣기론 그들은 아주 모험심이 많은 사내들 같던데.」

「안토니…….」
제임스가 경고했으나 안토니는 더 이상 웃음을 참지 못했다.
「지하실에 갇히다니! 세상에, 내가 그걸 봤어야 하는 건데, 정말 그랬어야 했는데.」
제임스가 충분히 들은 게 아닐지 몰라도 조지애나는 그랬다.
「제 오빠들은 다 당신보다 덩치가 크거나 비슷할 거예요, 안토니 경. 그들과 싸우면 당신도 그보다 잘 대접받진 못할 거예요.」
그녀가 말하곤 방 건너편에 있는 레지나에게로 씩씩하게 걸어가 버렸다.
안토니는 자신의 입장을 변호하진 않았지만 적어도 놀라긴 했다.
「빌어먹을, 난 그녀가 형을 방어해 줄 거라고 정말로 믿었어, 형.」
제임스는 그저 미소만 지었으나 말을 들은 로슬린은 남편에게 점점 더 화가 나서 말했다.
「조지 앞에서 아주버님을 놀리는 것을 그만두지 않으면, 그녀가 그보다 더한 일을 하기 쉬울 거예요. 만약 그녀가 하지 않는다면, 내가 할지도 몰라요.」
그리곤 홱 돌아서서 떠나 버렸다.
코니가 안토니의 우거지상으로 변해 가는 표정을 보고 낄낄대며 웃었다. 그는 이제 분개하고 있었다. 코니가 제임스를 쿡쿡 찔렀다.
「조심하지 않으면, 안토니는 다시 개하고 같이 자야 할지도 몰라.」

「자네 말이 맞을지도 모르지. 그러니 그만두게 하면 안 되겠군.」
코니가 어깨를 움츠렸다.
「자넨 어떤지 몰라도 내가 상관할 바가 아니야.」
「난 바라는 결과를 얻기 위해선 너무나 잘 참을 수 있네.」
「지하실에 갇히기까지 했으니 자네가 그럴 수 있다는 것을 믿네.」
「나도 들었어! 그러니 나도 그럴 권리가 있겠지. 형이 미친 동기가…….」
안토니가 끼여들었다.
「이런, 입 다물어, 안토니.」
금방 큰 형들이 도착했다. 삼대 하버스톤 후작이자 가문의 수장인 제이슨 말로리를 보고 조지애나는 깜짝 놀랐다. 그가 마흔여섯 살이라고 들었었다. 그는 정말 제임스의 좀더 나이든 모습처럼 보였다. 그러나 비슷한 점은 그것밖에 없었다. 제임스에겐 익살맞은 매력이 있었으나 제이슨은 진지함 그 자체였다. 마치 클린턴 오빠처럼, 아니 제이슨은 그를 능가할 정도였다. 설상가상으로 그가 열기를 띠며 주로 제임스에 대해 쏟아붇는 가차없는 말을 다 들어야만 했다. 물론 이미 다 들었지만, 아무 말도 듣지 못했더라도 제임스와 안토니를 보면 말로리 형제들은 서로와 말싸움 할 때 가장 행복을 느끼는 게 분명했다.
에드워드 말로리는 다른 셋과는 아주 딴판이었다. 제이슨보다 한 살 어린 그는 제임스나 제이슨 보다는 땅딸막했으나 똑같이 금발머리에 초록색 눈을 하고 있었다. 그의 유쾌한 기분을 해칠 만한 것은 아무것도 없는 듯했다. 그는 나머지 형제들과 농담을 나눌 때도 기분 좋게 했다. 사실, 토마스 오빠처럼 성질을 부릴 줄 모르는 사람 같았다.

언제 제임스가 그 소식을 알린 거지? 적어도 그들의 불신은 안토니만큼이나 길지 않을 거야.

「안토니가 정착할지조차 의심스러웠는데, 제임스라니! 세상에, 그는 결혼할 가망성이 전혀 없는 인간이었어.」

제이슨이 말했다.

「난 놀랐지, 제임스. 그러나 물론 기뻐. 너무나 기쁘고 말고.」

에드워드가 말했다.

조지애나는 가족들이 자신을 환영하고 있다는 것을 의심할 수 없었다. 제임스의 두 형은 그녀를 마치 기적을 일으킨 사람처럼 쳐다봤다. 물론 두 사람은 결혼에 대한 나머지 상황에 대해선 아직 듣지 못했고 안토니가 이번엔 입을 꽉 다물고 있었다. 그러나 제임스가 왜 그들이 만사가 잘되고 있다고 생각하게 가만 놔두는지 궁금해지는 것을 어쩔 수가 없었다.

그가 지금 날 집으로 보낼 거라고 말하면 너무나 끔찍하겠지. 하지만 한 번 작정하면 막을 수 없다는 것을 잘 알고 있어. 그가 뭘 하려는 거지? 이게 그렇게 중요한 질문이 아니라면 걱정에서 벗어나기 위해 다시 물어보고 이번엔 솔직한 대답을 얻어낼 수 있을 텐데. 하지만 그가 나와 영원히 함께 살 생각이 아니라면 새로 희망을 품기 시작한 지금 그걸 알고 싶진 않아.

에드워드는 아내인 샬롯과 다섯 아이 중 막내인 에이미와 함께 왔다. 다른 사람들은 다 그 주안에 오기로 약속했었다. 제이슨의 외아들인 데렉은 무모한 장난을 벌이느라 시내에 없었다.

그는 작은 아버지의 발자취를 빠르게 뒤따르는 중이고, 아무도 그가 어디에 있는지 알지 못했다. 런던에 오지 않은 제이슨의 아내 프란시스의 불참은 이미 예견됐던 일이었다. 사실 프랜시스는 데렉과 레지나에게 엄마노릇을 해주느라 결혼생활을 참아왔고, 두 사람이 다 자란 지금 준엄한 남편과 떨어져 사는 것을 더 좋아한다고 레지나가 몰래 가르쳐 줬었다.

「걱정하지 말아요, 곧 누가 누군지 알게 될 거예요. 샬롯이 당신이 당황할 사교계의 최근 스캔들을 즐겁게 말해 줄 거예요. 너무나 많긴 하지만, 결국 관련된 모든 사람을 만날 수 있을 테고요.」

로슬린이 조지애나에게 말했다.

영국 귀족 사회의 정수를 만난다고? 그럴 필욘 없는데. 코니와 제레미만 빼면 방 안에 있는 나를 포함한 모든 사람들이 다 작위가 있다니 정말 웃겨서 숨이 막히는 것 같군. 더 웃기는 것은 이 사람들이 조금도 비열하거나 속물적이거나 호감이 가지 않는다거…… 물론, 막내 시동생인 안토니만 빼면 말이야. 그는 냉소와 빈정거림으로 사람의 약을 바싹바싹 올려 도저히 정이 안 가. 완전히 그 반대지 뭐.

그러나 곧 조지애나에게는 말로리의 단결된 모습을 볼 첫번째 기회가 생겼다. 몬니스 자작인 니콜라스 이든이 방 안으로 들어오자 마자 안토니와 제임스가 서로의 목을 따려고 맹렬히 공격하는 대신에 나란히 그를 공격하러 갔다.

「늦었군, 이든. 난 여기서 자네가 내가 어디 사는지 잊어버리길 바라고 있었는데.」

안토니가 퉁명스럽게 그를 맞이했다.

「저도 그러려고 노력했지만 아내가 계속 제게 말해 줘서요.」

니콜라스가 능청스레 대답했다. 그가 전혀 즐거워 보이지 않는 미소를 지었다.

「내가 이곳에 오고 싶어 한다곤 생각하지 않겠죠, 그렇죠?」

「그럼, 그러지 않은 체하는 게 좋을 거야. 자네 아내는 자네가 온 것을 알아차렸고, 자네가 그녀의 사랑스런 숙부들을 도발하는 것을 보면 얼마나 화를 내는지 이미 알고 있을 거야.」

「내가 도발했다고요?」

그 불쌍한 남자는 분노를 억누르느라 숨이 막히는 것 같았다.

그러나 그는 에이미와 샬롯과 대화를 하고 있는 레지나를 쳐다봤을 땐 표정이 싹 바뀌었다. 곧 오겠다는 신호를 받으며 그는 그녀에게 윙크를 하고 믿을 수 없이 부드러운 미소를 지었다. 조지애나는 중립적인 태도를 견지하려고 노력했다. 왜 이 세 남자가 서로 그렇게 사이가 나쁜지에 대한 이야기를 듣긴 했지만 일 년도 더 지난 지금까지도 으르렁대는 게 우습기까지 했다. 그러나 그런 부드러운 표정을 보고 나자 그녀는 니콜라스 이든의 편이…… 그가 다시 남자들 쪽으로 돌아서 제임스를 보고 눈에 불을 켤 때까지는 그랬다.

「그렇게 빨리 돌아왔어요? 전 여기서 숙부가 바다에 빠지든가 무슨 일이 생기기를 간절히 바랐었죠.」

제임스가 정말로 껄껄대며 웃었다.

「실망시켜서 미안하군. 그러나 이번엔 소중한 짐을 싣고 있었기 때문에 조심 또 조심을 했다네. 그동안 어떻게 지냈나? 최근에도 긴 의자에서 자나?」

니콜라스가 얼굴을 찌푸렸다.

「숙부가 떠난 후론 없었죠. 그러나 이제 곧 바뀔 것 같다는 느낌이 드는군요.」

그가 낮은 소리로 말했다.

「분명히 그럴 것 같군. 우린 말일세, 좋은 일을 돕는 걸 정말 좋아하네.」

제임스가 사악하게 싱긋 웃었다.

「눈물겨운 인정이군요.」

그리곤 형제들 사이에 서 있는 조지애나에게로 황갈색 눈동자를 돌렸다. 제임스가 그녀의 어깨를 팔로 감싸고 있었다.

「제가 물을 필요가 있다면, 이 여잔 누굽니까?」

그 의미는 분명했다. 조지애나는 다시 정부로 강등 당해 안달이 났다. 그러나 그녀가 신랄한 대답을 생각해내기 전에 그리고 제임스가 훨씬 더 불쾌하게 보복하기 전에, 안토니가 그녀 편을 들어 주어 그녀뿐만 아니라 니콜라스도 충격을 받았다.

「어조에서 모욕을 빼, 이든.」

조용한 어조에서 그의 분노가 더 잘 나타났다.

「저분은 내 의자매니 그런 더러운 생각은 집어치우게.」

「죄송합니다.」

니콜라스가 완전히 당황해 그런 끔찍한 실수를 저지른 데 대해 깊이 뉘우치면서 조지애나에게 사과했다. 그리곤 곧 혼란을 느끼면서, 자신을 놀리고 있다는 의심이 담긴 눈으로 안토니에게 말했다.

「숙모도 어리다고 생각했는데요.」

「어리지.」

「그럼 어떻게 그녀가……. ?」

그 아름다운 황갈색 눈동자가 제임스에게로 날아가더니 믿을 수 없다는 듯이 점점 크게 벌어졌다.

「이런, 세상에, 숙부가 아내를 얻었다는 말일 리가 없어! 숙부의 더러운 명성에 겁을 먹고 도망가지 않을 여자를 찾기 위해 지구 끝까지 항해한 게 분명하군요.」

그가 조지애나를 보곤 덧붙여 말했다.

「지독한 해적을 남편으로 얻었다는 것을 알고 계셨습니까?」

「결혼하기 전에 그 말을 들었어요.」

그녀가 심술궂게 대답했다.

「그럼 숙부가 끝까지 원한을 잊지 않는다는 것도 알고 계십니까?」

「그 이유를 알기 시작했어요.」

그녀가 응수하자 제임스와 안토니가 웃음을 터뜨렸다.

니콜라스가 마지못해서 미소를 지었다.

「대단하군요, 숙모님. 그러나 숙부가 닳고닳은 바람둥이라는 것도 알고 있었나……. ?」

제임스가 약간 인상을 쓰면서 끼여들었다.

「계속해봐, 이든, 그럼 자넨 강제로 내가…….」

「강제로 뭘요?」

레지나가 남편 옆으로 와 팔짱을 끼면서 말했다.

「그에게 말했군요, 제임스 삼촌? 대단해요! 삼촌이 누구보다 니콜라스에게 그 사실을 감추고 싶어하실 거라고 믿어 의심치 않았는데. 무엇보다도 삼촌이 그와 공통점이 생겼다는 것을 싫어하잖아요? 그런데 두 사람 다 강제로 결혼했다는 게 아주 비슷하다고 생각치 않나요?」

니콜라스는 그 말에 대해 아무런 말도 하지 않았다. 또, 농담이 아닌지 확인하려고 아내를 쳐다보았다. 하지만 곧 웃음을 터뜨릴 것 같았다. 조지애나는 그의 눈에서 폭발 직전의 웃음을 보았다. 그는 제임스의 분개한 표정을 보자 더 이상 참지 못하고 웃음을 터뜨렸다.

놀랍게도 안토니가 니콜라스와 함께 웃어 대지 않았다. 전날 밤에 하도 웃어 대서 더 이상 웃어댈 수가 없거나 아니면 아무리 재밌는 일이라도 저 젊은 자작과는 공유하고 싶지 않은지도 몰랐다.

「레지, 널 목졸라 죽여야 할지 아니면 네 방으로 쫓아버려야 할지 잘 모르겠구나.」

안토니가 불쾌하게 말했다.

「이제 이곳엔 제 방이 없어요, 안토니 삼촌.」

「그럼 목을 졸라야 하겠군.」

정말 그렇게 할 듯한 표정을 짓고 제임스가 말했다. 그러나 그는 애정과 분노가 섞인 시선을 조카에게 던졌다.

「일부러 그렇게 한 거지, 안 그러니?」

그녀는 그걸 부인조차 하지 않았다.

「두 분이 늘 니콜라스에게 적대적으로 대하잖아요. 일대 이라니 그건 너무나 불공평해요, 안 그래요? 하지만 제게 화를 내진 마세요. 전 숙부보단 그가 훨씬 더 많이 그 이야길 떠들어 대는 소리를 들어야만 한다는 것을 지금 막 깨달았어요. 어쨌든 난 니콜라스와 함께 살고 있으니까요.」

하지만 그 말은 니콜라스 이든이 입이 찢어지도록 싱글벙글대며 그곳에 서 있는 상황에선 전혀 도움이 되지 않았다.

「아마도 너와 함께 살아야 할지 모르겠구나, 리건. 적어도 에디가 날 위해 골라준 타운 하우스를 새로 단장할 때까진 말이야.」

제임스가 말했다.

니콜라스가 짧고 분명하게 잘랐다.

「날 죽이고 그러시죠.」

「그럴 준비 중이지.」

그 순간에 에드워드가 그곳으로 왔다.

「말이 났으니 말인데, 제임스, 네가 전한 대단한 소식에 너무나 즐거워하느라 오늘 저녁 집으로 왠 남자가 널 찾으러 왔었다는 걸 전하지 못했구나. 빌어먹을, 그가 그렇게 적의를 드러내며 묻지 않았다면 널 어디 가면 만날 수 있는지 알려줬을 거야. 그가 친구라면 예의범절을 좀 배우라고 말해 주렴.」

「이름이 뭔데요?」

「몰라. 그는 덩치가 크고 키도 매우 컸지. 그리고 말투로 보아 미국인 같더군.」

제임스가 천천히 조지애나 쪽으로 돌아서면서 양미간을 찌푸렸다. 눈에 폭풍우가 모이기 시작했다.

「당신과 관련 있는 야만적인 시골뜨기들이 우릴 따라 이곳까지 오진 않았겠지, 여보?」

그녀가 그의 반응에 대한 반항으로 턱을 조금 들어올렸다. 그러나 그녀는 눈에 감도는 즐거움까지는 숨길 수 없었다.

「제 오빠들은 날 걱정한 거예요, 제임스. 당신 배에서 드류와 보이드가 날 마지막으로 봤을 때 어땠는지를 생각해보면 당신은 그 대답을 쉽게 알 수 있을 거예요.」

그가 아는 결혼식날 밤에 대한 기억은 거의 즉흥적인 감정들로, 핵심에서 좀 벗어난 것인지도 몰랐다. 그러나 입에 재갈을 물린 그녀를 팔 아래에다 꽉 잡고 있었다는 것이 떠올랐다.

그가 감정을 담아 조용하게 말했다.

「빌어먹을.」

44

「빌어먹을, 진담일 리가 없어요, 제임스! 난 적어도 그들을 만나기는 해야만 해요. 이 먼 길을 오로지…….」

조지애나가 화가 나서 소리쳤다.

「그들이 얼마나 먼 길을 왔는진 내가 알 바 아니오.」

제임스도 화가 나서 대꾸했다.

지난 밤 그녀는 오빠들에 대한 말을 꺼낼 기회가 없었다. 손님들이 간 후에 곧 방으로 올라와 제임스가 오기를 기다리고 또 기다리다가 그가 오기 전에 잠이 들어 버렸다. 오늘 아침엔 항구로 데려다 달라는 부탁을 그가 딱 잘라 일언지하에 거절했다.

또한 마차를 준비해 달라는 말도 거절해 버렸다. 그러더니 마침내 그녀가 결코 오해할 수 없는 말로 오빠들을 만날 수 없으며 그걸로 모든 게 끝났다고 그가 단호하게 말했다.

이제 그녀는 똑바로 앉아서 이성적이려고 애를 쓰면서 차분하게 물었다.

「왜 이런 태도를 보이는지 말해 줄래요? 오빠들은 그저 제가 괜찮은지 확인하기 위해 이 먼 길을 온 거예요.」

「헛소리 마시오!」

그가 지금은 이성적이지도 합리적이지도 온화하고 싶지도 않고 그럴 수도 없다는 듯이 고함을 쳐댔다.

「그들은 당신을 데려가기 위해 온 거요.」

그건 그녀가 더 이상 미룰 수 없는 질문이었다.

「그럼 당신은 계속 날 돌려보내지 않을 작정이었어요?」

그가 오랫동안 쳐다보고 인상을 찌푸리고 있자 그녀는 놀라서 숨을 죽였다. 그리곤 마치 그녀가 아주 말도 안 되는 소리를 지껄였다는 듯이 그가 코웃음을 쳤다.

「도대체 어떻게 그런 어처구니없는 생각을 하게 되었소? 내가 그렇게 말한 적이 있소?」

「그럴 필요도 없었죠. 전 우리 결혼식에 있었으니까요, 기억나요? 당신은 어떻게 봐도 신랑이 되고 싶은 맘이 하나도 없어 보였어요.」

「내 기억은 당신이 허락도 받지 않고 내게서 도망갔다는 거요, 조-지.」

자신의 물음과는 전혀 상관이 없는 이 말이 지금 튀어나오는 데에 놀라서 그녀는 멍해졌다.

「도망갔다고요? 전 집으로 갔을 뿐이에요, 제임스. 처음부터 당신 배를 탔던 이유죠. 집에 가는 것 말이에요.」
「내게 말도 없이!」
「그건 제 잘못이 아니에요. 당신에게 말하려고 했어요. 하지만 드류가 내가 집에 있는 대신 자메이카에 나타난 데 경악해 고래고래 고함을 치고 있을 때 트리톤이 출항해 버렸죠. 단지 당신에게 작별인사를 하기 위해서 제가 바다로 뛰어들어야 했나요?」
「당신이 떠나리라곤 꿈에도 생각지 않았어!」
「그건 말도 안 되는 소리군요. 관계를 영구히 한다던가 어쩐다든가에 대해 우린 어떤 약정도 맺지 않았고 협의도 없었어요. 제가 당신 마음을 읽었다고 생각했나요? 마음속에 영원한 것을 품고 있기나 했었어요?」
「당신더러 내…….」
그녀의 눈이 가늘어지자 그가 머뭇거렸다.
「모욕당한 것 같은 표정을 지을 필욘 없소.」
그가 오만하게 말했다.
「전 모욕당했어요.」
그녀가 정말 그렇다는 것을 보여 주면서 딱딱하게 말했다.
「어쨌든 제 대답은 거절이었을 거예요!」
「그럼 내가 묻지 않은 게 다행이군!」
그가 소리치곤 문으로 걸어갔다.
「아직 떠날 순 없어요! 내 말에 대답하지 않았잖아요.」
그녀가 뒤에다 대고 소리쳤다.
「그랬었소?」

그가 눈썹을 치켜 올리면서 돌아섰다. 아마 그의 성질이 폭발할 모양이다. 그의 분노는 그녀의 생각 이상으로 격렬했다.

「당신이 내 아내라고 말하는 걸로 충분하오. 그리고 그것만으로도 당신은 아무데도 갈 수 없소.」

그 말에 그녀가 대단히 격분했다.

「오, 이제서야 제가 아내라는 것을 인정하는 거예요? 제 오빠들이 오니까 말이에요? 이게 당신 방식의 복수인가요, 제임스 말로리?」

「맘대로 생각하시오. 그러나 당신의 빌어먹을 오빠들은 항구에서 썩을 거요. 당신이 어딨는지 찾지 못할 거고 당신도 그들에게 가지 못하오. 이젠 끝이요, 여—보.」

그가 침실 문을 쾅 닫고 나갔다.

조지애나는 문을 힘껏 세 번이나 더 쾅 닫았으나 성난 남편이 대화를 마무리지으러 돌아오지 않았다. 그는 여전히 지독한 벽돌 벽인 게 분명해. 하지만 벽돌 벽을 쓰러뜨릴 수 없다면 뛰어넘으면 돼.

♠♠♠

「그녀에게 벌써 사랑한다고 말했어?」

제임스가 느리게 탁자 위에 카드를 내려놓고 술잔을 들었다. 좀전에 하던 말과는 전혀 상관이 없는 질문에 그는 눈썹을 치켜올렸다. 그는 먼저, 전에는 본 적이 없는 사람처럼 열심히 카드를 쳐다보고 있는 왼쪽에 있는 조지 암허스트를 바라봤다. 그리곤 무표정한 얼굴을 하느라 애를 쓰고 있는 맞은 편의 코니를 보고 나서, 마지막으로 그런 폭발성 질문을 던진 안토니를 쳐다봤다.

「혹시 나에게 말한 거니, 안토니?」

「그럼 누가 있겠어.」

안토니가 히죽 웃으면서 대답했다.

「그걸 궁금해 하면서 저녁 내내 그곳에 앉아 있었지, 안 그래? 그러니 네가 계속 잃어댄 게 당연하지.」

안토니가 자신의 잔을 들어 쳐다보면서 잔 안에 있는 황갈색의 액체를 천천히 돌렸다.

「사실, 오늘 아침 위층에서 나는 소리를 듣고 그게 궁금했었지. 그리곤 다시 오늘 오후에 형이 현관문으로 살금살금 나가는 형수님더러 방으로 돌아가라고 명령을 했을 때도 그랬고. 그건 좀 심한 짓이었어, 그렇게 생각 안 해?」

「그녀는 가만히 있었어, 안 그래?」

「그래. 그래서 저녁 식사 하러도 내려오지 않았지. 내 아내가 마음이 편치 않아 외출도 취소했고 말이야.」

「그건 사소한 골내기일 뿐이야.」

제임스가 별로 관심도 없다는 듯이 어깨를 으쓱했다.

「내가 쉽게 해결할 수 있는 그녀의 재미난 습관이지. 아직 그럴 준비가 되지 않았을 뿐이야.」

「아하! 좀 잘못된 자신감 같은데. 특히 형이 형수에게 사랑한다는 말도 안 했다면 말이야.」

안토니가 낄낄대며 말했다.

제임스가 눈썹을 좀더 치켜 올렸다.

「내게 충고를 하려는 것은 아니겠지, 응?」

「형수님이 말한 것처럼 신발이 맞는다면.」

「네 신발은 전혀 맞지 않아. 넌 불행의 구덩이에 그렇게 빠져 있느니…….」

「우린 나에 대해 말하고 있는 게 아니야.」

안토니가 미간을 찌푸리면서 간결하게 말했다.

「좋아. 그러나 내가 로슬린에게 네가 죄가 없다는 편지를 전해 주지 않았다면 아직도 넌 버둥거리고 있을 거야.」

제임스가 심술궂은 목소리로 말했다.

「그걸 말하곤 싶진 않지만, 형, 그녀가 형 편지를 보기도 전에 이미 내가 문제를 해결했어.」

안토니가 뱉어내 듯이 말했다.

「이보게, 게임은 휘스트야. 그리고 난 200파운드나 잃었단 말이야.」

조지 암허스트가 가시가 돋친 음성으로 말했다.

마침내 코니가 웃음을 터뜨렸다.

「그만두게. 제임스는 구멍으로 헤엄쳐 나올 수 있을 때까진 진창에서 허우적대고 있을 거야. 그리고 당분간은 변함없을 것 같아. 게다가 그가 자신의 진창을…… 도전을 즐기고 있다고 확신하네. 그녀가 그의 마음을 모른다면, 그녀 자신의 감정도 그에게 말하지 않는 게 당연하네. 그가 원기 있게 굴도록 가만 놔두는 게 어떤가?」

안토니는 이런 재미있는 말을 확인하기 위해서 제임스를 쳐다봤다. 그러나 그가 본 것은 비웃는 듯한 코웃음과 찌푸린 얼굴뿐이었다.

말로리 형제들이 게임을 계속하려고 카드를 들었을 즈음, 조지애나는 뒷문으로 나가서 뒷뜰을 가로질러 파크 레인으로 가는 뒷골목으로 달려갔다. 그곳에서 십오 분 정도를 안절부절못하고 기다린 끝에 런던 항구로 가는 역마차를 탈 수 있었다. 운 나쁘게도, 마부에게 출발하라고 말해서 마차가 떠난 후에야 처음 영국에 왔을 때 배운 것을 떠올렸다.

세계적인 상업과 무역의 중심지로 명성이 자자한 런던은 항구가 하나만 있는 게 아니었다. 와핑에는 런던 항이, 블랙웰에는 이스트 인디아가, 또, 허미티지와 샤드웰 같은 항구들이 템즈 강을 끼고 서로 몇 마일 간격으로 떨어져 있었다.

대부분의 항구들이 높은 보호벽을 닫은 후인 이 늦은 시각에 도대체 어떻게 배 한 척이나 두 척을 찾으려는 생각을 한 거지? 오빠들은 항구 사정을 아주 잘 알고 있을 테니까 영국에 그 이상의 배를 끌고오진 않았을 거고…… 최선의 방법은 좀 물어보는 것이야. 선창으로 오는 선원이 있다면 벌써 그렇게 했을 거야. 특히 선창가에 쭉 늘어서 있는 선술집에서 나오는 사람이 있다면 더욱 물어봐야지.

그럴 생각까지 하다니 미친 게 틀림없어. 아니, 그저 극도로 화가 났을 뿐이야. 제임스가 그렇게 막무가내로 나올 때 어떤 다른 선택이 있겠어? 그 빌어먹을 집으로부터 한 발자국도 나가지 못하게 하다니! 그리고 항구가 좀더 안전하다고 생각되는 낮 동안에 오빠들이 어디에 있는지 알아보려고 했지만 하인과 가족들이 너무나 많아서 들키지 않고는 타운 하우스에서 나올 수가 없었어. 그저 날 찾아내지 못해서 오빠들이 결혼시킨 그 비열한 전직 해적이 여동생을 죽여 버렸다고 생각하면서 집으로 돌아가게 가만히 있을 수야 없지.

사람들이 밤 늦게 할 수 있는 유흥거리가 무엇이든 간에 홍청망청 왁자지껄한 선창가로 가까이 감에 따라, 그녀는 점점 초조해지면서 그에 비례해 화가 줄어들었다. 이곳에 오지 말았어야 했다. 레지나의 아름다운 드레스에 어울리는 스펜서 재킷(모피가 붙은 짧은 재킷)을 입은 지금, 이곳을 방문하기엔 적절한 옷차림도 아니었다. 또한 추위도 전혀 막아 주지 못했다.

그리고 사람들에게 물어보는 것에도 익숙하지 않았다. 누군가 요술방망이를 휘둘러 맥이 곁에 있게 해준다면 모든 걸 다 줄 수 있을 텐데. 하지만 맥은 바다 저 건너편에 있었다. 술취한 남자 두 명이 선술집에서 나와 열 발자국도 떨어지지 않은 곳에서 싸우기 시작하자 그녀는 마침내 미친 짓을 했다는 결론을 내렸다.

제임스의 마음을 바꾸기 위해 좀더 노력을 해봤어야 했어. 내겐 교묘한 술책이 있잖아, 안 그래? 모든 여자들이 다 갖고 있는 그런 기술 말이야. 그리고 다급한 상황에서 써먹을 수도 없다면 그게 무슨 소용이 있겠어?

조지애나는 오던 길을 되돌아가려고 돌아섰다. 그 순간 그 길이 좀더 안전해 보였다. 적어도 좀더 조용하기는 했다. 그때 거리 끝에 역마차 같은 게 서 있는 듯했고, 그곳에 가려면 시끌벅적한 선술집을 두어 곳 지나가야 했다. 거리를 사이에 두고 마주보고 있어서 역마차까지 가려면 적어도 한 곳의 앞은 지나가야만 했는데, 두 곳 다 안의 연기를 빼고 차가운 바깥 공기를 받아들이느라 문이 열려 있었다.

그녀는 교통수단을 찾을 수 있는 곳으로 가기 위해 인적이 드문 거리를 오래 걸어가는 것과, 불이 환하게 밝혀진 선술집 앞을 지나가는 것만 빼면 어두컴컴한 거리를 짧게 걷는 것 사이에서 머뭇거렸다. 그곳엔 이제 거리 한복판에서 서로를 두들겨 패면서 싸우고 있는 두 남자 외엔 아무도 없었다.

빠르게 걸으면 일 분이면 그곳을 지나갈 수 있을 거야. 그럼 들키지 않고 피카딜리에 있는 집으로 돌아가는 것 외에는 걱정할 게 없어.

마음을 다잡은 그녀는 기운차게 걷기 시작해서 거의 달리다시피 좀더 조용해 보이는 오른쪽 선술집 앞을 지나기 시작했다. 그리곤 고개를 거리 쪽으로 돌리고 있느라 갑자기 단단한 가슴에 쿵 부딪혔다. 그녀와 단단한 가슴의 소유자는 둘 다 다른 사람이 잡아주지 않았다면 쓰러질 뻔했다.

「미안해요.」

그녀가 재빨리 말했으나 그 단단한 가슴은 그녀를 놔주는 대신 팔로 감싸안았다.

「천만에.」

그녀는 대단한 열정이 담긴 허스키한 음성을 들었다.

「언제라도 내게 달려들어도 좋소. 정말이오.」

그녀는 그 세련된 어조에 감사해야 할지 아닐지 알 수가 없었다. 그러나 자신을 아직 놔주진 않았을지라도 그녀는 이 남자가 신사일 거라고 짐작했다. 잘 차려입은 가슴을 보고 그 생각에 확신이 생겼으나, 그의 얼굴을 보곤 망설였다. 건장하고 금발에 핸섬한 젊은 남자를 보자 불가사의하게도 남편이 떠올랐다. 초록색이라기 보다는 갈색에 가까운 눈만 빼면 말이다.

「아마 우리와 같이 어울리고 싶은가봐.」

좀 똑똑하지 않은 발음으로 다른 남자가 말했다.

그녀는 두 사람이 쓰러지지 않게 붙잡고 있는 남자를 어깨너머로 힐끗 쳐다봤다. 그는 좀 흔들거리고 있는 젊은 신사였다. 빈민굴을 방문중인 건달들이라고 거북한 추측을 했다.

「멋진 생각이군, 퍼시. 나도 같은 생각을 하고 있었어.」

그녀를 붙잡고 있던 금발머리 남자가 곧바로 동의하곤 그녀에게 말했다.

「어떻소, 내 사랑? 우리와 어울리고 싶소?」

「아니오.」

그녀가 그를 밀어내면서 단호하고 똑똑하게 말했다.

하지만 그 남자는 놔주지 않았다.

「그렇게 서둘러 결정할 필욘 없소. 세상에, 정말 예쁘군. 당신을 데리고 있는 사람이 누구든지, 그 사람 가격보다 더 쳐주겠소. 그리고 다신 이 거리를 걸어다닐 필요가 없게 해주지.」

조지애나는 그 제안에 너무나 당황해서 즉시 대답할 수가 없었다. 그녀 뒤에서 다른 사람이 말했다.

「세상에, 사촌, 넌 레이디와 말하고 있는 거야. 내 말이 의심스럽다면 그녀의 옷을 좀 보라고.」

두 명이 아니라 세 명인 것을 깨닫고 조지애나는 이제 정말 불안해졌다. 특히 힘껏 밀어내고 있는 데도 커다란 남자가 그녀를 놔주지 않아서 더욱 그랬다.

「멍청하게 굴지마. 이곳에? 혼자서?」

그가 세 번째 남자에게 냉담하게 말하곤 그녀를 쳐다보며 다른 여자에게라면 마술을 걸 만한 미소를 지었다. 그 남자는 정말 보기 드물게 핸섬했다.

「당신은 레이디가 아니오, 안 그렇소, 내 사랑? 그렇지 않다고 말해 주겠소?」

그녀는 거의 웃을 뻔했다. 레이디를 붙든 게 아니기를 진심으로 바라는 모양이지만, 그녀는 이제 그 이유가 뭔지 모를 만큼 순진하지 않았다.

「인정하고 싶진 않지만, 전 이제 이름 앞에 '레이디'가 붙어요. 제가 최근에 한 결혼 덕분에 말이죠. 어쨌든 절 너무나 오래 붙잡고 계시네요. 그만 놔줬으면 고맙겠군요.」

그녀가 단호하게 말했으나 그는 그저 사람을 미치게 할 듯한 미소를 지어 보였을 뿐이다. 그녀가 그를 발로 차고 도망치려고 궁리하고 있을 때 뒤에서 '헉' 하고 숨을 들이마시는 소리와 함께 믿을 수 없다는 음성이 들렸다.

「빌어먹을, 데렉, 난 저 음성을 알아. 정말이야. 내가 실수한 게 아니라면 형이 유혹하려고 하는 사람은 형의 새 숙모야.」

「아주 재밌군, 제레미.」

데렉이 코웃음 치면서 말했다.

「제레미?」

조지애나가 돌아서서 뒤에 서있는 사람이 제레미인 것을 확인했다.

「그리고 내 새어머니지.」

그가 덧붙이곤 웃기 시작했다.

「형이 저번에 봤던 여자에게처럼 키스하지 않은 것을 무척 다행으로 여기라고, 형. 형네 아버지가 두들겨 패지 않으면 내 아버지가 형을 죽여 버릴지도 모르니까.」

그가 조지애나를 갑자기 놔줘서 그녀는 비틀거렸다. 세 사람이 즉시 그녀가 쓰러지지 않게 잡아 줬다. 어쨌든 항구까지 가족을 만나러 달려왔는데 어떻게 내 가족이 아니라 제임스 가족을 만날 수 있는 거지?

제이슨의 외아들이자 상속자인 데렉 말로리는 이제 험상궂은 인상을 쓰고 있었다. 제레미는 웃음을 멈추고 아버지를 찾으러 주변을 돌아보았으나 보이지 않자 그녀가 혼자 이곳에 왔다고 결론을 내렸다.

「이 여자가 우리와 함께 어울릴 수 없다는 말이야?」

퍼시가 물었다.

「입 조심해. 이분은 제임스 말로리의 부인이야.」

데렉이 으르렁대면서 친구에게 경고했다.

「내 친구 니콜라스를 거의 죽일 뻔했던 사람 말이야? 세상에 말로리, 그가 이 말을 들으면 넌 죽었…….」

「입 닥쳐, 퍼시, 이 멍청아. 제레미가 그녀가 내 숙모라고 네게 말했잖아.」

「내 의견은 다른데. 그는 네게 말했지 내게 말한 게 아니야.」

퍼시가 화가 나서 말했다.

「하여간, 넌 제임스가 내 숙부라는 것을 알고 있어. 숙분 절대로…… 이런, 빌어먹을, 그만두자.」

그리곤 조지애나를 보며 인상을 썼다. 점점 더 그녀는 제임스가 십 년만 더 젊었으면 그와 똑같았을 거란 생각이 들었고 아마도 지금 데렉의 나이가 그 정도일성 싶었다.

「제가 사과를 해야만 하겠군요, 조-지…… 숙모, 그렇죠?」

「조지애나예요.」

그녀가 고쳐줬다. 그가 그렇게 안절부절못하는 이유가 뭔지 몰랐으나 이어지는 말을 들으니 이해가 좀 갔다.

「이제 와서 제가 숙모님을 가족으로 받아들여서 가슴이 두근거린다곤 말할 수 없겠죠.」

그녀가 눈을 깜빡이면서 물었다.

「안 그런가요?」

「아니오, 그러나 당신이 친척이 아니었으면 더욱 좋겠다는 거죠.」

그리곤 제레미에게 말했다.

「빌어먹을, 삼촌은 어디서 저런 분을 찾은 거냐?」

「이곳에 있는 선술집에서 찾으셨어.」

제레미도 이제 그녀에게 얼굴을 찌푸렸다. 그러나 곧 그가 아버지를 대신해서 화를 내고 있을 뿐이라는 것을 깨달았다.

「그러니 이곳에서 그녀를 만난 것도 이상한 일이 아니라고 생각해.」

「어쨌든, 그건 보이는 것과 똑같은 게 아니야, 제레미.」

그녀가 좀 짜증을 부리면서 대답했다.

「네 아버진 완전히 막무가내로 내게 오빠들을 만나지 못하게 했어.」

「그래서 혼자서 오빠들을 찾으러 오신 건가요?」

「그건…… 그래.」

「어딜 가면 그들을 찾을 수 있는지 알고나 온 거예요?」

「그건…… 아니.」

그가 정나미가 떨어진다는 듯이 콧방귀를 꼈다.

「그럼 우리가 어머닐 집으로 데려다 주는 게 좋겠군요, 안 그래요?」

그녀가 한숨을 쉬었다.

「나도 그렇게 생각해. 어쨌든 집으로 가려던 참이었어. 저 마차를 빌려서…….」

「저건 데렉의 마차이기 때문에 걸어갈 수밖에 없었을 거예요. 마부가 어머니 말을 무시했을 거예요…… 어머니가 이름을 알려주기 전까지는 말입니다. 어머닌 그러실 생각도 하지 않았을 겁니다. 빌어먹을, 우리가 찾아냈으니 너무나 운이 좋은……조-지.」

그 아버지에 그 아들이군! 그녀가 이를 갈면서 생각했다. 그리고 제임스에게 자신의 작은 모험에 대해 알리지 않고 타운 하우스로 돌아갈 희망이 없다는 것을 깨달았다.

「이 일을 아버지에게 말하지 않을 거라곤 생각되지 않는데?」

「그럼요.」

그가 간단하게 대답했다.

이제 그녀는 이빨을 부드득 부드득 갈아 댔다.

「넌 형편없는 의붓자식이야, 제레미 말로리.」

그 말에 그 젊은 악당이 다시 웃음을 터뜨렸다.

45

데렉의 마차가 피카딜리에 있는 타운 하우스 앞에 멈췄을 때쯤 조지애나는 동행자들에게 짜증이 난 정도를 넘어 이젠 화가 나 있었다. 제레미의 유머는 귀에 거슬릴 만큼 짓궂어 화가 난 남편에게 그녀가 받을 대우에 대한 무시무시한 예언도 도움이 되지 않았다. 데렉은 모르고 저지른 실수지만, 자신의 새 숙모를 유혹하려 했던 순간을 내내 억울해 했다. 그래서 계속 찌푸리고 있는 그 또한 도움이 되지 않았다. 얼간이 퍼시는 너무나 끔찍해서 언제라도 참을 수가 없었다.

그러나 조지애나는 끝까지 자신을 속이진 못했다. 오직 분노만이 자신을 지켜줄 수 있다고 믿어 의심치 않았다. 고집불통 남편 때문에 자신이 충동적으로 강까지 갔다는 사실에도 불구하고 그녀는 너무 위험한 짓을 했다. 그는 화낼 권리가 있고, 정말로 화난 제임스는 즐겁게 상대할 만한 사람이 아니었다. 그가 맨손으로 워렌을 거의 죽일 뻔하지 않았던가. 더구나 제레미의 말에 의하면 그녀가 당할 일은 아무것도 아니었다. 그녀가 자신의 분노 속에 두려움을 숨긴 것은 다 이해할 만한 일이었다.

어쨌든, 그녀는 집으로 힘차게 걸어 들어가 곧장 자신의 방으로 들어가기로 작정했다. 저 쓸모 없는 의붓아들 녀석은 만족스럽게 내 일을 고자질 해댈 수 있어. 하지만 남편이 폭발하기 전에 난 문 뒤에 숨을 수 있을 거야.

제레미는 다른 생각을 하고 있었다. 그가 마차에서 자신을 들어올려 내리게 가만 놔둔 게 돌이킬 수 없는 실수였다. 그를 지나쳐 먼저 집으로 들어가려고 했으나 그가 손을 꽉 잡고 놔주지 않았다. 나이야 몇 살 더 많지만, 그가 그녀보다는 확실히 더 크고 힘이 셌다. 그리고 그녀의 비행을 제임스 앞에서 밝히기로 결심을 하고 있어서 그녀는 어쩔 도리가 없었다.

부지런한 돕슨이 벌써 문을 열긴 했지만 그들은 아직 집 밖에 있었다.

「내가 때리기 전에 날 놔줘, 제레미.」

집사에게 미소를 지어 보이면서 그녀가 분노에 차서 낮게 속삭였다.

「어머니가 아들에게 말하는…….」

「이 비열한 녀석, 넌 이걸 즐기고 있지, 안 그래?」

그가 히죽 웃더니 그녀를 잡아당겨 복도로 데리고 갔다. 물론 그곳엔 돕슨만 빼면 아무도 없었으므로 아직 기회가 있고, 계단이 바로 앞에 보였다. 그러나 제레미가 촌각도 낭비하지 않고 목청껏 아버지를 불러 댔고, 조지애나도 즉시 그를 발로 찼다. 재수 없게도 그 결과는 아버지를 불러 대는 더 큰 목소리였다. 설상 가상으로 다시 차려고 발을 드는 순간에 응접실 문이 벌컥 열렸다.

그렇게 다양한 혼란스런 감정에 들볶인 날이 하루밖에 지나지 않았는데 이건 정말로 너무하군. 제임스는 그저 이곳에 계속 있었을 거야, 안 그래? 내가 사라진 줄도 몰랐을 테고, 날 찾으러 갈 생각도 못했을 거야, 안 그래? 아니지, 그는 바로 이곳에서 내가 자신의 아들을 발로 차는 광경을 쳐다보면서 마치 정확한 이유를 아는 듯이 의심에 차 눈살을 찌푸리고 있잖아? 그리고 아버지 앞이라고 제레미가 날 놔줬을까? 아니, 그럴 리가 없지. 없고 말고.

조지애나의 분노가 정말로 폭발할 지경이었다.

「당신의 이 쓸모 없는 아들에게 날 놔주라고 말해요, 제임스 말로리. 아니면 정말로 다칠 만한 곳을 차 버릴 거예요!」

「이런, 세상에, 그녀가 말했다고 생각한 것을 말한 거니?」

「입 닥쳐, 퍼시.」

누군가 말했다. 아마도 데렉인 것 같았다.

조지애나는 간신히 들을 수 있었다. 제레미가 아직도 놔주지 않자 그 악당녀석을 끌고 제임스 앞으로 힘차게 걸어갔다. 그리곤 제임스를 둘러싸고 있는 안토니, 코니, 조지 암허스트를 모조리 무시하고 제임스만 올려다봤다.

「당신이 뭐라고 말하던 전혀 신경쓰지 않아요!」

「무엇에 관해서냐고 물어도 되겠소?」

「내가 간 곳에 대해서요. 당신이 이상한 남편이 아니었다면 내가…….」

「이상해?」

「그래요, 이상해요! 내게 가족을 만나지 못하게 하니까요. 그게 이상한 게 아니면 뭐겠어요?」

「사리분별이 있는 거지.」

「아하! 좋아요. 당신의 말도 안 되는 입장을 고수하세요. 하지만 당신이 분별 있게 굴었다면, 저도 결사적인 수단을 취하진 않았을 거예요. 그러니 화를 내기 전에 이곳에 있는 누가 정말 잘못했는지 생각을 해봐요.」

제임스는 단지 돌아서서 제레미에게 물었을 뿐이다.

「그녀를 어디서 찾은 거냐?」

조지애나는 간신히 누르고 있던 비명이 나올 것 같았다. 그녀는 말하는 중에도 제레미의 손에서 벗어나려고 기를 썼으나 손아귀에 주어지는 힘은 느슨해질 줄 몰랐다. 그리고 제임스에게 죄의식을 느끼게 하려던 작전도 효과가 있어 보이진 않았다. 이제 그 악당이 말하려고 했다. 제임스가 동생과 조카와 아들과 친구들 앞에서 자신을 목졸라 죽이려고 한다 해도 그곳에 있는 사람들 모두가 자신을 돕기 위해서라면 손가락 하나 까딱하지 않아도 놀라지 않으리라.

하지만 제레미가 자신을 등뒤로 숨기고 아버지에게 하는 말을 듣곤 그녀는 숨이 막혔다.

「생각하시는 것만큼 나쁘진 않아요. 어머닌 선창가에 가셨어요. 하지만 잘 보호받고 계셨어요. 마차를 빌리고 이 두 거대한,

소름끼치게 거대한 마부들은 아무도 접근하지 못하게…….」
「헛소리하지마.」
퍼시가 낄낄거리면서 끼여들었다.
「그럼 어떻게 그녀가 데렉의 팔로 뛰어들어 그가 거의 키스할 뻔하게 한 거지?」
단숨에 얼굴이 새빨개진 데렉이 팔을 뻗어 퍼시의 스카프를 잡고 숨을 못 쉬어 캑캑댈 때까지 비틀었다.
「내 사촌을 거짓말쟁이라고 말하는 거야?」
그가 날카롭게 말했다. 얼마나 화가 났는지 대변하는 듯 눈이 진초록 색으로 빛났다.
「세상에, 아니야! 그럴 꿈도 꾸지 않았어.」
재빨리 말했으나 퍼시가 혼란스러워하고 있다는 것은 분명했다. 그가 즉시 항의했다.
「하지만 난 그곳에 있었어, 데렉. 내가 본 것을 알고, 아는 것을 말했을 뿐이야.」
스카프가 더 조여졌다.
「그럼, 아니 내가 뭘 안다는 거야?」
「데렉, 괜찮다면 그만하거라. 복도에 피를 흘려 놓으면 내 아내가 애통해 할 테니.」
안토니가 무관심한 어조로 끼여들었다.
제레미의 큰 키 뒤에 숨어 있으면서 조지애나는 그에 대해 품었던 나쁜 생각을 뉘우쳤다. 내 생각처럼 날 도망칠 수 없게 하려던 게 아니라 제임스의 분노에서 날 보호해 주려고 붙잡고 있었어. 날 위해 거짓말까지 하고. 이젠 그를 항상 사랑하겠어. 하지만 저 빌어먹을 퍼시 덕분에 죄다 들통나고 말았군.

제임스가 이걸 다 어떻게 받아들이는지 보려고 어깨너머로 몰래 엿보기가 두려워. 그가 처음 날 봤을 땐 인상을 썼었지. 하지만 그 후론 계속 냉정하게 그곳에 서서 내가 하는 말을 듣고 있었어. 조금도 감정을 드러내지 않고 말이야.

그녀는 서 있는 곳에서 제임스의 양편에 있는 코니와 안토니를 볼 수 있었다. 코니는 이 상황을 즐기면서 히죽거리고, 안토니는 지루해하고 있는 것처럼 보였다. 그건 보통 제임스가 보이는 반응이었으나 지금도 같은 감정을 느낀다고는 생각되지 않았다. 앞에 서 있는 제레미의 긴장을 느끼곤 자신이 옳았다고 생각했다. 그때 제레미가 돌아서서 그녀에게 속삭였다.

「지금 도망가는 게 좋겠어요.」

그녀는 그 말을 확실히 알아들었다.

계단을 달려 올라가는 그녀를 보고도 제임스는 꼼짝 하지 않았다. 그저 그녀가 달려가기 쉽게 발목과 종아리가 모든 사람에게 다 보이도록 치마를 들고 가는 것만 보고 있었다. 주변을 힐끗 둘러보자 모든 사람들이 정말로 다 보고 감탄하고 있었다. 그러자 그의 눈이 전보다 더 활활 타올랐다.

위층에서 문을 쾅 닫는 소리가 났을 때, 그는 모든 사람 중에서 아버지를 조심스럽게 지켜보고 있었던 유일한 사람인 제레미에게로 시선을 돌렸다.

「충성의 대상을 바꿨군, 그렇지, 제레미?」

제임스가 매우 조용하게 말했다.

그의 부드러운 어조에 몹시 어색해진 제레미가 불쑥 말했다.

「전 토니 숙부가 겪었던 일을 아버지가 겪는 건 보고 싶지 않았어요. 아버지가 어머니에게 좀 화를 내면 어머닌 훨씬 더 화를 낼 테니까요. 아버진 모를지 몰라도 어머닌 대단한 성질을 갖고 계세요.」

「내가 새 침대를 찾아야만 할거라고 생각했다는 거냐, 응?」

「그런 거죠.」

자신의 지나간 어려움이 그렇게 냉담하게 떠벌려지는 것을 들은 안토니는 숨이 막힌다는 소리를 내면서 지루함을 떨쳐 버리곤 으르렁댔다.

「네 아버지가 널 때려 주지 않는다면, 내가 꼭 그렇게 해주고 말 거야!」

그러나 제레미는 지금은 숙부의 을러대는 말에 개의치 않고 계속 아버지를 쳐다보았다.

「어떻게 하실 거죠?」

그가 아버지에게 물었다.

필연적인 결론이라는 듯이 제임스가 대답했다.

「물론, 올라가서 아내를 때려 줘야지.」

그가 아무리 온화하게 그 말을 했을지라도 여섯 명이 다 즉시 항의를 해댔다. 제임스는 너무나 어처구니없는 반응이라서 웃을 뻔했다. 그들은 자신에 대해 그보다는 더 잘 알고 있었다. 아니 그래야만 했다. 그러나 안토니조차도 우선 생각해보라고 제안하고 있었다. 그는 한마디도 하지 않았고 또한 자신의 말대로 하려고 움직이지도 않았다. 그들이 서로 입씨름을 하고 있을 때 돕슨이 다시 현관문을 열었고 워렌 앤더슨이 그를 밀고 기세등등하게 들어왔다.

안토니가 형에게 곧장 불을 뿜어 대는 이 산 같은 남자를 먼저 알아보곤 제임스의 옆구리를 쿡쿡 찌르면서 물었다.

「형 친구야?」

제임스가 그의 시선을 따라가더니 욕설을 내뱉었다.

「빌어먹을, 원수가 더 그렇게 보이지.」

「혹시나 형 처형들 중 하난 아니야?」

안토니가 현명하게 한쪽으로 비켜나면서 물었다.

그때 워렌이 다가와 즉시 주먹을 날렸기 때문에 제임스는 대답할 기회가 없었다. 제임스는 첫번째 주먹은 쉽게 막았으나 워렌이 그의 주먹을 피하면서 제임스의 복부에 힘차게 주먹을 맞췄다.

그는 잠시 숨을 못 쉬고 워렌이 비웃으면서 하는 말을 들어야 했다.

「실수를 통해 배웠지, 말로리.」

빠른 잽 한 방에 멍하게 만들어 놓고 치명적인 라이트를 날려 워렌을 바닥에 뻗게 한 후에 제임스가 대답했다.

「아직 충분히 배우진 않았군.」

정신을 차리기 위해 워렌이 고개를 젓고 있을 때, 안토니가 제임스에게 물었다.

「이 사람이 형을 교수형시키려고 했던 자야?」

「바로 그자지.」

안토니가 워렌에게 손을 내밀었다. 워렌이 일어서서 손을 빼려고 했지만 그가 놔주지 않았다. 그가 워렌에게 완연한 위협조로 물었다.

「상황이 바뀌니 기분이 어떤가, 미국인?」

워렌이 안토니를 노려봤다.

「그게 무슨 뜻이오?」

「주변을 돌아보게. 이번엔 자네를 둘러싸고 있는 사람은 자네 가족이 아니라 제임스의 가족이네. 내가 자네라면 주먹을 주머니 속에 넣고 가만히 있겠네.」

「집어 치워.」

워렌이 손을 잡아 빼면서 소리쳤다.

안토니는 이의를 제기하는 대신에 웃어젖히곤 제임스에게 '난 노력했어, 이젠 형 차례야'라고 말하는 듯한 시선을 던졌다. 그러나 제임스는 또 다른 차례는 원하지 않았다. 그저 워렌 앤더슨이 이곳에서, 영국에서, 그리고 자신의 삶에서 나가 주기만을 원했을 뿐이다. 저 남자가 저 따위로 호전적이고 역겹고 적대적으로 굴지 않는다면, 모든 것을 이성적으로 설명하려고 했을지도 몰랐다. 그러나 워렌 앤더슨은 이성적인 남자가 아닌데다 더욱이 제임스는 그자가 싫었다. 그의 목을 밧줄로 매달고 싶어했던 남자이니 당연했다.

냉담하고 험악하게 제임스가 경고했다.

「더 심하게 할 수도 있네. 자넬 곤죽이 되도록 두들겨 패줄 수도 있지. 의심하진 말게. 난 아무 도움 없이도 그렇게 할 수 있네. 그런 꼴을 당하기 싫으면 지금 떠나게.」

「난 내 동생 없이는 떠나지 않을 거요.」

워렌이 흔들림 없이 버텼다.

「자네가 틀렸네, 양키. 자네가 그녀를 내게 주었네. 그리고 난 그녀를 데리고 있을 거고 특히, 자네와 자네의 빌어먹을 폭력성에서 그녀를 지킬 걸세.」

「자넨 걜 원하지도 않잖아!」

「헛소리하지 마! 자네가 날 목매달게 할 정도로 그녀를 원했어!」
제임스가 으르렁거렸다.
「자네 말은 이치에 맞지 않아.」
워렌이 얼굴을 찌푸리면서 말했다.
「물론 이치에 맞네. 완전히 맞고 말고.」
안토니가 웃으면서 끼여들었다.
제임스는 동생이 자신의 처형을 확신시키는 것을 무시했다.
「내가 그녀를 원하지 않는다고 하더라도, 앤더슨, 지금은 그녀를 데려갈 수 없네.」
「도대체 왜 안 된다는 건가?」
「그녀가 내 아이를 갖고 있기 때문이지. 그리고 자네가 그녀를 때려 주면 모든 게 해결된다고 믿는 사람이라는 것을 내가 잊지 않았기 때문이고.」
「그러나 말로리가…….」
「입 닥쳐, 퍼시!」
세 방향에서 이 말이 터져나왔다.
워렌은 너무나 정신이 흔들려서 알아차릴 수가 없었다.
「세상에, 말로리, 내가 걜 다치게…… 빌어먹을, 걘 내 동생이야!」
「내 아내지. 그래서 그 문제에 관한 한 모든 권리가 내게 있네. 자네가 그녀에게 다가가는 것을 거부하는 것도 그 중 하나지. 그녀를 보고 싶다면 우선 나와 화해해야만 할 거야.」
제임스가 전혀 화해할 맘이 없게 굴고 있는 점을 생각하면 그 말에 대한 워렌의 대답은 놀랄 일도 아니었다.
「그럴 일은 없을 거야. 그리고 자네 권리로 빌어먹게. 우리가 해적의 손아귀에 걜 두고 떠날 거라 생각한다면, 다시 생각해!」

그건 쓸모 없는 말이었다. 그러나 워렌은 자신은 혼자이나 말로리는 친구와 가족들로 둘러싸여 있어서 지금은 조지애나를 그 집에서 데리고 나올 수 없다는 것을 알고 있었다. 여동생을 놔두고 떠나야만 한다는 데 분통이 터졌지만 선택의 여지가 없었다. 그는 분개해서 떠났다. 그가 폭풍같이 나가면서 문을 쾅 닫지 않았던 유일한 이유는 손을 뻗기도 전에 돕슨이 문을 확 열었기 때문이다.

안토니가 흔들거리면서 웃어 댔다.

「형에게 아기에 대해 축하를 해야 할지 아기 삼촌을 내쫓은 데 대해 축하해야 할지 모르겠군.」

「독한 술이 필요하군.」

제임스는 응접실로 향해 갔다. 바라진 않았지만, 사람들이 다 그를 따라 들어와 모든 축하 인사가 끝났을 때쯤엔 제임스는 상당히 취해 있었다.

「형수가 오빠들에 대해 한 말과는 전혀 딴판이군, 안 그래?」

안토니가 이제 벌어진 상황들을 즐기면서 물었다.

「모두 다 그자만큼 커?」

「거의 그 정도야.」

제임스가 웅얼거렸다.

「알겠지만 그잔 돌아올 거야. 이번엔 원군을 끌고 말이야.」

안토니가 웃음을 참기 어렵다는 목소리로 말했다.

제임스는 동의하지 않았다.

「다른 사람들은 좀더 분별이 있지. 많이가 아니라 아주 조금이긴 하지만 말이야. 이제 그들은 집으로 돌아갈 거야. 어쨌든 그들이 뭘 할 수 있겠어? 그녀는 내 아내고, 그들도 그걸 알고 있지.」

안토니가 한마디도 믿지 않고 껄껄대며 웃었다.

「그 무시무시한 말이 점점 더 익숙해지나봐?」

「무슨 말?」

「뭐겠어? '아내'란 말이지.」

「집어 치워.」

46

조지애나는 믿을 수가 없었다. 워렌이 날 가두다니. 밤새도록 문을 두들기다 마침내 지쳐서 포기할 때까지 아무도 날 꺼내 주지 않다니. 오늘 아침에도 여전히 날 무시하고 있어. 어떻게 워렌이 내게 이럴 수 있는 거지? 더구나 내가 남편의 명령을 공공연히 무시하면서까지 잘 있다는 것을 알려 마음을 놓으라고 했을 때 말이야.

이젠 지난 밤에 오빠의 음성을 듣지 않은 편이 좋겠다는 생각이 드는군. 오빠가 아주 큰소리로 아래층 복도에서 남편에게 소리쳤었지. 하지만 나도 그랬잖아. 방에서 나와 오빠에게 달려 내려가려고 맘을 먹었고.

그러나 계단에 다다르기 전에 제임스가 워렌 오빠에게 나를 볼 수 없다고 하는 말이 들려왔어. 그래서 내가 오빠에게 내려가봤자 화만 더 돋굴 뿐이라고, 그 전에 저지른 짓만으로도 그는 이미 나에게 충분히 화난 상태인데 거기다 덧붙이기까지 하는 건 현명하지 못하다는 걸 깨달았어. 어쩔 수 없이 난 한 번 더 뒷문으로 몰래 나가서 앞쪽으로 돌아가 워렌 오빠가 떠나기를 기다리기로 맘먹었지. 오빠가 곧 떠날 거라고 믿어 의심치 않았어. 제임스의 거절은 단호함 이상이었으니까 말이야.

그래서 앞에서 기다리다가 집에서 폭풍같이 나오는 워렌 오빠를 깜짝 놀라게 한 거야. 오빠에게 내가 무사하다는 사실을 알리고 싶었어. 더 이상 내 걱정을 하지 말라고 말해 주고 싶었고. 오빠가 다짜고짜 날 마차에 밀어 넣고 출발하리라곤 생각지도 못했으니까.

빌어먹을, 왜 제임스는 날 가둬놓을 생각을 하지 못한 거지. 그럼 워렌 오빠의 배인 이곳에 있지도 않을 텐데. 오빠가 날 제임스에게로가 아니라 코네티컷에 있는 집으로 데리고 가기로 작정을 하고 있어서 공포에 떨 일도 없고 말이야. 게다가 오빤 내가 가고 싶지 않다고 말해도 듣지 않았어. 또한 오빠가 날 잡았다고 나머지 오빠들에게 말하지 않았을지조차 몰라.

그 점에 대해선 그녀가 틀렸는지 토마스가 선실로 걸어 들어왔다.

「하느님 감사합니다.」

성질이 판단에 영향을 미치지 않는 오빠였기 때문에 그녀의 입에서 제일 먼저 나온 말이었다.

「내 감정도 그와 똑같구나, 조지.」

그가 팔을 벌리면서 말했고 그녀가 재빨리 팔 안으로 뛰어들었다.

「우린 널 찾으려던 희망을 포기하려던 참이었어.」

「아니, 난…… 워렌 오빠가 날 가둬놓은 것을 알고 있었어?」

그녀가 몸을 뒤로 젖히고 물었다.

「지난밤에 형이 호텔로 돌아와 무슨 일이 있었는지 말했을 때 알게 됐지.」

그녀가 그를 확 밀어냈다.

「그런데도 날 밤새도록 이곳에 그냥 놔둔 거야!」

「진정해, 조지. 네가 갈 곳이 아무데도 없어서 널 빨리 꺼내줄 필요가 없었던 거야.」

「난 갈 데가 있어. 난 집으로 갈 거야!」

그녀가 문으로 걸어가면서 분노에 차서 소리쳤다.

「난 그렇게 생각지 않아, 조지.」

문가에 나타나 자신의 커다란 몸집으로 그녀가 나가지 못하도록 막아 선 드류가 말했다. 그리곤 토마스에게 말했다.

「앤 좋아 보이는데, 안 그래? 멍도 없고. 화가 나서 으르렁대지도 않고.」

조지애나는 으르렁대거나 비명을 질러 대고 싶었다. 그러는 대신에 숨을 깊게 들여 마시곤 아주 차분한 음성으로 물었다.

「날 구출할 필욘 없었다는 말을 워렌 오빠가 하지 않았지, 그렇지? 맞어? 내가 내 남편과 사랑에 빠져 있다는 말도 하지 않고? 그 때문에 두 사람이 날 이곳에서 더 빨리 꺼내 주지 않은 거야?」

「형은 사랑에 대해선 말하지 않았어. 형이 그걸 믿는지조차 의심스러우니 말이야. 하지만 네가 남편에게 돌려보내 달라고 했다는 말은 들었어. 형은 네가 그 남자의 아이를 갖고 있어서 잘못된 충성을 보이고 있다고 생각해. 어쨌든 기분은 어떠니?

「난…… 어떻게 안 거야?」

「물론, 말로리가 워렌 형에게 말해 준 거야. 널 데리고 있을 이유 중의 하나라고 그가 그러더래.」

이유 중 하나라고? 아마도 유일한 이유일 걸. 왜 전엔 그런 생각을 못한 거지? 왜냐하면 아기에 대해선 한 번도 내색하지 않아서 내가 아기에 대해 한 말을 그가 정말 듣지 못했다는 생각이 들기 시작했기 때문이지.

그녀는 침대로 가서 그곳에 앉아 살금살금 밀려오는 절망과 싸우려고 했다. 그 이유를 중요하게 받아들여선 안 돼. 안 되고 말고. 그럴 정도로 난 제임스 말로리를 사랑해. 그가 날 원하는 한 난 그와 함께 있고 싶어. 그럼 문젠 해결된 거야. 그런데 왜 기분이 좋아지지 않지?

토마스가 옆으로 다가와서 앉자 그녀는 놀랐다.

「내가 무슨 말을 했기에 그렇게 안절부절못하니, 조지?」

「아무것도 아니…… 오빠가 한 모든 말이 그래.」

제임스가 자신을 사랑하지 않는다는 사실에서 마음을 뗄 수만 있다면 무슨 일이든 하리라. 그래, 오빠들이야! 오빠들은 대단히 독단적으로 굴고 있어.

「두 사람이 내가 뭣 땜에 이곳에 있어야만 하는지 말해 주겠어?」

「다 계획의 일부분일 뿐이야, 조지.」

「무슨 계획? 난 미치게 몰고가는 계획?」

「아니야. 네 남편을 이성적으로 만드는 계획이지.」
토마스가 껄껄대며 웃었다.
「난 이해가 안 돼.」
「그가 워렌이 널 보게 허락해 주던?」
드류가 그녀에게 물었다.
「아니.」
「그가 머지않아 그 마음을 바꿀 것 같다고 생각하니?」
이번엔 토마스가 물었다.
「아니, 하지만…….」
「그는 우리에게서 널 빼앗아갈 수 없다는 것을 알게 될 거야, 조지.」
그녀의 눈이 휘둥그레졌다.
「그에게 그걸 가르쳐 주려고 날 집으로 데려갈 작정이야?」
그녀가 비통하게 울부짖었다.
억울해 하는 그녀를 보고 토마스가 싱긋이 웃었다.
「그렇게까지 할 필요가 있으리라곤 생각지 않아.」
「하지만, 만약 그가…….」
드류는 상세히 설명해야 될 필요성을 느끼지 못했고, 그럴 필요도 없었다.
마침내 조지애나가 한숨을 쉬었다.
「오빠들은 내 남편을 잘 몰라. 이런 짓은 그저 화만 더 돋굴 뿐이야.」
「그럴지도 모르지. 그러나 난 이게 효과가 있을 거라고 확신해.」
믿을 수 없는 말이긴 했으나 그녀는 뭐라고 대꾸하지 않았다.

「그럼……. 왜 워렌 오빠가 어젯밤에 이런 말을 하지 않은 거지?」

드류가 코웃음을 치고 나서 대답했다.

「왜냐하면 우리의 친애하는 워렌 형님은 이 계획에 동의하지 않았기 때문이지. 형은 널 집으로 데려갈 작정이야.」

「뭐라고!」

「워렌 형에 대해선 걱정하지 마, 조지. 우린 적어도 일 주일 동안은 떠나지 않을 거야. 이 문제를 해결하기 위해 네 남편이 그 전에 나타날 게 분명해.」

토마스가 안심시키려는 어조로 그녀에게 말했다.

「일 주일이라고? 이 먼 길을 왔는데 그것밖에 머무르지 않는단 말이야?」

「우린 돌아올 거야, 정기적으로 말이지. 클린턴 형이 우리가 이곳에 있는 한 이 구출작전에 이익을 남기는 편이 낫다고 결정을 했어. 그래서 형이 장래 화물을 계약하기 위해 지금 나가고 없는 거야.」

공포로 떨 만큼 당황하고 있지만 않았더라면 조지애나는 그 말을 듣는 순간 웃었을 것이다.

「그 말을 들어서 기쁘긴 한데 날 구출할 필욘 없었어.」

「우린 몰랐어, 조지. 모두들 널 걱정하느라 병이 날 지경이었지. 특히 보이드와 드류에 따르면 넌 말로리와 기꺼이 함께 간 게 아니어서 더 많이 놀랐어.」

「하지만 이젠 내가 워렌 오빠를 포기시키지 못하고 그렇게 한 이유를 알겠지?」

「워렌 형은 아무리 애를 써도 이해하기 어려울 거야. 그러나

이 경우엔…… 조지, 형이 어떤 종류의 감정이라도 갖고 있는 여잔 너뿐인 걸 알고 있지?」
「오빠가 여자를 쫓아다니는 짓을 관뒀다고 말하는 거야?」
그녀가 코웃음을 쳤다.
「내 말은 그런 종류의 감정이 아니라 부드러운 감정 말이야. 형은 어떤 감정이 남아 있다는데 정말로 당황한 것 같아. 정말로 몰인정하게 굴고 싶었는데 네가 형을 걱정시켰던 거야.」
「그 말이 맞아, 조지. 보이드는 네가 영국으로 떠났다는 사실을 알았을 때만큼 당황한 워렌 형을 생전 처음 봤다고 말했어.」
드류가 진지하게 덧붙였다.
「그리고 말로리가 왔을 때, 널 보호할 수 없어서 자신의 무능력을 절감했고 말이야.」
「하지만 그건 말도 안 되는 소리야.」
그녀가 믿기 어렵다는 기색을 감추지 않으며 말했다.
「솔직히 그렇지 않아. 워렌 형은 네 안녕을 매우 개인적인 문제로 받아들이고 있어. 네가 형이 소중하게 여기는 유일한 여자이기 때문에 아마도 우리 중 가장 개인적으로 받아들이고 있는지도 몰라. 그 점을 고려한다면 형이 네 남편에게 느끼는 적대감도 별로 놀랄 만한 일이 아니야. 특히 그가 브리지포드에 나타나 말하고 행동한 모든 것을 고려해 보면 더욱 그래.」
「그날 밤 왜 그가 네 평판을 망치려고 했다니?」
드류가 궁금하다는 듯이 물었다.
그녀가 역겹다는 표정을 지었다.
「내가 작별인사를 하지 않고 떠나서 모멸감을 느꼈대.」
「농담하지 말고. 그렇게 사소한 문제로 복수를 해댈 남자처럼 보이진 않던데.」

토마스가 말했다.

「그가 내게 한 말을 그대로 옮겼을 뿐이야.」

「그럼 나중에 다시 물어봐. 아마도 완전히 다른 이유를 듣게 될 거야.」

「그러지 않는 편이 더 나을 거야. 제임스가 그날 밤 이야기에 아직도 얼마나 화를 내는지 오빤 몰라. 어쨌든, 오빠들이 그를 강제로 결혼시키고 그의 배를 압수하고 교수형에 처하려고 지하실에 가뒀었잖아. 난 그에게 오빠들에 대해선 거론조차 못하고 있어.」

그날 밤 일을 돌이키다 보니, 그녀는 오빠들이 세운 계획이 얼마나 부질없는 짓인가를 깨달았다.

「빌어먹을, 오빠도 알겠지만 그는 마음을 바꾸지 않을 거야. 그는 아마도 가족들을 몽땅 데리고 이곳으로 몰려와 이 배를 산산조각 내고 말걸.」

「그렇지 않기를 바라자꾸나. 어쨌든 우린 이성적인 사람들이잖니.」

「워렌 형은 그렇지 않아.」

드류가 싱긋이 웃으면서 말했다.

「제임스도 그렇지 않고.」

조지애나가 인상을 쓰면서 말했다.

「그러나 나머지 사람들은 그렇다고 생각하고 싶어. 우린 이 문제를 해결할 수 있을 거야, 조지. 약속하마. 네 제임스에게 우리를 적대적으로 만든 사람은 바로 그 자신이라는 사실을 상기시키는 한이 있더라도 말이야.」

「그럼 그가 부드러워질 게 확실해!」
「재가 지금 빈정대는 거야?」
드류가 토마스에게 물었다.
「까다롭게 굴고 있는 거야.」
토마스가 웃으며 대답했다.
「맘대로 해. 내가 오빠들에게 유괴 당하는 일이 매일 일어나는 일은 아니니까.」
조지애나가 두 사람에게 마구 인상을 쓰면서 대꾸했다.

47

토마스와 드류는 조지애나를 다시 가둘 필요가 없게 선실에 남아 있도록 그럭저럭 설득할 수 있었다. 그러나 오빠들이 떠난 지 한 시간쯤 지나가자 제임스같이 예측할 수 없는 성미를 지닌 사람에겐 이런 미친 계획이 전혀 효과를 내지 못한다는 것을 너무나 잘 아는 자신이 동조하고 있는 이유가 궁금해지기 시작했다.

그에게 억지로 뭔가를 시키고 그가 흔쾌히 그걸 하기를 바랄 순 없어. 제임스가 마음을 바꿔 내게 가족을 만나도록 허락해 주는 일이 결코 없을 거야……. 물론 그가 날 되찾아 간다는 전제 하에서지. 지금은 희망사항에 불과해, 어쨌든, 오빠들도 고

짐을 부려 대고 있으니 말이야.

네레우스 호에서 몰래 빠져나가 제임스가 있는 집으로 갈 수 있는데 상황이 내 미래를 결정해 주기를 기다리면서 왜 지금 이곳에 앉아 있는 거냐고? 어쨌든 항구에 서 있는 역마차를 발견하긴 쉬울 거야. 그리고 아직 어제 몰래 도망칠 때 입었던 옷 그대로여서 제임스가 일부러 돈을 주지 않는다는 사실을 안 로슬린과 레지나가 내게 억지로 주었던 돈이 주머니에 가득해. 그리고 내가 어제 다시 가족을 만나는 문제에 대해 얼마나 심각한가를 증명해 줘서 제임스가 이미 마음을 바꿨을지도 몰라. 지난밤엔 제임스와 이야기를 나눠 볼 기회가 없었지. 워렌 오빠가 다짜고짜 납치해 오는 바람에 내가 위험을 감수하면서 얻었던 것을 모두 망쳐놨을 거야.

다시 오빠들에게 그녀를 대신해서 결정을 내리게 놔둔 데 짜증을 내면서 그녀가 문으로 걸어가고 있을 때, 벌컥 문이 열렸다. 그리곤 드류가 침울하게 말했다.

「올라와 보는 게 낫겠어. 그가 왔어.」

「제임스가?」

「혼자서 왔어. 그리고 워렌 형이 선원들에게 그가 배에 오르지 못하게 하라는 명령을 내렸는데, 말로리가 배에 올라와서 무척 화가 나 있어.」

상황의 심각함에도 불구하고 드류가 히죽 웃었다.

「우리 형제들은 제임스가 군대를 끌고 나타날 거라고 생각했거든. 모든 사람이 그걸 볼 수 있게 말이야. 그런데, 네 영국인은 겁이 없는지 혹은 무모한 건지는 잘 몰라도 혼자서 왔더라고.」

「토마스는 어딨어?」

「안됐지만 우리의 중재인은 클린턴 형을 만나러 가고 없어.」

그녀는 더 이상 머뭇거리지 않았다. 세상에, 토마스가 워렌의 성질을 누르고 있지 않으니 지금쯤 두 사람은 서로를 죽였을지도 몰라.

그녀가 허겁지겁 갑판으로 달려갔을 땐 워렌이 제임스에게 배에서 내려가라고 명령하는 소리만이 들려왔다. 폭력이 뒤따르지 않는다는 뜻은 아니었다. 워렌은 후갑판에 서서 난간을 꽉 잡고 적의로 몸을 곧추세우고 있었다. 제임스는 갑판에 한 열 발자국 정도 들어와서 그가 더 이상 들어오지 못하게 막고 있는 선원들 앞에 서 있었다.

조지애나는 곧장 제임스에게로 가기 시작했으나, 드류가 그녀의 등을 잡아당겨 후갑판 쪽으로 밀었다.

「우선 계획대로 해, 조지. 그래봤자 해될 게 뭐가 있겠어? 게다가 저 사람들은 네가 그에게 가도록 가만 놔두지 않을 거야. 그를 보내주지 않는 것처럼 말이야. 그들은 명령을 받았고, 그건 워렌 형만이 철회할 수 있어. 그러니 남편과 말하고 싶으면 넌 먼저 누구의 허락을 받아야만 하는지…… 물론 네가 그와 고래고래 소리치면서 말한다면 문젠 다르지만 말이야.」

말을 마치곤 드류가 싱긋이 웃었다. 그는 이 일을 즐기고 있었다. 하지만 그녀는 아니었다. 또한 다른 사람들도, 제임스는 특히 아니었다. 마침내 후갑판에서 그를 잘 볼 수 있게 되자, 그가 터지기 직전의 화산처럼 끓어오르는 듯이 보인다는 생각이 들었다.

제임스 또한 같은 느낌이었지만, 그녀는 몰랐다. 머리가 지끈

거리는 숙취에서 깨어나 보니 그는 지난밤에 같이 술을 마셨던 여섯 명과 함께 응접실에서 정신을 잃어버렸다는 것을 알게 되었다. 그리곤 아내와 싸울 준비를 하고 올라갔으나 그녀는 사라지고 없었다. 오늘 아침 다행이라고 생각했던 것은 종달새 호상선 세 척이 정박해 있는 곳을 이미 알고 있고, 자신이 오른 첫 번째 배에 아내가 숨어 있다는 사실뿐이었다.

조지애나가 숨어 있다는 생각이 그가 내린 가장 나쁜 결론이 아니었다. 그는 아내가 오빠들과 함께 집으로 돌아가기로 결심했다고 믿어 의심치 않았다. 그렇지 않다면 왜 그녀가 이곳에 있겠는가?

조지애나는 제임스가 어떤 결론을 내렸는지 몰랐다. 그러나 사실, 그녀가 모르는 건 중요하지 않았다. 그가 누구에게 분노를 폭발시키던지 간에 문제가 더 심각해지기 전에 이 상황을 풀어야만 했다.

「워렌 오빠, 제발…….」

그녀가 옆으로 다가가서 말을 꺼냈으나 워렌은 쳐다보지조차 않았다.

「빠져 있어, 조지.」

그는 그렇게 말했을 뿐이다.

「그럴 수 없어. 그는 내 남편이야.」

「그건 바로잡을 수도 있고 또, 바로잡을 거야.」

이렇게 구제불능으로 고집을 피우는 오빠가 원망스러워 그녀는 이빨을 갈았다.

「내가 지난밤에 한 말은 하나도 듣지 않았어?」

그때 제임스가 그녀가 나타난 것을 알아차리고 고함을 질러 댔다.

「조-지, 당신은 떠날 수 없소!」

이런, 세상에, 어쩜 저렇게 독단적으로 말할 수 있는 거야? 제임스가 저곳에 서서 배를 부수기라도 할 듯이 호전적으로 고함을 질러 대고 있을 때 내가 어떻게 워렌 오빠와 논리적으로 이야기할 수 있겠어? 드류 오빠가 옳아. 그와 이야기를 하려면 소리를 질러 대야만 하는데 어떻게 사적인 말을 할 수 있다지? 토마스 오빠의 말대로 제임스가 인정하게 만들 수 있을지라도 워렌 오빠는 날 그에게 돌려보내지 않을 거야. 오빠들이 이곳에 와서 내 편을 들어주지 않으면, 아무것도 해결될 수 없을 거야. 드류 오빠가 있긴 하지만, 드류 오빤 어떤 일에 대해서도 워렌의 마음을 움직일 수 없으니 전혀 도움이 안 돼.

그녀가 너무 뜸을 들여서 더 이상 기다리지 못한 제임스가 이제 손으로 아니 주먹으로 문제를 받아들이기 시작했다.

그가 워렌의 선원 두 명을 때려눕혔을 때 워렌이 소리쳤다.

「그를 던져…….」

조지애나가 팔꿈치로 오빠의 옆구리를 치자 그가 잠시 말을 끊었다. 그녀의 눈동자에 떠오른 타는 듯한 분노에 그는 조금 더 오래 조용해졌다. 그녀는 워렌에게 뿐만 아니라 제임스에게도 불같이 화가 났다. 빌어먹을 멍청이들! 여기서 자기들이 멋대로 주물러 대는 게 내 인생이, 내 미래가 아닌 것처럼 내 바람을 이렇게까지 철저히 무시할 수 있는 거지?

「제임스 말로리, 멈춰요!」

선원 하나가 나가떨어지는 것을 보고 그녀가 갑판에다 대고 크게 소리쳤다.

「그럼 이리로 내려오시오, 조-지.」
「그럴 순 없어요.」
그녀는 '아직은 안 돼요'라고 덧붙이려 했으나 그가 말을 마칠 기회를 주지 않았다.
「당신이 할 수 없는 것은 날 떠나는 거요!」
그가 마주 소리를 질렀다. 그 앞에는 아직도 선원이 여섯 명이나 더 서 있었지만 그들도 그를 멈추게 할 수는 없었다. 그래서 그녀는 더욱 더 분노가 치밀어올랐다. 저 멍청한 인간은 벌써 물로 던져졌어야 해.
그녀도 또한 그럴 수 있었다. 어쨌든 할 수 있는 것과 할 수 없는 것을 듣는 데 신물이 났다.
「그럼 왜 내가 당신을 떠날 수 없다는 거죠?」
「내가 당신을 사랑하고 있기 때문이지!」
그가 연신 주먹을 휘두르면서 소리쳤다. 순간 조지애나는 숨소리도 내지 않을 만큼 조용해졌다. 내부에서 솟아오르는 믿을 수 없는 감정에 무릎이 후들거려 갑판에 주저앉을 뻔했다.
「오빠도 들었죠?」
그녀가 워렌에게 말했다.
「빌어먹을 항구 전체가 다 들었을 거야. 그래봤자 조금도 중요할 게 없어.」
그가 퉁명스럽게 말했다.
그녀가 믿을 수 없어서 눈을 크게 떴다.
「농담하지 말아! 나도 그를 사랑하기 때문에 그건 세상에서 가장 중요한 거야.」
「넌 카메론도 원했어. 넌 네가 정말로 원하는 게 뭔지를 몰라.」

「난 그녀가 아니야, 워렌 오빠.」

오래 전에 자신을 기만해 여자를 냉정하게 대하게 만든 여자의 말이 나오자 그가 고개를 돌렸다. 그러나 조지애나가 그의 얼굴을 양손으로 잡고 자신의 눈을 마주보게 했다.

「난 오빨 사랑해. 오빠가 내게 옳은 일을 하려고 한다는 것도 알고 있고. 하지만 이 일에 대해선 날 믿어 줘, 워렌 오빠. 말콤은 어린애의 환상이었어. 하지만 제임스는 내 인생이야. 내가 원하는 것은 그뿐이고, 영원히 그럴 거야. 더 이상 날 그에게서 떼어놓으려고 하지 말아 줘, 부탁이야.」

「그저 물러서서 그가 널 우리와 만나지 못하게 하는 걸 보고만 있으라는 거니? 그게 그가 하려던 짓이잖아. 그가 계속 그러면 우린 다신 널 볼 수 없을 거야.」

그들이 모두 두려워하는 일에 대해서만 말하는 것을 듣고 제임스가 잠시 물러섰다는 것을 알아차린 그녀가 미소를 지었다.

「워렌 오빠, 그는 날 사랑해. 오빠도 들었잖아. 그 문젠 내가 해결할게. 그러니 그 문제를 해결할 수 있게 날 보내줘. 오빤 그에게서 최악의 것만을 끌어내고 있어.」

그가 완전히 울며 겨자 먹기로 말했다.

「그럼 가봐!」

그녀가 기뻐서 소리를 지르며 워렌을 포옹하곤 날 듯이 홱 돌아서자…… 곧바로 벽돌 벽에 쾅 부딪혔다.

「그럼 당신도 날 사랑하는군, 안 그래?」

그가 그곳까지 올라온 방법에 대해선 궁금하지 않았다. 아랫갑판에서 들려오는 신음소리가 모든 걸 말해 줬다. 또한 자신이 오빠에게 한 말을 그가 다 들었건만 한치의 꺼림도 없었다. 그저 그에게 이미 달라붙어 있다는 사실을 이용해서 그의 몸에 팔을 두르고 그 자세를 유지했다.

「오빠들 앞에서 제게 고함치진 않을 거죠?」

「그럴 생각은 꿈에도 해보지 않았소, 조-지.」

그러나 그는 미소 짓지도 그곳에 가만히 서 있지도 않았다. 그가 그녀를 안아 든 자세 그대로 떠나려고 돌아서자 그녀가 숨을 헐떡였다.

「당신이 절 데려가는 것처럼 보이지 않는다면 훨씬 더 좋겠군요.」

그녀가 은근히 비난하는 어조로 말했다.

「당신을 데려가고 있는 거요.」

하여간, 좋아. 나머지 일도 쉽게 풀릴 거라곤 생각하지 않았어.

「적어도 오빠들을 저녁식사에 초대할 순 있잖아요.」

「내가 그러면 성을 갈지.」

「제임스!」

그가 낮게 으르렁거리기는 했으나 멈추고 돌아서더니, 워렌이 아닌 드류만 보고 뱉어내듯 말했다.

「저녁 식사에 초대하겠소, 빌어먹을!」

「제발, 그건 너무나 품위 없고, 상스…….」

그가 걸어가는 동안 그녀가 말했다.

「그만해, 조-지. 당신은 아직 그 문제를 다 해결한 게 아니오.」

그가 자신의 자신감을 조금도 알아차리지 못했기를 바라면서 그녀가 움찔했다. 하지만 자신이 있었다. 그가 벌써 최초의 양보를 했잖아. 마지못해서긴 하지만 그게 시작이란 사실엔 변함이 없어.

「제임스?」

「음?」

「당신으로 하여금 그 문제를 포기하게 하려던 내 노력을 즐기고 있군요.」

그가 한쪽 눈썹을 치켜 올리면서 그녀를 내려다봤다.

「내가 그렇소?」

그녀가 느리게 그의 아랫입술을 손가락으로 어루만졌다.

「그래요.」

그가 마차에서 멀리 떨어진 바로 그곳에 서서 그녀에게 키스를 해댔고, 조지애나는 어떻게 집으로 돌아왔는지 알 수가 없었다.

48

「제임스, 내려가야 하지 않겠어요? 마차가 도착한 지 벌써 한 시간이나 지났어요.」

「이런 중요한 순간에 나타난 사람은 내 가족이오. 다행스럽게도 당신 가족은 집을 찾지 못할 거요.」

그녀가 손가락으로 그의 머리카락을 한 가닥 꼬아서 살짝 잡아당겼다.

「까다롭게 굴지 않을 거죠, 그렇죠?」

「난 까다롭게 굴지 않았소, 여보. 당신 오빠들을 용서하라고 당신이 아직 날 납득시키지 못한 거지.」

그녀의 눈이 타올랐다. 그가 몸을 굴려 다시 그녀 위에 올라

타자 두 눈이 더욱 활활 타올랐다. 또한 분노도 함께 타올랐다. 그러나 제임스가 그녀의 허벅지 사이에 몸을 눕히자 분노는 자취도 없이 사라져 더 이상 맘 속에 남아 있지 않았다.

그녀가 그에게 사실을 지적했다.

「당신이 초대한 거잖아요.」

「내가 초대했지. 그러나 여긴 안토니의 집이요. 그러니 안토니가 그들을 알아서 쫓아내 버릴 거요.」

「제임스!」

「그러니 당신이 날 납득시키시오.」

그 끔찍한 남자가 빙그레 웃자 그녀도 마주보고 웃을 수밖에 없었다.

「당신은 구제불능이에요. 당신이 이걸 즐긴다고 말하지 않았어야만 했어요.」

「그러나 당신은 말했고…… 난 이걸 즐기오.」

그녀가 킥킥대고 웃는 사이에 그의 입술이 목을 따라 내려가더니 단단해진 젖꼭지를 물고서 입으로 빨아대자 단숨에 불 붙은 욕망으로 넋이 달아난 그녀의 온몸이 헐떡거렸다. 그녀는 그의 등으로 손을 움직여 단단하고도 매끄러운 피부의 느낌을 음미했다.

「제임스…… 제임스, 다시 말해 줘요.」

「당신을 사랑하오, 내 귀여운 아가씨.」

「언제요?」

「뭐가 언제라는 거요?」

「언제 알게 됐냐고요?」

그가 그녀의 입술에 영혼을 흔들어 놓을 듯한 긴 키스를 한 후에 대답했다.

「난 벌써 알고 있었소. 왜 내가 당신과 결혼했다고 생각하는 거요?」

이 같은 순간에 그런 말을 해야 하는 걸 증오하면서 조심스럽게 그녀가 말했다.

「당신은 강제로 저와 결혼한 거잖아요.」

키스를 하고 싱긋이 웃더니 그가 말했다.

「당신 가족이 그렇게 하도록 내가 떠다민 거요, 조-지. 그건 완전히 다른 거요.」

「뭘 했다고요?」

「제발, 여보…….」

「제임스 말로리……」

「내가 그밖에 뭘 할 수 있었겠소? 난 족쇄를 차지 않겠다고 맹세했고, 모든 사람들이 다 알고 있었소. 그러니 내가 맹세를 어기고 어떻게 당신에게 청혼할 수 있었겠소? 그러나 내 사랑스런 조카 리건이 남편이라고 부르는 자식과 결혼한 방법이 기억났지. 그래서 그에게 효과가 있었다면 내게도 있을 거라고 생각한 거요.」

「이런 말을 듣다니 믿을 수가 없어요. 모두 일부러 한 거라고요? 오빠들이 당신을 기절할 정도로 때렸는데요! 그건 뭐라고 설명할 거죠?」

「값비싼 것을 얻으려면 그에 알맞은 대가를 치러야 하지 않겠소.」

그 말을 듣자 순식간에 그녀의 분노가 사라졌다. 그 대신 다른 열기가 돌아왔다.

그녀가 그를 향해 고개를 설레설레 저었다.

「당신은 놀라운 사람이에요. 전 늘 당신이 미친 사람인지 의심했었죠.」

「그저 의지가 굳건한 남자일 뿐이요, 내 사랑. 그러나 나도 나 자신에게 빌어먹게 놀라고 있소. 어떻게 그렇게 했는지는 모르겠지만…… 언젠가부터 당신이 내 가슴속으로 들어와 나가질 않았소. 난 그곳에 있는 당신의 존재를 받아들이는 것을 배우고 있는 중이오.」

「아, 그래요? 그곳은 너무 혼잡하지 않겠죠?」

「애들 몇 정도는 들어갈 공간이 있지.」

그가 그녀에게 다시 싱긋이 웃었다.

그녀가 그에게 키스를 하고 말했다.

「그럼 왜 호크였다는 사실을 자백한 거죠? 오빠들은 당신이 나와 결혼하게 이미 결정을 내린 뒤였는데요.」

「그들이 날 알아본 것을 잊었소?」

「당신만 입 다물고 있었으면 오빠들이 실수한 거라고 믿게 할 수 있었어요.」

그녀가 발끈 화를 내면서 말했다.

그가 어깨를 움츠렸다.

「그걸 처리하는 게 합리적으로 보였소, 조-지. 후에 불쾌한 일을 야기시키느니 보단 말이오. 우리가 결혼한 환희에 정착한 다음에 말이오.」

「이걸 그렇게 불러요? 결혼한 환희라고요?」

그녀가 감미롭게 물었다.

「난 이 순간 더없는 환희를 느끼고 있소.」

그가 갑자기 들어와서 그녀가 가쁜 숨을 몰아쉬자, 깊은 곳에서 우러나오는 소리로 껄껄 웃곤 말했다.
「당신은 어떻소?」
「당신과…… 동감이에요.」

♠♠♠

제임스와 조지애나가 응접실로 들어갔을 때 말로리 가문 사람들이 방 구석에 하나씩 떨어져 서 있는 앤더슨을 둘러싸고 있는 모습이 보였다. 이번엔 모든 말로리 일족이 다 참석해서 그녀의 불쌍한 오빠들보다 훨씬 수가 많았다. 그리고 제임스의 가족이 그를 위해 단결해 있음을 쉽게 알 수 있었다.
그가 불화가 끝났다고 말할 때까진 아무런 화해의 노력이 나오지 않았다. 집으로 돌아온 그는 조지애나를 방으로 데리고 올라가면서 안토니에게 저녁식사에 불쾌한 손님이 올 거라고 말했을 뿐이었다. 물론 그 악당은 그녀의 오빠들이 온다는 뜻임을 완벽하게 알아들었다.
그러나 남편이 다섯 명의 앤더슨 형제들을 쳐다보며 인상을 쓰자 두 집단의 사람들이 잘 어울리지 못할 것만 같아 애를 태웠다. 조지애나는 오늘 아침 워렌에게 자신의 말을 듣게 하려고 써먹었던 것과 똑같은 수법을 쓰기로 하곤 남편의 옆구리를 팔꿈치로 쳤다.
「절 사랑하면, 제 가족도 사랑하세요.」
그녀가 경고했다. 물론 달콤하게 말이다.
그가 내려다보며 미소를 짓고는 그녀를 좀더 잡아당겨 더 이상 칠 수 없게 했다.

「난 의견이 다르오, 조-지. 당신을 사랑하니, 당신 가족을 참겠소. 빌어먹을.」

마침내 제임스가 소개를 하기 시작했다.

「그들은 모두 적당한 남편감이군요? 우린 그것에 대해 뭔가 해야만 해요.」

레지나가 잠시 후에 그녀에게 말했다.

조지애나는 생긋 웃으면서 오빠들에게 이곳에 중매쟁이가 있다는 말을 해주지 않기로 결심했다. 그리곤 말했다.

「오빠들은 이곳에 그렇게 오래 있지 않을 거예요, 리건. 오빠들 말로는 일 주일 정도만 머물 거래요.」

「빌어먹을, 형도 들었지? 형수님은 형의 나쁜 습관을 배우고 있어.」

안토니가 지나가면서 제이슨에게 말했다.

「무슨 나쁜 습관이요?」

조지애나가 남편의 편을 들 준비를 하곤 안토니에게 물었다.

그러나 그들은 멈추지 않았다. 레지나가 낄낄거리면서 그녀에게 말했다.

「제 이름 말이에요. 절 부르는 것에 대해 의견일치를 보지 못할 거예요. 하지만 이젠 그렇게 심하진 않아요. 옛날엔 주먹다짐까지 했었거든요.」

조지애나가 눈을 돌리자 제임스가 방 건너편에서 토마스와 보이드와 이야기하면서 고통스런 표정을 짓고 있는 게 보였다. 그녀는 살며시 미소를 지었다. 그는 아직 경멸적인 말을 네 오빠들에게 한마디도 하지 않았어. 하지만 워렌 근처엔 가지도 않고 있잖아.

워렌은 사교적인 사람이 아니었다. 그러나 다른 오빠들을 보곤 정말로 놀랐다. 특히 클린턴이 혐오스런 영국인과 너무나 잘 어울려서 눈을 의심해야 했다. 그리고 맥이 나중에 들르겠다는 말을 전해 들었다. 그녀는 맥에게 네티 맥도널드를 소개해 주겠다는 마음을 먹으면서 중매쟁이 노릇을 하려는 사람은 레지나만이 아니라고 생각했다.

시간이 좀 흐른 후에 안토니와 제임스는 단둘이 서서 각자의 아내를 쳐다보면서 말했다.

「우리 약속시킬까?」

두 사람이 곧 하게 될 아버지 역할에 대해 이야기를 나누던 참이라 제임스는 마시던 브랜디가 목에 걸려 캑캑거렸다.

「아직 태어나지도 않았어, 이 멍청아.」

「그래서?」

「그래서 같은 성(性)이 될지도 모른다는 거야.」

안토니가 눈에 띄게 실망을 하면서 한숨을 내쉬었다.

「그렇군.」

「게다가 사촌간이야.」

「그래서?」

「요즘엔 그런 게 문제가 되지.」

「도대체 내가 어떻게 그런 걸 알고 있겠어?」

「동감입니다. 숙부는 아는 게 별로 없죠. 멋진 가족이 생기셨군요.」

니콜라스가 뒤로 와서 말했다.

「자네도 그렇게 생각하는군.」

니콜라스가 웃었다. 잠시 후 그는 자신의 속마음을 좀더 분명하게 나타냈다.

「저 워렌은 숙부를 좋아하지 않는군요. 저녁 내내 숙부를 찌를 듯이 노려보고 있던걸요.」

제임스가 안토니에게 말했다.

「체면을 지킬 거니, 아니면 내게 즐거움을 줄래?」

그들이 자신을 때려눕히는 것에 대해 한 말임을 알아차리고 니콜라스가 정신을 차렸다.

「그럴 순 없을 겁니다. 제 아내는 말할 것도 없고 큰 숙부님도 여기 계시니 말입니다.」

「난 그게 무릅쓸 만한 가치가 있는 일이라고 생각하는데.」

제임스는 말이 끝나기가 무섭게 현명하게도, 멀어져 가는 니콜라스를 보면서 웃었다.

안토니도 껄껄대며 웃었다.

「저 녀석은 기회를 빈틈없이 이용하는군, 안 그래?」

「그를 참는 법을 배우고 있어. 빌어먹을, 난 많은 것에 대한 인내를 배우고…… 또, 기르고 있지.」

제임스가 마지못해 인정했다.

안토니가 제임스의 시선을 따라가 워렌 앤더슨을 보곤 웃음을 터뜨렸다.

「니콜라스 말이 맞아. 저 자는 형을 조금도 좋아하지 않아.」

「그런 감정은 대개 상호적인 거지. 난 네게 확실히 말해 줄 수 있어.」

「저 자와 문제가 생길 것 같은 생각이 드는데?」

「천만에. 하느님 덕분에 우린 곧 빌어먹을 대양을 사이에 두

게 될 거야.」

「저 자는 여동생을 보호하려고 했던 것뿐이야, 형. 형이나 나도 멜리사 누나를 위해서라면 같은 행동을 했을 거야.」

「저렇게 멥살스런 자식을 미워하지 못하게 하려고 애쓰는 거니?」

「그런 생각은 꿈에도 해보지 않았어.」

안토니가 말하곤 제임스가 술을 한모금 더 마실 때까지 기다렸다가 덧붙였다.

「말이 났으니 말인데, 내가 전에 형을 사랑한다고 말한 적이 있어?」

놀라서 제임스가 브랜디를 토해냈다.

「세상에, 술을 좀 마시더니 감상적이 돼가고 있어!」

「내가?」

「믿을 수가 없군.」

「그럼 말한 그대로라고 생각해.」

한참 후에 그가 투덜거렸다.

「그럼 그 반대라고도 생각하렴.」

안토니가 싱긋이 웃었다.」

「형들도 사랑하지만 감히 형들에겐 말할 수가 없어…… 충격을 줄까봐 말이야.」

제임스가 눈썹을 치켜 올렸다.

「내가 졸도하는 것은 괜찮고?」

「물론이지, 형.」

「뭐가요?」

조지애나가 다가와서 물었다.

「아무것도 아니오, 여보. 내 사랑스런 동생은 눈엣가시 같은 존재거든…… 항상 말이오.」

「제 오빠들은 더 이상은 그렇지 않을 거예요.」

제임스가 그 말을 듣자 마자 몸을 곧추세웠다.

「그가 당신에게 무슨 말을 했소?」

「아니요. 그는 누구에게 무슨 말을 하는 사람이 아니에요. 제임스, 당신이 먼저…….」

「그만 두시오, 조-지.」

그가 짐짓 놀란 체하며 말했다. 그러나 모두 다 거짓은 아니었다.

「난 그와 한 방에 있소. 그것만으로도 충분하고도 남아.」

「제임스…….」

그녀가 달래듯이 말을 꺼냈다.

「조-지.」

그가 경고조로 말했다.

「제발요.」

안토니가 웃음을 터뜨렸다. 그는 자신이 보고 있는 불운한 남자를 알았다. 아내가 방 건너편에 있는 가장 역겨운 오빠에게로 자신을 끌고 가게 가만 있으면서도 제임스는 동생이 즐거워하자 어두운 표정을 지었다.

조지애나는 그의 입을 열게 하기 위해서 다시 옆구리를 한 대 쳐야 했다. 그래도 단지 무뚝뚝한 음성이 나왔을 뿐이다.

「앤더슨.」

「말로리.」

워렌도 그 못지 않게 무뚝뚝하게 대꾸했다.

그때 워렌과 조지애나를 어리둥절케 하면서 제임스가 크게 웃음을 터뜨렸다.

「내가 그만둬야겠군. 자넨 세련되게 사람을 싫어하는 방법을 모르는 게 분명해.」

제임스가 여전히 웃으면서 말했다.

「그게 무슨 뜻이지?」

워렌이 물었다.

「자네가 이 불화를 즐긴다고 생각하네, 워렌.」

「그러느니 난…….」

「워렌 오빠! 제발요.」

조지애나의 날카로운 눈길에 그가 잠시 누이를 노려봤다. 그리곤 역겹다는 표정을 지으면서 손을 내밀자 제임스가 여전히 웃는 얼굴로 그 화해의 동작을 받아들였다.

「자네가 얼마나 고통스러웠는지 아네. 그러나 자넨 그녀의 숨결도 사랑하는 남자에게 동생을 준 거네.」

「숨결이라고요?」

조지애나가 눈살을 찌푸렸다.

제임스가 그녀에게 눈썹을 치켜 올렸다. 그녀는 그게 전보다 훨씬 더 맘에 들었다.

「내 기억이 맞다면…… 좀전에 당신이 우리 침대에서 숨을 헐떡이지 않았소?」

그가 별 것 아닌 체하면서 능청스럽게 말했다.

「제임스!」

워렌과 모든 사람 앞에서 터뜨린 낯뜨거운 화제에 그녀가 뺨을 붉히면서 숨을 몰아쉬었다.

워렌이 마침내 입술에 약간 웃음기를 띠면서 말했다.

「좋아, 말로리, 자네 말은 알아듣겠네. 잴 행복하게 해주는지 두고 보겠네. 그러면 돌아와 자넬 죽여 버릴 필요가 없겠지.」

「훨씬 훨씬 더 좋군.」

제임스가 껄껄대면서 대답했다. 그리곤 아내에게 말했다.

「그도 배워가고 있군, 조-지. 그러지 않을 리가 없지.」

〈끝〉

새로운 작가 줄리 가우드가 선사하는
감동의 대 로망스, 운명적인 사랑속에 펼쳐지는
꿈과 정열과 신비의 향연!

사랑을 위해서라면 이 세상 끝까지라도 함께 가겠다는
주인공들이 참사랑의 의미와 가족애의 소중함을 일깨워드립니다.

현대문화센타가 새롭게 선보이는 작가 줄리 가우드는 우리 시대의 영원한 테마인 '사랑'에 대해 또 다른 아름답고 격정적인 이야기를 들려준다. 줄리 가우드는 현재 13권째 뉴욕 타임즈 베스트셀러를 출간하고 있는 인기 있는 로맨스 작가로, 전세계에서 1천 3백만 부 이상의 책이 출판되었다.
흔히 말하는 정규교육을 받은 적이 없는 줄리 가우드는 십이세가 될 때까지도 글을 모르고 지냈다. 그러나 지극히 화목한 가족으로부터 '사랑'과 '가족'의 소중함을 몸으로 깨우치며 자란 덕분에 오늘날 가장 인기 있는 로맨스 작가로서 인정받고 있다.
1985년 〈Gentle Warrior〉의 출간으로 주목을 끌기 시작해, 이후 〈For The Rose〉로 독자들의 사랑을 한몸에 받으면서 인기 작가로 확고하게 자리잡았다. 그 후로 〈Saving Grace〉〈Prince Charming〉 등을 출간하였고, 그녀는 지금도 새로운 작품을 구상중이다.
현대문화센타가 자신 있게 권하는 줄리 가우드의 아름답고 맑은 사랑이야기가 현대사회에 던지는 가족애의 중요성이 오늘을 사는 모든 이에게 한줄기 소나기처럼 시원한 감동을 안겨 줄 것이다.

시대를 초월한 사랑과 모험
열정적으로 살아가는 진솔한 사람들의 이야기

미국 최고의 로맨스 작가로 칭송받는 주드 데브루가 전하는 사랑의 이야기

광활한 미국의 개척지에서 벌어지는 짜릿한 사랑 이야기, Lady 연작 시리즈(전 3권)

• 우연한 결혼(Counterfeit Lady)

클레이는 형수를 닮은 비앙카를 납치해 대리 결혼식을 올렸지만, 그녀는 비앙카가 아니라, 프랑스 귀족의 후예인 니콜이었다. 그는 니콜과의 결혼을 취소하려고 했지만 그녀의 따뜻한 성품에 이끌려 방황하게 된다. 한편 비앙카는 클레이가 갑부라는 소식에 그를 찾아가 온갖 수단으로 그의 마음을 사로잡으려고 했지만, 클레이는 비앙카의 야비한 모습에 치를 떨고 니콜과의 정식 결혼을 서두르는데…….

주숙연 옮김/ 442쪽/ 6,500원

• 금지된 결혼 (Lost Lady)

결혼을 앞둔 리건은 약혼자와 삼촌이 그녀의 유산을 노리고 정략적으로 결혼을 서두른다는 사실을 알고 리버풀 항구의 밤거리를 헤맨다. 그곳에서 유린당하려는 순간 미국인 트래비스를 만나 위기에서 벗어나지만, 갈 곳이 없는 리건은 그를 따라 미국으로 건너간다. 그러나 낯선 땅에 도착한 리건에게 엄청난 시련이 불어닥친다.

최영식 옮김/ 365쪽/ 6,000원

• 약속된 결혼 (River Lady)

강가 습지에서 사는 리. 어린 시절 백마를 탄 왕자님처럼 나타난 웨슬리에 대한 연모의 정을 버리지 못한다. 그러던 어느 날 우연히 웨슬리를 만났으나 이미 그는 약혼한 상태였고, 과거의 그 왕자님이 아니었다. 그에게 순결을 바친 그녀는 그의 아이를 임신했지만 사산하고 만다. 그 일로 웨슬리와 리는 강압적으로 결혼했지만 웨슬리는 그녀를 버리고 켄터키로 떠난다. 그리고…….

김현숙 옮김/ 413쪽/ 6,500원

• 검은 실루엣 (The Velvet Promise)

사악한 엘리스의 집요한 음모에 휘말려 게빈과 쥬디의 결혼 생활은 처음부터 휘청거리고 온갖 일들을 겪게 된다. 엎친데 덮친 격으로 쥬디를 흠모하는 월터 드마리가 그녀의 아버지를 살해하고 어머니를 포로로 잡고 게빈마저 포로로 잡아 쥬디와의 결혼을 다시 홍정하려 한다. 이런 위급한 상황에 쥬디는 사랑하는 사람들을 구하려고 월터 드마리의 성으로 가는데…….

정혜윤 옮김/ 498쪽/ 6,800원

영국 중세를 배경으로 펼쳐지는 사랑의 대장정, Velvet 연작 시리즈(전 4권)

• 검은 튜울립 (Highland Velvet)

스코틀랜드 고지대의 맥아란 가문의 여자 영주 브론윈은 헨리 왕의 포로로 잡혀, 결국 왕의 기사인 스테판 몽고메리와 우여곡절 끝에 정략 결혼을 하게 된다. 이 두 사람은 서로의 자존심을 내세우며 팽팽한 줄다리기를 하다가 위험에 처한다. 천신만고 끝에 급박한 상황에서 벗어난 두 사람은 차츰 서로에 대한 믿음과 사랑이 싹튼다. 음모와 배신을 이겨낸 두 사람은 삶의 의미와 사랑의 소중함을 마침내 깨닫고…….

송명아 옮김/ 408쪽/ 6,000원

• 검은 멜로디 (Velvet Song)

천부적인 음악 재능을 가진 알렉산드리아는 영주의 아들 패그널의 모략에 휘말려 집과 아버지를 잃고 마녀로 낙인찍혀 고향을 등지게 된다. 그러다가 소년으로 변장을 하고 범법자의 캠프로 들어가 레인의 시종으로 일하면서, 레인의 혹독한 훈련과 범법자의 따가운 시선을 이겨낸다. 그러는 과정에서 알렉산드리아는 레인을 향한 남모른 사랑을 가꿔나가는데…….

고은아 옮김/ 360쪽/ 6,000원

• 검은 벨벳의 천사 (Velvet Angel)

몽고메리 가문의 사형제 중 막내인 마일즈는, 몽고메리와 차트워드 가문을 이간질시키려는 패그널의 카펫에 둘둘 말린 어떤 선물을 받게 된다. 그 선물은 바로 엘리자벳 차트워드였고, 그녀는 나체로 카펫에서 나와 마일즈를 향해 분노와 증오의 도끼를 휘두른다. 엘리자벳의 모습을 보고 첫눈에 반한 마일즈는 그녀의 마음속 깊이 자리한 증오를 몰아내려고 치밀한 계획을 세우는데…….

고은아 옮김/ 330쪽/ 6,000원

〈Velvet 연작 시리즈〉에 이은 몽고메리 가문의 후예가 펼치는 사랑 이야기

• 유혹으로의 여행 (The Temptress)

정의와 용기로 칭송받는 몽고메리 가문의 열정을 이어받은 크리스티나 몽고메리 매치슨은 강제로 이끌려 온갖 스릴 넘치는 모험의 세계로 들어서게 된다. 그녀는 욕망과 그속에 숨겨진 음모의 한가운데서 신비에 싸인 타이넌이라는 남자의 매혹에 이끌리자, 타이넌은 그녀의 사랑을 완강하게 거부하는데…….

하경아 옮김/ 396쪽/ 6,500원

• 아리아를 위하여 (The Princess)

세계 2차대전 당시 미국을 방문한 랑코니아 국가의 아리아 공주는 정체불명의 사내들에게 납치되어 살해 위기에 처한다. 미국 해군 대위 JT 몽고메리는 절대 위기에 처한 아리아 공주의 생명을 구하지만 그녀의 비인간적인 태도와 오만함에 치를 떤다. 세상물정을 모르는 아리아, 몽고메리 가문의 뜨거운 피를 가진 JT. 이 두 사람에게 수많은 사건들이 터지는데…….

김이숙 옮김/ 424쪽/ 6,800원

• 세가지 소원 (Wishes)

돈만 아는 아버지, 허영심과 이기적인 여동생 사이에서 오로지 가족의 행복한 생활을 위해 헌신하는 뚱뚱하면서도 나이 많은 노처녀 넬리. 아내와 아들을 잃고 외로움에 방황하는 미남 청년 제이스 몽고메리는 아무도 거들떠보지 않는 넬리에게 형언할 수 없는 편안함을 느끼며 연모의 정을 품는다. 그러나 제이스가 대단한 재력가라는 비밀이 밝혀지자 넬리의 여동

생인 테렐은 질투에 사로잡혀 사사건건 방해를 놓는데……. 이 모습을 지켜보는 저승세계의 여인 버니는 자신이 실수로 넬리의 사랑이 위기에 처하자 이승세계로 내려온다. 그녀가 넬리를 도와줄 시간은 단 사흘! 과연 넬리의 사랑을 이루게 할는지…….

이은정 옮김/ 312쪽/ 6,000원

• 잃어버린 약속(Maiden)

영국인 어머니의 핏줄이 흐르고 있는 랑코니의 왕위 계승자인 로완. 조국애의 뜨거운 열정으로 조국 랑코니아에 발을 들여놓는 순가, 정열에 넘친 여인과 운명적인 만남을 갖는다. 그 운명적인 여인은 여성 친위대의 쥬라로, 로완의 정체를 모르고 그를 그리워하는데…….
그러나 약혼자가 있던 쥬라는 그가 영국인 혼혈아로 그토록 혐오하던 로완이라는 사실을 알고는 놀라움을 금치 못한다. 로완은 쥬라를 잊지 못해 결국 왕의 신부를 결정한 '명예의식'을 치르고, 자신의 의지와는 상관없이 마침내 쥬라가 여왕의 자리를 차지한다.
랑코니아 탈 왕의 뒤를 이어 드디어 왕이 된 로완은 갈가리 찢겨진 부족들을 대통합하려는 계획을 세운다. 그러나 이상적으로 생각했던 대통합의 길은 너무나 험난하고, 쥬라의 냉정한 외면, 곳곳에 도사리고 있는 보이지 않는 위험만이 그를 기다리는데…….

이혜원 옮김/ 368쪽/ 6,500원

• 영원보다 긴 사랑(A Knight in Shining Armor)

사랑하리라 믿었던 남자에게서 버림을 받아, 영국의 어느 교회 안 차가운 대리석 무덤에 엎드려 울고 있던 사랑스럽고 현대 여성인 더글리스 몽고메리. 그녀의 기도에 응답이라도 하듯이 갑자기 나타난 눈부신 갑옷을 입은 기사, 니콜라스 스태퍼드 토른윅의 백작. 그의 무덤에는 그가 1564년에 사망했다고 새겨 있었는데 번쩍이는 은과 금으로 차려입은 훤칠한 그는 당당한 모습 그대로였다. 알 수 없는 어떤 인연과 매력으로 갑자기 그에게 끌리는 더글리스는 그가 다름아닌 자신의 갑옷을 입은 기사임을 깨닫게 된다. 그녀의 있는 그대로를 완벽하고 매력적인 한 연인으로 받아들이는 니콜라스. 하지만 그녀는 그 두 사람을 과거로 연결하는 고리가 얼마나 강한지, 그리고 그 앞에 놓인 대모험이 어느 정도인지 감히 상상도 못하는데…….

정영애 옮김/ 각권 320쪽/ 각권 6,500원

• **그대가 있는 세상**(The Taming)

황금빛 머리칼이 아름다운, 현명한 리아나. 그러나 그녀가 가장 두려워하는 것은 남자와 결혼뿐. 꽉 찬 혼기와 새어머니의 강력한 요구에 어쩔 수 없이 결혼을 서두르지만 그녀는 어떤 남자를 사랑해야 할지조차 알지 못해 시간만 보낸다. 그런 그녀 앞에 누더기를 걸치고, 전쟁과 복수밖에 모르지만 사랑의 여신도 질투할 만큼 멋진 로건 페레그린이 나난다. 불구대천의 원수 하워드 가와의 전쟁을 위해 그리고 전쟁에 필요한 돈을 위해 리아나와 결혼하려는 그이 속셈을 알고 있는 새어머니의 반대에도 무릅쓰고 첫눈에 그를 사랑하게 된 리아나는 행복한 얼굴로 그를 따른다. 그러나 그녀를 기다리고 있는 건 지독한 악취와 발디딜 틈도 없이 오물이 쌓여 있는 폐허 같은 모레이 성과 남편의 더할 수 없는 냉대뿐. 하지만 가냘프기만 한 리아나는 자신을 위해 그리고 사랑하는 로건을 위해 엄청난 일을 계획하는데…….

김이숙 옮김/ 400쪽/ 6,800원

전혀 예측할 수 없는 긴박함과 환상적인
사랑 이야기로 조안나 린지의 품격높은 초대

• **나의 사랑 안젤라**(Glorious Angel)

알라바마의 자그마한 농장에서 아버지와 단둘이 사는 사랑스런 안젤라. 그녀는 골든 오크스 대지주의 아들 브래드포를 향한 연모의 정을 가슴 깊이 간직하며 살아간다. 우연히 스프링필드에서 그를 만난 안젤라는 그토록 갈망하던 그의 품에 안겨 순결을 바친다. 그러나 추잡한 소문과 가족의 비밀이 드러나자 두 사람은 이루어질 수 없는 사랑과 주위의 음모에 휘말려 서로의 가슴에 깊은 상처를 남기고 마는데…….

신영희 옮김/ 410쪽/ 6,500원

• **꿈꾸는 영혼**

막대한 유산을 물려받은 사랑스런 스코틀랜드 아가씨 로슬린은 그녀의 재산을 노리는 교활한 조르디를 피해 피붙이 하나 없는 런던으로 온다. 그러던 어느 날, 무도회장에서 바람둥이로 소문난 안토니 말로리를 만나 급기야는 운명적인 결혼을 하지만 삐걱거리는 결혼생활에 불안을 느낀다. 집요하게 추적하는 조르디. 사랑을 확인하지 못하고 방황하는 안토니. 사건이 꼬리에 꼬리를 물고 터지자 드디어 로슬린은 중대한 결심을 하는데 과연?

현경주 옮김/ 457쪽/ 6,800원

• **사랑의 계곡**(A Gentle Feuding)

47년 동안이나 이어진 뿌리깊은 원한의 퍼거슨과 맥키니언 가문. 골짜기 자그마한 연못에서 목욕을 하던 쉬나 퍼거슨의 환상적인 모습을 보고 제이미 맥키니언은 그녀의 신분도 모르고 그리움에 젖어들어 위기에 처한다. 그러던 어느날, 우연찮게 제이미의 동생이 그녀를 납치해와 제이미는 사랑의 열병을 앓지만, 쉬나는 자신의 신분을 속이고 제이미의 손안에서 빠져나가려고 발버둥을 친다. 마침내 두 사람은 자존심의 대결을 벌이다가 전혀 뜻하지 않은 일이 터지고 마는데…….

이혜원 옮김/ 374쪽/ 6,500원

• **사랑으로 가는 길**(When Love Awaits)

은빛이 감도는 금발, 상아빛 피부, 은빛 눈동자를 지닌 레오니는 어머니의 죽음으로 기나긴 세월 동안 의붓어머니의 계략에 휘말려 아버지에게 버림을 받는다. 한편, 헨리 왕의 총애를 받는 '검은 늑대'라 불리우는 프랑스의 기사 롤프 덤버트는 레오니의 소유인 펄시워 성을 손에 넣으려고 레오니와의 정략 결혼을 서두른다. 결혼을 거부하는 레오니는 의붓어머니가 보낸 포악한 리처의 모진 매질끝에 결국 결혼을 승낙하고야 만다. 쓰라린 과거의 원한과 오해로, 레오니와 롤프는 수없는 갈등을 겪지만 마침내 찬란한 열정으로 두 사람은 그들의 진실한 사랑을 깨닫는데…….

노상미 옮김/ 384쪽/ 6,500원

• **황홀한 만남**(Hearts Aflame)

신비한 옥색 눈동자에, 그 누구보다도 삶의 열정을 지닌 크리스텐. 모험과 미래의 남편감을 구하려는 호기심으로 멀리 여행을 떠나는 오빠 일행에 몰래 숨어들어 배에 올라탄다. 그러나 뜻하지 않게 오빠 일행은 공격을 받아 오빠는 숨지고 살아남은 자는 영국 윈드허스트의 영주인 로이스의 포로가 된다.

크리스텐은 로이스 영주의 노예가 되어 숱한 고초를 겪는 과정에서도 자신의 신분을 숨기다가 어느덧 로이스를 향한 연정을 품고 그에 대한 사랑을 가꿔나간다. 그러나 로이스는 크리스텐에게 끌리면서도 노예라는 신분에 커다란 장벽을 느끼지만 그녀의 솔직함과 강인한 성격에 매력을 느낀다. 그러던 어느 날 죽은 줄로만 알았던 크리스텐의 오빠가 윈드허스트에 나타나는데…….

김수정 옮김/ 450쪽/ 7,000원

• 마법에 걸린 사랑(The Magic of You)

영국의 유명한 가문인 '말로리'가의 말괄량이 에이미. 그녀는 사교계의 첫발을 내딛는 순간 뭇 남성들의 시선을 한몸에 받는다. 그러나 그녀는 이미 마음속에 한 남자를 사랑하고 있었으며, 그 남자는 무려 열여섯 살 연상이었고, 제임스 숙부의 아내인 조지애나의 오빠였다.
에이미가 가슴에 간직한 '워렌 앤더슨'은 과거에 사랑하던 여자에게 배신을 당하여 다시는 사랑을 하지 않겠다고 마음의 문을 굳게 닫고 있었을 뿐만 아니라, 나이 어린 에이미에게 관심조차 두지 않는다. 솔직하면서도 대담한 에이미는 워렌을 사로잡으려고 온갖 일을 벌이다가 마침내 중국인들에게 납치를 당하고야 만다. 중국 도자기를 둘러싼 자신의 일로 에이미가 납치를 당하자 워렌은 그녀를 구하려고 중국인들과 협상을 하고선 에이미가 갇힌 선박에 함께 몸을 싣고 미국으로 향한다. 에이미를 거부하면서도 그녀의 사랑에 이끌리는 워렌과 집요하게 사랑을 이루려는 철부지 아가씨 에이미. 그 두 사람의 사랑의 줄다리기는 지칠 줄 모르고 이어지는데…….

이은정 옮김/ 390쪽/ 6,800원

• 사랑의 포로(Prisoner of My Desire)

간악한 의붓오빠의 강요에 못이겨 호색한인 늙은이와 계약결혼을 하게 된 로웨나는 비참한 운명의 굴레에 떨어지게 된다. 그러나 컬크버러프의 영주인 그 늙은이가 결혼 첫날밤 죽자, 의붓오빠는 그녀에게 아이를 갖게 하려는 목적으로 어떤 남자를 납치해 와 그녀에게 강간할 것을 요구한다. 로웨나는 어머니의 목숨을 두고 협박하는 의붓오빠의 요구에 할 수 없이 정체 불명의 남자의 아이를 가지려고 온갖 수치와 수모를 겪는다. 그 남자는 북쪽의 펄크헐스트의 영주인 와릭으로, 그는 끝없는 보복과 잔인하기로 명성이 자자한 사내였다. 사흘 동안 그를 묶어 두고 일을 치른 로웨나는 그의 정체도 모르고 그에게 탈출의 기회를 준다.
로웨나의 도움으로 탈출한 와릭은 복수의 칼을 갈며 컬크버러프를 공격한다. 이제 와릭의 포로가 된 로웨나는 그의 정체를 알게 되고 그가 당했던 사흘 동안의 수모를 똑같이 겪게 된다. 복수의 화신인 와릭의 틈바구니에서 로웬는 온갖 고초를 겪으면서도 점점 그에 대한 마음의 변화가 일기 시작하는데…….

이은정 옮김/ 398쪽 내외/ 6,800원

• **사랑의 노래**(A Gift of Love)

사랑이라는 선물은 우리를 상상의 세계로 이끌어 신비로운 마법에 사로잡히게 한다.
자, 우리 이제 마법의 세계를 향해 떠나자. 사춘기 소녀 시절 짝사랑했던 남자를 만나 그 사랑의 완성을 위해 뜨거운 눈물을 흘리는 마법의 세계로. 별이 총총히 빛나는 밤하늘, 어느 남루한 소녀가 그 어떤 보석보다도 커다란 선물을 받는 마법의 세계로. 예기치 않았던 휴가 여행을 하는 중에, 전혀 기대하지도 않았던 기적이 우연히 펼쳐지는 마법의 세계로. 어느 국민학교 여교사가 우연히 반지를 손에 끼고 과거로의 여행을 떠나 그녀의 사랑을 구하는 남자를 만나는 마법의 세계로. 영국의 한 마을에 마음의 상처를 입은 백작이 '노엘'이라는 사랑스럽고도 반항적인 어린 조카와 헌신적이고도 사랑스런 아가씨를 만나 삶의 의미를 찾게 되는 마법의 세계로.

주디스 맥노트, 주드 데브루 외 3인 지음/
이은정, 이영욱 옮김/ 각권 368쪽 내외/ 각권 6,500원

영국에서 작위를 수여받은 대표적인
로맨스 작가 '캐서린 쿡슨'의 영롱한 사랑 이야기

• **천사들의 정원**(The Moth)

솜씨 좋은 목수 로버트 브래들리. 아버지의 죽음 이후 숙부인 존의 집으로 옮겨가지만 사촌동생 카리에의 일로 그와 결별하고 집을 떠난다. 운명의 또다른 자락은 몰락해 가는 솔만 가(家)로 그를 이끌어 가는데…….
솔만의 나방이라 불리우는 막내딸 밀리에와 그녀의 언니인 아그네스 솔만과의 만남. 그리고 그의 사려 깊음과 누구도 흉내낼 수 없는 여유는 순결한 영혼을 가진 밀리에와 어머니 대신 그녀를 돌보아온 메마르고 상처받은 아그네스의 가슴에 잔잔한 파문을 일으킨다.
로버트의 굽힐 줄 모르는 신념은 아그네스의 마음을 움직이고 마침내 서로의 사랑을 받아들일 준비가 되었지만, 귀족과 하인이라는 신분의 벽은 그들의 사랑은 막아서고 뜻하지 않은 전쟁은 로버트의 운명을 더욱 험난하게 몰아 가는데…….

이영욱 옮김/ 396쪽/ 6,800원